L'Instinct

DU MÊME AUTEUR

Nuit blanche, Grand Prix du Suspense psychologique 2018, Les Nouveaux Auteurs, 2018 ; Pocket, 2019.

Jeu de dames, Les Nouveaux Auteurs, 2019 ; HarperCollins Poche, 2021.

L'Enclave, Prix de l'Embouchure 2021, HarperCollins Noir, 2021 ; HarperCollins Poche, 2022.

Cinabre, Prix Infiniment Quiberon 2022, HarperCollins Noir, 2022 ; HarperCollins Poche, 2023.

NICOLAS DRUART

L'Instinct

HarperCollins NOIR

HARPERCOLLINS FRANCE
83-85, boulevard Vincent-Auriol, 75646 PARIS CEDEX 13
Tél. : 01 42 16 63 63

www.harpercollins.fr

ISBN 979-1-0339-1415-0 — ISSN 2551-0096

Prologue

« L'ours kodiak est considéré avec l'ours blanc comme le plus grand carnivore terrestre. »

Les coudes posés sur le parapet cimenté, l'homme parcourut à nouveau les informations inscrites sur la pancarte en bois. Le soleil culminait par-delà la cime des sapins qui hérissaient les hauteurs du val, encaissé entre les montagnes : un entonnoir boisé éclaboussé par les rayons.

« L'ours kodiak se nourrit essentiellement de saumon. Les femelles peuvent atteindre jusqu'à trois cents kilos, les mâles, eux, pèsent en moyenne entre quatre cents et huit cents kilos, certains dépassent même la tonne. »

Avec nonchalance, l'homme tourna la tête et jeta un regard sceptique en contrebas, vers la fosse où l'ourse et ses deux petits se déplaçaient d'un pas indolent, à l'ombre, le long de la paroi. *La vie est curieuse,* songea-t-il. Il avait déjà lu ces informations une dizaine de fois, pourtant c'était seulement à présent qu'il les enregistrait. L'esprit humain se révélait complexe, assurément.

Un bus de retraités. Un groupe de randonneurs. Quelques familles. Un jeune couple profitant de l'arrière-saison. C'était la fin du mois d'octobre, le parc animalier était peu fréquenté en ce début d'après-midi.

L'homme ferma les paupières, savoura un instant la caresse du soleil sur ses traits tirés.

L'histoire tragique de sa vie n'était qu'une boucle qui le ramenait inexorablement ici, dans ce village paumé des Pyrénées, à l'intérieur de ce zoo.

Mais il était temps que ça s'arrête.

Il prit une grande inspiration. Enjamba le parapet.

Le grillage tendu à l'horizontale, à trois mètres au-dessus de la fosse, ploya sous son poids, décrivant une ligne concave.

L'homme perdit l'équilibre. Englué dans cette toile d'araignée métallique, il se contorsionna pour se remettre sur le ventre et progressa à quatre pattes vers le bourrelet de barbelés. Il enroula les doigts autour des épines de fer et, insensible à la douleur, se hissa par-dessus avant de basculer dans le vide.

Il atterrit dans la poussière, près d'un ruisseau.

Habité par un calme étrange, anormal, il se redressa. La chute ne semblait pas l'avoir affecté, comme si la souffrance, la peine et la peur n'atteignaient plus son cerveau.

L'ourse le toisait à une quinzaine de mètres. Elle leva le museau afin d'identifier ce fumet inédit pour son odorat sept fois plus développé que celui d'un chien de chasse. Sa mâchoire émit une sorte de claquement en guise de menace.

L'homme contourna le tronc d'un séquoia et boita en direction du superprédateur.

Soudain, avec une agilité surprenante pour sa carrure, l'animal se mit debout ; deux mètres cinquante de force brute, dictée par un instinct sauvage le prévenant d'un danger imminent.

Un cri jaillit sur la corniche, en hauteur. Puis un autre. On s'agitait dans le parc, les visiteurs et les employés se précipitaient aux abords de la fosse. Ils beuglaient des avertissements que l'homme n'était plus en mesure d'entendre.

Il était devenu sourd au brouhaha. Hermétique à toute forme de raison. Les hurlements s'élevèrent partout dans le zoo alors qu'il continuait d'avancer, en direction des oursons, sans lâcher des yeux leur mère. Le ventre de celle-ci se contracta, un souffle puissant, rauque, ressemblant à une vocalise, sortit de sa gueule.

Il écarta les bras. Fit un pas supplémentaire. Un sifflement chuintait dans ses oreilles et atténuait les commentaires effrayés fusant au cœur de la vallée.

Puis brusquement ce fut le silence. Un vent de stupéfaction balaya le parc.

L'ourse mit moins d'une seconde pour avaler la distance qui la séparait de son visiteur et, de ses longues griffes acérées, elle éviscéra ce nuisible d'un coup de patte qui le disloqua dans un nuage d'hémoglobine.

2019

« Radio VINCI Autoroutes, l'info trafic : Sébastien Drey. Bientôt 8 h 30. Vos conditions de circulation dans le Sud du pays. Peu d'évolutions si vous nous avez suivis un peu plus tôt, à noter qu'un poids lourd est toujours sur la bande d'arrêt d'urgence, du côté de… »

— Vous pourriez changer de station ?

La conductrice obtempéra, sélectionna Virgin Radio puis reporta sa concentration sur la route.

La voiture filait sur l'A61 en direction de Narbonne.

À l'intérieur, quatre individus. Quatre destins. Des anonymes cachés derrière un pseudonyme, partageant un morceau de vie à grande vitesse grâce à une application de covoiturage.

L'autoroute des Deux-Mers ressemblait à un interminable ruban d'asphalte nimbé de brouillard. À cette heure-ci, la voie rapide était presque déserte, seuls quelques camions immatriculés en Espagne se traînaient sur la droite. À une vitesse de croisière de cent trente kilomètres à l'heure, la voiture dépassait ces pachydermes de métal.

Assis à l'arrière, il y avait le taciturne *Charlie3131*. Conformément à ce qui était stipulé sur son profil, il n'aimait pas faire la conversation, il fixait le paysage monotone d'un air désabusé. Soit. À ses côtés se tenait *Lotus M*, qui pianotait nerveusement sur son smartphone depuis le départ. C'était elle qui avait demandé à changer de station de radio.

Devant, *Coccinelle* échangeait des banalités avec *Bébé31*, la conductrice, d'une humeur plutôt morose malgré son statut d'ambassadrice mentionné sur l'appli.

Un silence pesant finit par s'installer.

Les quatre voyageurs étaient partis de Toulouse depuis un peu plus d'une heure, pourtant l'envie de faire une halte s'imposait déjà à eux. Ils avaient effectué plus de la moitié du trajet jusqu'à Perpignan – leur destination finale –, aussi décidèrent-ils après concertation de s'arrêter.

Un panneau apparut, tel un signe providentiel, pour le plus grand bonheur des vessies pleines et des organismes en mal de nicotine : aire de Gignac.

La voiture se déporta sur la droite, suivit le lacet vers l'aire de repos en ralentissant. Le parking était enclavé de brume, abandonné, à l'exception d'un véhicule garé sur une place pour handicapé, près des toilettes.

Un bouquet d'arbres entourait les sanitaires, les cimes disparaissaient dans la grisaille oppressante. Des sacs-poubelle, des cartons de fast-food et des packs de bière étaient entassés à côté des conteneurs à déchets semi-enterrés. Une nuée de mouches tourbillonnait autour. Des flaques nauséabondes s'étalaient sur le trottoir jonché de mégots et d'emballages. C'était glauque. Dégueulasse. Les paroles de *I Heard It Through the Grapevine*, par le groupe américain Creedence, émanaient des enceintes disséminées dans les toilettes et flottaient dans l'air, ajoutant une note incongrue à ce décor passablement étrange, un décalage entre la mélodie entraînante et cette atmosphère poisseuse digne d'un Tarantino.

L'endroit était calme. *Trop* calme.

La voiture se gara à une dizaine de mètres de l'autre véhicule.

En sortant, aucun des quatre voyageurs ne remarqua l'homme au physique de colosse dans les sanitaires. Un homme recouvert de sang.

2021

1

Samedi 30 octobre, 10 h 45

Le fourgon roulait au milieu de la vallée.

Le ciel gris et ouaté camouflait les pics et les cols alentour, les escarpements parsemés de conifères, les forêts aux tons verts et mordorés de ce week-end prolongé de la Toussaint. Des feuilles mortes recouvraient la route étroite, les branches des arbres bordant le talus grignotaient l'espace et rétrécissaient davantage la chaussée, donnant l'impression d'évoluer dans un tunnel végétal.

Assis à l'arrière du véhicule, Edgar était ballotté à cause des sinuosités. Il entendait les informations à la radio, les balais d'essuie-glace chassant la pluie sur le pare-brise, la respiration saccadée des deux gardiens, un homme et une femme, installés à l'avant. Le premier tenait fermement le volant du fourgon, le front perlé de sueur. Les yeux rivés sur les circonvolutions de la route. La seconde maintenait un fusil entre ses jambes tremblantes, la crosse posée sur le tapis de sol boueux, les mains autour du canon, et ne cessait de jeter des regards anxieux par-dessus son épaule. Le stress était palpable.

Une avalanche de brume coulait sur cette plaie gigantesque creusée dans la chaîne des Pyrénées : une cicatrice aux berges abruptes, foisonnantes, comme taillée dans les montagnes avec un scalpel géant.

Les doigts d'Edgar s'enroulèrent autour du quadrillage en acier qui le maintenait enfermé. Son dos musclé cognait contre les parois de sa prison mobile à chaque tournant. Il se sentait à l'étroit, entravé, asphyxié. Edgar était une force de la nature : des épaules larges comme des pipelines, une carrure de titan ; il aurait aisément eu sa place dans un autre siècle, dans une arène romaine, par exemple. Dans son couloir, certains le surnommaient même John Coffey, en référence à sa stature, sa couleur. Cependant la comparaison s'arrêtait là, car si le protagoniste de Stephen King pouvait être qualifié de saint, Edgar, lui, était dangereux.

Des éclairs de douleur irradiaient le long de sa mâchoire, à la limite du supportable. Le médecin qui l'avait ausculté à l'infirmerie avait parlé d'abcès dentaire. Edgar n'en savait fichtre rien ; ce qu'il savait, en revanche, c'était que sa bouche semblait s'embraser à chaque élancement. On avait voulu qu'il passe des examens complémentaires. On avait même évoqué une opération. La décision de l'extraire de sa cellule avait alors été prise de manière précipitée.

Une première pour lui. Car on ne transférait pas un individu comme Edgar en urgence.

L'Ogre catalan – nom dont l'avaient affublé les médias – était un tueur. Multirécidiviste.

Le moteur vrombit. Le conducteur rétrograda pour négocier un virage en épingle, secouant les occupants du fourgon. Alors qu'il s'engageait dans la courbe descendante, un SUV émergea de la brume, au milieu de la voie. Le chauffeur donna un brusque coup de volant en freinant. Le véhicule fit une embardée, dérapa sur la chaussée, rendue glissante par le tapis de feuilles. L'autre voiture continua, aussitôt effacée par le brouillard, ignorant le sort du fourgon qui, lui, patinait toujours, perpendiculaire à la route. Des cris s'élevèrent dans l'habitacle. Le conducteur essaya de contrebraquer, en vain ; le véhicule poursuivait sa glissade, incontrôlable, inexorable. Il effectua un demi-tour et fonça vers la rangée de pins longeant la chaussée.

Impact.

Les passagers hurlèrent puis les ceintures de sécurité leur coupèrent le souffle. Les fenêtres explosèrent, les portes du coffre se plièrent sous le choc, révélant un interstice qui n'échappa pas à Edgar, cramponné à l'arrière.

Le fourgon tangua, puis se renversa.

Mû par son instinct de survie, Edgar se jeta sans réfléchir sur la cloison métallique, qui bâillait légèrement. La violence de la collision avait offert un peu de mou à ses sangles, aussi réitéra-t-il sa tentative, empli de détermination, d'une soif de liberté insatiable.

Sonnés par le choc, les gardiens reprenaient tant bien que mal leurs esprits. Ils essayèrent de se détacher, d'ouvrir la seule portière accessible, en hauteur. Piquée par la panique, la matonne du côté passager, recroquevillée dans une position improbable, récupéra son arme en toute hâte au milieu des débris de verre et d'une odeur de brûlé. Alertés par le bruit que faisait le prisonnier, ils comprirent que ce dernier tentait de s'évader. Le conducteur parvint à se hisser sur la carrosserie, aida sa collègue à escalader les sièges et s'empara du fusil. L'un après l'autre, ils se laissèrent tomber contre les essieux du véhicule couché. Encore étourdis, ils firent le tour du fourgon en chancelant.

Troisième essai.

Edgar envoya valdinguer la grille d'un coup d'épaule rageur, puis se rua sur les portières du coffre. Lancé à pleine vitesse, il se jeta sur ses geôliers avant de s'enfuir dans la nature.

2

Samedi 30 octobre, 10 h 50

— Dans sa maison, un grand cerf regardait par la fenêtre / Un lapin venir à lui et…

Et Clotilde imagina que le cerf s'emparait d'un fusil à pompe Remington 870 DM et balançait au visage de ce fichu lapin une salve de calibre 12…

Car oui, Clotilde en était là.

Cela faisait plus de deux heures qu'elle avait quitté Toulouse, et Nina, installée dans le siège-auto, ne dormait toujours pas. En temps normal, la fillette de onze mois se mettait à roupiller dès que le moteur du Duster ronronnait. Ce jour-là, allez savoir pourquoi, elle refusait de fermer ses petites paupières aux cils recourbés. Clotilde avait pu écouter sa playlist de rock anglais baptisée « Sur la route » jusqu'à Castelnaudary, puis les pleurs incessants de Nina l'avaient contrainte à revoir son programme. Les Beatles jusqu'à Carcassonne. Brassens en bifurquant sur l'A9 à Narbonne. Les BO de Disney jusqu'à Perpignan. Chaque style musical semblait avoir une vertu apaisante à durée limitée, presque chronométrée, qui se concluait inlassablement par des pleurs. Aussi, Clotilde avait dû utiliser sa dernière cartouche : les comptines. Il fallait bien l'admettre : depuis qu'elle roulait sur la N116 à travers les Pyrénées-Orientales, les paroles enfantines parvenaient à juguler les gémissements de sa fille.

Elle se coltinait donc en boucle ces chansonnettes depuis une bonne trentaine de minutes.

— Cerf ! Cerf ! Ouvre-moi !

Une pluie fine crépitait contre le pare-brise en une mélodie lénifiante. Clotilde surprit dans le miroir les paupières de Nina qui s'alourdissaient.

— Ou le chasseur me tuera…

Les doigts crispés sur le volant, Clotilde louvoyait au milieu du relief accidenté. Comme pour évacuer son stress, elle entonna un peu plus fort :

— Lapin ! Lapin ! Entre et viens…

Virage en épingle. Clotilde ralentit. Elle s'engageait dans la courbe qui montait en pente raide quand un fourgon déboula en sens inverse. Elle hoqueta de surprise, se déporta sur le côté. Le Duster dérapa légèrement avant de se stabiliser. Une fois la décharge d'adrénaline évaporée, elle conclut d'une voix éraillée de frayeur :

— Me serrer la main.

Son rythme cardiaque redescendit à une valeur normale, et elle poursuivit sa conduite laborieuse. Traversa le village thermal de Vernet-les-Bains, continua sur la départementale 116, puis dépassa le centre pénitentiaire entouré de miradors qui trouaient la brume.

Heureusement, elle ne croisa plus personne.

Clotilde était venue justement pour ça. S'isoler. Décompresser. Oublier le stress, son boulot d'institutrice, les élèves et leurs parents, les histoires de vie difficile, la misère sociale des gosses du Mirail à laquelle elle était confrontée, son activité de pompier volontaire à la caserne de Colomiers ; mais aussi son quotidien de mère célibataire, le jonglage permanent entre Nina, les courses, les embouteillages, les astreintes, la salle de gym.

Après une quinzaine de minutes à slalomer en seconde, elle vit un panneau surgir dans la lueur des phares : Saint-Martin-du-Canigou.

Niché au pied du pic du Canigou, à plus de mille mètres d'altitude, le petit village de deux cents âmes était ceinturé par les montagnes. On y accédait uniquement par la départementale. À partir de la mi-octobre, la route qui s'élevait en amont du bourg jusqu'au col de Jou et aux départs des sentiers de randonnée était coupée en raison des risques de chutes de neige.

Six mois de l'année, Saint-Martin-du-Canigou était un cul-de-sac.

Clotilde roulait au pas dans la rue principale, tout en évitant les nids-de-poule jonchant la chaussée. L'artère était étriquée et engoncée entre des maisons en pierre de couleur beige ou grise, chapeautées de tuiles orangées, dérobées par le ciel cotonneux. Trottoirs cabossés. Lampadaires cassés. Parapets défoncés. Les habitations semblaient vidées de leurs occupants. Un village fantôme. En même temps, avec une météo pareille… Clotilde dépassa une église, une auberge dont la cheminée laissait échapper un filet de fumée, témoignant enfin d'une présence humaine.

Elle s'arrêta. Point mort. De toute manière il n'y avait pas un chat dans la rue. Sur sa droite, un chemin s'enfonçait dans la forêt. Elle s'engagea dans cette direction, progressa ainsi pendant cinq minutes au cœur d'un étau de verdure, cahotant dans les ornières boueuses, puis traversa la rivière du Cady sur un petit pont en bois aux armatures métalliques, avant d'arriver à la lisière d'un parking gravillonné. À gauche, une sente abrupte et caillouteuse disparaissait entre les arbres. Elle s'y engouffra. Bringuebalée dans la voiture, elle monta en pente raide sur cinq cents mètres, puis émergea dans une clairière.

L'endroit formait un plateau dégagé, cerné de végétation ; un promontoire creusé dans la montagne, comme si un golem avait taillé cet escarpement qui surplombait la vallée, la rivière du Cady, le village de Saint-Martin-du-Canigou. Ce paysage bucolique était toutefois recouvert d'une coulée de brouillard, un fleuve grisâtre et tentaculaire dont les ramifications léchaient les forêts de résineux rongeant le val.

Quatre chalets s'érigeaient à chaque angle de la clairière. Des constructions traditionnelles en bois, rustiques, avec le toit en rondins. Une volée de marches permettait d'accéder à une terrasse bordée d'une balustrade.

Clotilde souffla en plaquant ses mains fines contre son visage. Entre les interstices de ses doigts, elle jeta un œil dans le rétroviseur : les paupières de Nina étaient fermées.

L'arène boisée était d'un calme presque surnaturel ; on entendait seulement le martèlement de la pluie contre la carrosserie.

Un magnifique chêne centenaire trônait au centre de l'esplanade herbeuse. Un sourire éclaira la figure de Clotilde. Décidément, cet endroit était parfait. Elle enclencha la première et se gara devant le premier chalet, accolé au ravin.

Celui qui dominait le parc animalier.

3

Samedi 30 octobre, 11 h 45

— Elle est où, la clé ?

— Sur la poutre, au-dessus du carillon, répondit Bérengère en sortant la valise du coffre de la Citroën C3.

Vincent observa les morceaux de bambou qui dansaient dans la brise légère, un assemblage de bois sculpté et verni. Il leva le bras et tâtonna le long de la structure encadrant l'entrée de la terrasse.

— Et c'est tout ? dit-il en saisissant la clé.

— Comment ça, c'est tout ? fit-elle en grimpant les marches avec tous les bagages.

Devant la porte du chalet, Vincent la dévisageait, incrédule.

— Ben, personne ne doit venir pour faire l'état des lieux ? Nous montrer où est le disjoncteur, le ballon d'eau chaude, comment fonctionne la cuisinière ? Ce genre de choses, par exemple.

Les lèvres de Bérengère s'ourlèrent en une moue penaude.

— Euh, je ne sais pas. Dans le mail, il était écrit que la clé serait sur la poutre, au-dessus du carillon, et qu'il faudrait la remettre au même endroit en partant. J'ai le numéro de portable de la proprio en cas de problème. C'est tout.

— Hum, OK, lâcha Vincent en haussant les épaules.

Il inséra la clé dans la serrure et pénétra dans le chalet tandis que Bérengère, elle, pivotait pour contempler les environs. Trois autres constructions similaires se dressaient au bord de la clairière. Un Duster était garé devant l'une d'elles, juste en face de la leur. Elle inspira l'air frais à pleins poumons ; un sourire béat égaya son visage. Des parfums d'épines et de résine l'émoustillèrent. Le vent s'était levé, dissipant peu à peu le brouillard, il ne pleuvait plus. Bérengère longea la balustrade et admira le paysage automnal. Les forêts verdoyantes étaient encore pourvues de leur feuillage malgré la saison, pigmentées de taches jaunes, auburn, rousses. La célèbre abbaye perchée à flanc de coteau. La crête des montagnes. Les angles affûtés des cols. Le pic du Canigou nappé de neige.

— Tu viens ou quoi ?

Bérengère s'apprêtait à entrer quand un bruit attira son attention dans les bois qui entouraient la clairière. Un craquement de branche. Elle s'arrêta, aux aguets. Étudia attentivement les hêtres, les noisetiers et les pins à crochets, rempart inextricable dont les feuilles gorgées d'eau miroitaient. *Sûrement un animal.* Elle se demanda quelles bestioles pouvaient bien vivre dans cette partie des Pyrénées. Soucieuse, elle traîna sa valise sur les planches avant de pénétrer à son tour dans le chalet.

La construction de bois était composée de trois pièces : un salon avec un coin cuisine, une chambre et une salle de bains incluant les toilettes. Des fenêtres carrées découpaient les murs lambrissés. Des billets pour le zoo et une poignée de prospectus présentant les parcours de randonnée et autres activités proposées dans la région étaient éparpillés sur la table basse, devant un canapé convertible. Des relents d'humidité flottaient dans l'habitation, aussi Bérengère ouvrit-elle les fenêtres pour aérer.

Elle s'attela d'abord à celles de la cuisine. Une couche de saleté recouvrait l'évier, le plan de travail, les poignées des placards.

Elle tira les rideaux avant d'étouffer un cri. Un corbeau mort était coincé sous le vantail du volet. Dégoûtée, elle protégea sa main avec la manche de son pull, entrebâilla la fenêtre et fit tomber l'oiseau à l'extérieur.

— Tu l'as mise où, ma tablette ?

Bérengère leva les yeux vers les poutres apparentes qui couraient au plafond. Cette question, d'une valeur intrinsèque anodine, traduisait parfaitement la déchéance de leur couple.

— Dans la poche avant du sac à dos.

Les mecs sont-ils tous des assistés ? Depuis des mois, voire des années, Bérengère était épuisée. À la limite du burn out. Elle en avait marre de penser à tout, tout le temps. C'était elle qui s'occupait de leurs deux enfants, qui allait les chercher à l'école, chez la nounou ; qui gérait les courses, les repas, les lessives, le ménage, les vacances. Elle ne se souvenait plus de la dernière fois où elle s'était prélassée dans un bain en feuilletant un Bernard Minier. De plus, Bérengère avait pris une décision difficile. Après dix années passées à trimer aux urgences du CHU de Purpan en tant qu'aide-soignante, elle avait choisi d'intégrer l'institut de formation en soins infirmiers, des études financées par l'hôpital. Ses parents étaient infirmiers, sa grande sœur était infirmière et avait rejoint un cursus de puéricultrice ; bien que ses proches ne le lui reprochent pas ouvertement, il était inenvisageable qu'elle reste aide-soignante toute sa vie. Mue par une pression tacite, implicite au sein du cercle familial, mais aussi par l'envie d'évoluer dans son travail, elle avait osé sauter le pas et passer le concours. Reprendre des études après tant d'années, avec qui plus est deux bambins de quatre et six ans, n'était pas une sinécure. Surtout avec un mec comme Vincent.

Il avait créé son entreprise de carreleur six ans plus tôt. Les différents confinements avaient affecté son chiffre d'affaires, il avait dû se séparer de ses deux employés. Depuis, il essayait de joindre les deux bouts, de dégoter des chantiers ici et là. Cette incertitude mâtinée d'anxiété avait eu un impact sur leur vie familiale, leur vie de couple, leur vie sexuelle. Dans leur maison de Cornebarrieu, au nord-ouest de Toulouse, l'ambiance était maussade. Vincent ne s'investissait plus, ne faisait aucun effort, occupait ses journées à jouer à des jeux débiles sur sa tablette ou à dépenser le peu de fric qu'il leur restait en paris sportifs. Ce week-end était leur ultime chance de se retrouver, de passer un peu de bon temps ensemble, de raviver la flamme.

Bérengère avait confié Zoé et Lucas à ses parents, ainsi pourraient-ils profiter de la montagne, faire une ou deux randonnées, visiter le zoo, faire l'amour – quand s'étaient-ils touchés pour la dernière fois ? Bérengère était incapable de le dire.

Elle avait eu le temps de vider la valise, de vérifier la présence d'eau chaude, le fonctionnement des plaques de cuisson et de la télévision que Vincent fouillait toujours dans le sac à dos à la recherche de sa maudite tablette.

— On va faire les courses ? Comme ça on sera tranquilles. On n'aura plus à bouger. Et on en profitera pour appeler les enfants.

Il maugréa un vague assentiment depuis la chambre.

— Tu viens ?

Elle s'impatientait.

— Ça t'embête si je t'attends là ?

Bérengère se retint d'imploser. Rester calme. Elle devait éviter le conflit.

— Ça irait plus vite si tu venais avec moi.

— …

— Vincent ? Tu pourrais au moins me répondre.

Elle s'arrêta sur le seuil de la chambre.

— Vincent ?

Son compagnon se tenait prostré devant la fenêtre, sous un attrape-rêves suspendu à la tringle.

— Qu’est-ce qu’il y a ?

Elle le rejoignit.

— T’as remarqué ça quand on s’est garés ?

Il indiqua le chêne, au centre de la clairière.

— Non, avoua Bérengère, perplexe.

Une partie du tronc avait été creusée, rabotée, de façon à former une surface parfaitement lisse et plane sur l’écorce, un rectangle de cinquante centimètres carrés environ.

À l’intérieur, cinq bonshommes étaient grossièrement gravés.

4

Samedi 30 octobre, 11 h 50

Clotilde sortit de la douche tavelée de taches crasseuses, drapée dans une serviette aussi rêche qu'une pierre ponce. Par la porte béante de la salle de bains, elle avait une vue directe sur le milieu du salon, et surtout sur Nina, assise dans son lit parapluie.

Elle ôta le linge coincé sous ses aisselles et inspecta son corps dans le miroir. Il était quasi impossible de deviner que Clotilde avait accouché quelques mois auparavant. Sa silhouette était athlétique, raide comme un câble d'acier. Le quadrillage de ses abdominaux saillait sous l'éclairage blafard du néon, ses biceps et ses pectoraux roulèrent sous sa peau diaphane lorsqu'elle enroula la serviette sur sa tête. Des cuisses fuselées. Des fesses musclées, résultat d'heures passées à la salle de sport et sur les rings. Des seins petits et fermes. Seules quelques vergetures zébraient son bas-ventre, vestiges du passage laborieux de Nina.

Nue dans le séjour, Clotilde mit de l'eau à bouillir. Malgré la saison, il faisait étonnamment bon. Elle finit de se sécher, enfila un jean et un T-shirt, puis rassembla ses cheveux châtains en chignon au sommet de son crâne, à l'exception de deux mèches torsadées qui, comme toujours, encadraient l'ovale de son visage. Elle versa une poignée de coquillettes dans la casserole fumante.

Elle avait fait le plein de provisions avant de partir. Et parce qu'elle le méritait bien, elle avait ajouté à la longue liste des indispensables une bouteille de chardonnay pour décompresser à la nuit tombée. Entre la nourriture pour sa fille, les biberons, les vêtements, les couches, les jouets, la poussette, sans parler de ses affaires à elle, elle avait dû remplir le coffre du Duster comme si elle partait pour un mois.

Pour Clotilde, tout était une question d'organisation. Elle n'était pas maniaque, contrairement à ce que supputaient les mauvaises langues, elle était ordonnée. Le secret de son train de vie harassant reposait sur un planning qu'elle suivait à la lettre. Et sur des caisses de rangement. Clotilde ne lésinait pas sur les trajets entre son domicile et l'entrepôt le plus proche du géant Ikea pour assouvir son besoin irrépressible de boîtes. Son père militaire lui avait inculqué la discipline. Elle n'était que le fruit de son éducation.

Nina était perchée sur son rehausseur devant une purée de bœuf aux légumes verts. Assise en face, Clotilde mangeait ses pâtes. Elle faisait la conversation pour deux, énumérait la liste des animaux présents dans le zoo – en imitant leurs cris, forcément – sous les éclats de rire de sa fille.

Un lien puissant les unissait. L'univers de Nina se résumait à sa maman. Et inversement. L'institutrice-pompier célibataire avait perdu sa mère à l'âge de cinq ans, son père récemment ; le papa de Nina, lui, était parti dans les premiers mois après la naissance. Il l'avait abandonnée. Il *les* avait abandonnées.

Après le repas, Clotilde réinstalla sa fille dans le lit parapluie avec son doudou-lapin, sa sucette, sa peluche coccinelle et ses jouets, puis elle se dirigea vers l'évier. Son regard s'égara un instant par la fenêtre. La clairière. Les autres chalets. La Citroën C3 garée devant celui d'en face. La muraille d'arbres menaçants, ténébreux. Et ces dessins étranges sur le tronc du chêne…

Distraitement, elle fit la vaisselle, une moue songeuse sur les lèvres.

La chance souriait à Clotilde : la pluie avait cessé. Elle habilla Nina d'un manteau jaune avec une capuche doublée de fourrure, et d'une cagoule blanche. Elle la harnacha dans la poussette : un modèle tout-terrain, large et pliable, monté sur des grosses roues. Emmitouflée dans un K-Way, les pieds empaquetés dans des chaussures de randonnée, elle enfourna ses affaires et celles de Nina dans son sac à dos. Sur le guéridon de l'entrée, elle saisit son smartphone.

Il n'y avait aucun réseau.

Clotilde s'apprêtait à sortir du chalet quand elle entendit un véhicule manœuvrer dans la clairière, le ronronnement d'un vieux moteur, le claquement d'une portière, des basses fréquences.

Et un sifflement strident qui fendit l'air comme un coup de sabre.

5

Samedi 30 octobre, 12 h 35

Yumi posa ses Dr. Martens aux lacets défaits sur l'herbe humide.

Elle forma une boucle avec ses doigts, les porta à sa bouche et souffla ; un son aigu et perçant brisa le calme éphémère de la clairière. Une nuée d'étourneaux fit bruire le cercle de végétation en s'envolant.

Les portières ouvertes de la BMW rouillée laissaient échapper la mélodie de *La Kiffance* de Naps. Ingrid coupa le contact et sortit à son tour de la vieille guimbarde.

— Alors ? Je te l'avais pas dit ? demanda Yumi, exaltée.

— Cet endroit est parfait !

Les deux jeunes femmes se rejoignirent devant le capot corrodé aux taches jaunâtres puis s'embrassèrent avec passion. Après une étreinte prolongée dénuée de toute pudeur, elles attrapèrent leurs sacs à dos élimés dans le coffre de la berline, récupérèrent la clé sur la poutre et pénétrèrent dans leur chalet.

Approchant toutes les deux de la trentaine, Yumi et Ingrid avaient interrompu leurs études – sociologie pour la première, vétérinaire pour la seconde – afin de créer leur entreprise. Elles étaient depuis deux ans les heureuses propriétaires d'une boutique de CBD dans le centre de Toulouse, rue de la Colombette.

Le marché de cette molécule extraite du chanvre connaissait un essor spectaculaire, la demande était exponentielle, les clients affluaient. La législation sur ce produit suscitait des débats houleux au sein de l'hémicycle, sa pérennité était compromise mais, quoi qu'il en soit, le commerce du jeune couple se révélait pour l'instant lucratif. Et légal.

D'un caractère volontaire, Ingrid avait monté l'affaire et assurait la partie logistique, tandis que Yumi préférait rester derrière le comptoir. Elle conseillait les clients, sympathisait, encaissait les paiements, tamponnait les cartes de fidélité. Dans leur couple comme au travail, cette complémentarité était le pilier de leur réussite.

Pour souffler après deux années de boulot acharné, elles avaient voulu fêter Halloween dans un « endroit marqué par une histoire tumultueuse », *dixit* Yumi. C'était la première fois qu'elles quittaient Toulouse en amoureuses ; ce week-end avait des allures de lune de miel romantique et horrifique. Amatrices de sensations fortes, de soirées *cosplay* et de films d'épouvante, elles avaient souhaité se mettre en condition pour frissonner dans un cadre inquiétant. Faire de l'urbex à l'hôtel Alexandra, sur la route de Saint-Martin-du-Canigou. S'introduire dans le zoo une fois la nuit tombée. S'envoyer en l'air dans chaque pièce du chalet, et même ailleurs…

Yumi fit le tour du logement. Des collants en laine fuchsia couvraient ses longues jambes, rehaussées par un short en jean qui lui moulait les fesses. Ses yeux en amande étaient soulignés d'un trait de khôl. La propreté laissait à désirer, elle se promit de ne pas louper la proprio sur TripAdvisor. Elle déballa ses affaires, brancha les petites enceintes Bluetooth, puis sélectionna une playlist sur son téléphone. Les premières paroles de *Thunder,* du groupe Imagine Dragons, emplirent l'habitation. De son côté, Ingrid attrapa un paquet de tabac dans le sac à dos et se roula une cigarette. Installée sur le canapé, ses Converse boueuses posées sur la table basse, elle porta la clope à sa bouche.

— Fais voir le feu, dit-elle après avoir palpé les poches de sa veste en cuir bordeaux.

— Je l'ai pas.

— Merde. On a dû le laisser dans la bagnole.

La cigarette pendue au bout des lèvres, elle sortit sur la terrasse.

Une brise fit frémir les cimes des arbres. Les basses du groupe de rock originaire de Las Vegas parasitaient le silence feutré de l'arène végétale. De rares rayons incisaient la masse nuageuse ; les feuillages imbibés d'eau luisaient par endroits.

Les baskets d'Ingrid foulèrent l'herbe trempée. Son regard scanna les quatre coins de la clairière, la muraille d'arbres dressée autour, les chalets, les deux autres voitures garées, et ces bonshommes curieux gravés dans le tronc du chêne. On aurait dit l'œuvre d'un enfant : des traits pour les jambes, les bras et le corps, un rond pour la tête. Certains avaient des cheveux, d'autres non ; elle supposa que cela différenciait les filles des garçons. Un mot était inscrit au-dessus des personnages, mais Ingrid était trop loin pour parvenir à le lire.

Un sentiment étrange s'insinua en elle, un mal-être inexplicable.

Elle inséra la clé dans la serrure de la BM. Récupéra le briquet au milieu des tickets de carte bleue éparpillés sur la console centrale. Une odeur de tabac froid stagnait dans la voiture. Ingrid s'extirpa du véhicule et eut un mouvement de recul.

Une femme l'observait à l'autre extrémité de l'esplanade herbeuse. Elle s'engageait sur le chemin menant au parking du zoo avec une poussette tout-terrain.

Curieusement, Ingrid sentit une sorte de défiance dans son regard. De l'animosité ? *Ne sois pas ridicule.* Elle lui adressa un signe poli de la main, auquel l'autre répondit par un fugace hochement de menton, avant de rabattre le capot de la poussette pour protéger son bébé du vent.

Ingrid rentra dans le chalet. Alluma sa cigarette. Allongée sur le canapé, les jambes posées sur les cuisses de Yumi, elle demanda :

— Il nous faut quoi pour ce soir ?

— De la tequila.

Ingrid pouffa.

— Et quoi d'autre ?

— Du citron.

— Mais encore ?

— Du sel.

— T'es con. Tu voudras manger quoi ?

— Ta...

Yumi sursauta.

— Ben quoi ?

Un voile d'inquiétude avait recouvert le visage pâle de Yumi.

— T'as vu ça ?

— Vu quoi ?

— On aurait dit qu'une ombre passait devant la fenêtre.

— Tu déraillES.

Yumi se leva pour aller vérifier. La forêt, insondable, se dressait devant le chalet telle une masse sombre et compacte. Elle était si dense que la lumière déclinait au bout de quelques mètres, absorbée par les frondaisons.

— Alors ?

Yumi fronça les sourcils, soucieuse. L'extérieur n'était que ténèbres. Un panorama obscur hachuré de troncs. Elle scrutait les alentours avec plus d'attention quand elle distingua un mouvement, à l'angle de son champ de vision, un déplacement furtif ; un glissement dans ce maelström d'ombres. Quelque chose avait bougé.

— C'était quoi, ça ? fit-elle, intriguée.
— T'as vu quelque chose ?
— On aurait dit qu'il y avait quelqu'un, dehors, qui nous regardait.
Ingrid, interloquée, se redressa.
— Où ça ?
Elle inspecta le bois à son tour.
— Je vois rien.
— Je te jure qu'il y avait quelqu'un qui nous matait.
— Tu dis ça parce que ça t'excite, hein ? Avoue.
— Arrête, je suis sérieuse. J'ai vu une silhouette.
— Toi qui voulais venir ici pour flipper, te voilà servie.
— Ah, ah. Très marrant. N'empêche que c'est chelou, non ?
— Tu ne vas pas me refaire ce plan… C'est juste le vent qui a fait bouger un buisson. Ou un animal. Il doit y avoir des chevreuils ou des biches dans les montagnes.
Ingrid fit une pause méditative. Puis, d'un ton empreint de sournoiserie :
— Ou peut-être qu'il y a une *bête* dehors… Un dangereux psychopathe qui s'habille avec la peau de ses victimes… Bouh !
Yumi finit enfin par sourire.
— Ce que tu peux être con.
Elle se rassit et roula à son tour une cigarette. Soudain elle fut prise d'un doute. Avait-elle halluciné ? Non, elle avait bien vu une ombre qui ressemblait à une silhouette. Elle en était certaine. Quelqu'un les épiait.
Un prédateur.
Elle alluma sa clope et souffla bruyamment la fumée, comme pour évacuer cette théorie délirante.
Ce week-end allait tenir ses promesses.

6

Samedi 30 octobre, 12 h 50

Charles enclencha la marche arrière en râlant.

Il recula jusqu'au parking du zoo afin de laisser passer la Citroën C3 ; le chemin desservant les chalets n'était pas assez large pour que deux véhicules s'y croisent.

Une fois le passage libéré, la conductrice le remercia d'un signe de la main ; le passager, lui, paraissait plongé dans ses songes. Charles hocha la tête avant de s'engager à nouveau dans la sente rocailleuse.

Il gara sa voiture hybride devant les marches de bois qui grimpaient vers sa terrasse. Contrairement aux autres occupants, Charles était arrivé la veille. Il rangea les courses qu'il avait faites à Vernet-les-Bains et alluma la bouilloire – Charles ne partait jamais sans sa bouilloire. Il prit un mug dans le placard encastré de la cuisine et s'installa à la table ronde. Une élégante boîte en bois de manguier reposait à côté d'un appareil photo numérique, de cahiers de notes et d'un ordinateur portable. Il l'ouvrit, opta pour un thé noir du Népal acheté dans une boutique spécialisée à Toulouse. Il versa de l'eau et laissa infuser. Quatre minutes, pas plus. À une température de quatre-vingt-dix degrés. La dégustation du thé était affaire de précision.

Charles était auteur. Il n'aimait pas le qualificatif d'*écrivain*, qui renvoyait à une sorte d'élite littéraire dans laquelle il ne se reconnaissait pas. Il avait écrit quatre romans : des thrillers dans lesquels se mêlaient suspense et hémoglobine, avec un peu de surnaturel. Son troisième livre, *Market Terror*, paru deux ans plus tôt, s'était propulsé au sommet des meilleures ventes, défiant tous les pronostics de sa maison d'édition. Dès lors, il avait pu s'octroyer le luxe d'arrêter son boulot d'ingénieur informatique chez Airbus. Ce troisième ouvrage était devenu ce qu'il est convenu d'appeler un best-seller, générant la réimpression de ses deux précédents romans au format poche ; on se les arrachait. À présent il vivait de sa passion. Un rêve. Mais aussi un stress permanent. Ses livres étaient sa seule source de revenus, et rien, absolument rien, ne garantissait que ses prochains écrits rencontreraient autant de succès. Mais pour l'instant il préférait occulter cette angoisse, profitant de ces journées à s'atteler à ce qu'il aimait le plus au monde : écrire des histoires glauques.

Cette renommée imprévue avait déteint sur sa personnalité. Charles s'était construit un personnage. Il avait changé. Ou plutôt : il avait dû changer. Impossible désormais de citer Yoda ou Homer Simpson en public ; à présent, outre son apparence, il soignait ses discours, adaptait ses références à des auditoires composés en partie de gens lettrés. Il était entré dans la cour des grands.

Son quatrième manuscrit était chez son éditeur. La date de parution était fixée à mars. Le travail éditorial étant déjà bien entamé, Charles avait décidé de se lancer dans un nouveau projet. Une histoire d'épouvante dans les Pyrénées. Et quoi de mieux que de s'immerger lui-même dans les montagnes afin d'en capter les nuances, l'atmosphère, pour pouvoir ensuite les retranscrire fidèlement dans son roman. Qui plus est le week-end de la Toussaint. Trembler avec ses personnages. Pour faire trembler à son tour… Et, il devait bien l'admettre, jusqu'à présent il n'était pas déçu.

Des arômes boisés et épicés embaumèrent le chalet. Charles porta l'élixir fumant à ses lèvres, avala une gorgée aux parfums de fruits compotés, de bois, de cire, et même de cacao et de miel. Une compilation des musiques de film de Hans Zimmer en sourdine. Les fragrances du thé. L'isolement. Toutes les conditions étaient réunies pour créer un excellent texte.

Il se remit au boulot.

Il avait produit une dizaine de pages depuis son arrivée la veille. Le climat pyrénéen déteignait sur son imagination ; il avait explosé sa moyenne journalière.

Au bout d'une heure, sa concentration faiblit et il décida de s'accorder une pause. Il s'étira le dos et fit quelques pas. Le plancher grinçait sous ses pantoufles. Il regarda par la fenêtre. Dans le ciel, les nuages s'amoncelaient à nouveau, plus sombres, plus menaçants. Le vent soufflait avec davantage de force ; les herbes ployaient sous les bourrasques, les branches s'agitaient dans le bois. Le carillon de la terrasse faisait un raffut de tous les diables.

Charles s'amusait de la situation. Il y était, dans son histoire. Aucun doute. Le réalisme de son texte n'en serait que plus saisissant, il se délectait déjà de l'effet qu'il aurait sur les lecteurs.

Il rouvrit le fichier Word ; ses doigts galopèrent aussitôt sur le clavier.

Un son creux et tapageur l'extirpa douloureusement de sa fièvre littéraire.

Les morceaux de bois s'entrechoquaient avec violence sur la terrasse, suspendus à la poutre, au gré des rafales. Ce bruit commençait à devenir pénible, il troublait sa créativité. Agacé, il se hâta de sortir et décrocha le carillon. Il le posa sur la table extérieure.

Avant de rentrer, il fit volte-face. Un mouvement avait attiré son attention, sur sa gauche. Une jeune femme montait dans une BMW déglinguée. Elle rejoignait sa copine qui l'appelait par son prénom. Ingrid. Il les observa disparaître dans l'embouchure du chemin, comme si elles avaient été avalées par une mâchoire feuillue.

Un rictus teinté de perfidie balafra son visage. Il entra dans la chaleur du chalet et se dirigea d'un pas précipité vers la chambre.

Au-dessus du lit, un plan du site était épinglé sur le mur. C'était un assemblage de feuilles A4 disposées tel un puzzle, un agrandissement des images de la région imprimées sur Google Earth. La carte mesurait près de deux mètres sur un mètre cinquante et recouvrait presque tout le pan de la cloison en bois. On y voyait la clairière, les chalets, les sentiers de randonnée, l'abbaye, le village de Saint-Martin-du-Canigou.

Sous chaque habitation, une photographie de ses occupants était punaisée.

Charles se saisit d'un marqueur et nota le prénom « Ingrid », à côté de la photo qu'il avait prise à la dérobée, un peu plus tôt dans la journée, alors que la jeune femme était sur sa terrasse.

Tandis que son regard accrochait le portrait un peu flou de la colocataire visiblement d'origine japonaise, il se demanda où il avait déjà vu cette fille.

Il était certain de l'avoir croisée quelque part.

7

Samedi 30 octobre, 14 h 25

L'itinéraire escarpé formait une longue boucle s'élevant dans la montagne, à l'ombre des conifères, avant de revenir au point de départ près de l'accueil et de la boutique de souvenirs. D'une superficie de dix-neuf hectares, le parc hébergeait une cinquantaine d'espèces d'animaux des plus exotiques aux plus sauvages. Toutes les infrastructures étaient construites en matériaux renouvelables – murs en bois, toits en chaume ; on sentait le désir de préserver l'environnement, de respecter la nature à chaque recoin. Il y avait des poubelles de tri tous les dix mètres ; le parc était d'une propreté impeccable. L'architecture insolite lui conférait des airs de camp de vacances en bord de mer.

Que fichait un zoo dans un endroit pareil ? Clotilde avait effectué le « grand tour », comme le conseillait le plan qu'on lui avait donné à l'entrée. Durant plus d'une heure et demie, elle avait poussé Nina sur le chemin enduit d'asphalte. Elle avait vu des cerfs, des daims, des chevreuils, des isards, des chameaux, des mouflons corses, des lamas, des alpagas, des ânes catalans, des girafes ; à présent elle s'engageait sur l'allée principale, le long de l'étang artificiel dans lequel caquetaient des canards et des oies. Sur sa gauche, elle dépassa une série d'immenses volières qui hébergeaient des aigles, des vautours, un condor et d'autres espèces de rapaces, mais aussi des aras. L'amphithéâtre, qui pouvait accueillir jusqu'à cinquante visiteurs, s'érigeait à l'arrière-plan. Il proposait un spectacle quotidien d'oiseaux ; des annonces au micro retentissaient à travers le parc, promettant un instant féerique, inoubliable. Le *show* commençait à 16 h 30.

Clotilde esquivait les flaques d'eau qui jalonnaient la voie. Sur sa droite, des macaques de Barbarie se massaient, grattaient leur pelage ; un couple de tigres évoluait dans un décor rappelant un temple indonésien escamoté par une forêt dense ; un lion, trois lionnes et leurs lionceaux lézardaient sous un immense monticule de rochers, près d'un ruisseau, au centre d'un vaste espace entouré de falaises qui tutoyaient le brouillard. La taille des enclos était impressionnante, les animaux avaient de la place, beaucoup de place, au détriment de la visibilité des visiteurs, parfois.

Fascinée par l'envergure de la fosse aux félins, Clotilde s'approcha d'une grande paroi vitrée. Vautré sous une large pierre plate, le lion se la coulait douce.

— Oh ! regarde, Nina. C'est Mufasa.

La fillette avait déjà entendu l'histoire du *Roi Lion* ; Clotilde la lui avait lue à maintes reprises. Elle orienta la poussette vers les félins ; les paupières de Nina étaient closes, elle faisait la sieste. Avec un sourire empli de tendresse, Clotilde continua son chemin en direction de l'île aux singes.

Un pont permettait d'enjamber les douves encerclant les deux serres et les enclos extérieurs, scindés en deux zones bien distinctes pour éviter toute interaction. Clotilde poussa Nina à travers la première, peuplée de gorilles, puis la seconde, occupée par des chimpanzés et des orangs-outans. Les primates étaient tous rentrés à l'intérieur ; dehors, les arbres, les cordages, les passerelles et les pneus étaient à l'abandon.

Elle poursuivit sa visite jusqu'au terrain des loups, à l'extrémité du parc, où la meute, invisible, se prélassait dans sa tanière. Un peu déçue, Clotilde bifurqua puis arriva à proximité d'une grande fosse qui précédait une serre en travaux, interdite au public. Une rafale ébouriffa ses cheveux ; elle baissa le capot de la poussette pour protéger Nina.

Intriguée, elle s'approcha et consulta les informations notées sur la pancarte en bois, plantée devant le parapet cimenté.

« L'ours kodiak est considéré avec l'ours blanc comme le plus grand carnivore terrestre. »

Elle jeta un œil en contrebas entre les branches des séquoias, examina les troncs couchés, les berges du ruisseau, les amas de rochers sporadiques, l'entrée d'une tanière incrustée dans un bâtiment bétonné.

Il n'y avait pas l'ombre d'un ours.

— Notre ami poilu est en train de faire un long roupillon, fit une voix dans son dos.

— Je vous demande pardon ?

Une femme d'une soixantaine d'années s'accouda au garde-fou. Elle était petite et portait un manteau bleu marine qui lui arrivait aux genoux. Des mèches grises lui rayaient la figure. Il y avait quelque chose d'espiègle dans son regard, elle était comme ces enfants excités de découvrir des animaux pour la première fois.

— Les ours commencent à hiberner au mois d'octobre ou novembre, expliqua-t-elle. Vous l'avez raté de peu. La semaine dernière, il stockait encore de la nourriture pour passer l'hiver dans sa tanière. Il se réveillera au printemps.

— Vous avez l'air de vous y connaître, dit Clotilde, amusée. Vous venez souvent ?

Elle détailla rapidement la tenue de l'inconnue. Puis :

— Vous... ne travaillez pas ici ?

— Oh ! non. Même si j'avoue que cela ne m'aurait pas déplu. Je suis retraitée de l'Éducation nationale. J'ai enseigné les mathématiques pendant trente ans au collège de Prades. Je vis à Saint-Martin-du-Canigou et je visite le parc tous les samedis après le déjeuner. Ce zoo, c'est ma promenade digestive. Pendant que mon mari regarde le sport à la télé, moi, je viens voir les animaux, ajouta-t-elle en riant.

Clotilde l'imita.

— Comment s'appelle ce petit prince ? demanda la retraitée en jetant un œil vers la poussette et la chancelière bleue qui émergeait du capot.

— C'est une petite princesse, rectifia Clotilde, sans relever le préjugé. Elle s'appelle Nina.

L'air enchanté, elle poursuivit :

— Elle s'est assoupie au bout de dix minutes de visite. À chaque fois c'est pareil, *mademoiselle* a le chic pour s'endormir dès que les choses deviennent intéressantes.

Le sourire de la femme s'élargit.

— Ça me rappelle des souvenirs. J'ai deux petits-fils. Oh ! bien sûr, aujourd'hui ils sont grands, ce sont des adolescents qui me dépassent d'une tête. Mais vous verrez comme ça file vite. Profitez-en tant que vous pouvez.

Clotilde opina par politesse ; on lui avait sorti ce refrain un nombre incalculable de fois.

— Vous êtes en vacances ? s'enquit la retraitée.

Elle leva la tête et inspecta les alentours – peut-être à la recherche d'un « papa », supposa Clotilde.

— Juste en week-end. Un week-end mère-fille, précisa-t-elle pour clarifier les choses.

Une bourrasque les cingla. Un rideau de cheveux masqua soudain le visage de l'ancienne professeure.

— Vous voulez vous asseoir un moment ? proposa-t-elle en indiquant les tables derrière elles.

La vie de Clotilde gravitait autour de son bébé, elle côtoyait peu d'adultes en dehors de l'école et de la caserne, aussi accepta-t-elle.

— Vous désirez quelque chose à boire… ?

— Roseline.

— Clotilde.

— Non, merci, Clotilde.

Elles s'installèrent à une table, sous un gigantesque toit pointu en chaume. Il y avait peu de visiteurs, le mauvais temps de la matinée avait dû décourager les touristes, et les nuages noirs qui s'amoncelaient n'auguraient rien de bon. Elles papotèrent comme deux copines qui se seraient perdues de vue. Roseline avait assisté à l'inauguration du zoo, avait vu grandir la plupart des animaux. Pour une raison inconnue, Clotilde se sentit libre de parler. De se confier. La vie difficile de maman célibataire, le travail, les missions, le rythme infernal toulousain. Roseline était dotée d'une qualité d'écoute et d'empathie qui invitait à se confesser. Après une quinzaine de minutes, elle insista pour payer des boissons, disparut dans le snack et revint avec un jus de fruits et un soda.

— Vous connaissiez déjà cet endroit ?

— De nom, seulement, répondit Clotilde en versant son Coca dans un gobelet en carton. Ce sont mes collègues de la caserne qui se sont cotisés pour m'offrir ce week-end à Saint-Martin-du-Canigou.

— Comme c'est adorable de leur part. La propriétaire du zoo tient aussi l'auberge. Je la connais bien. Vous verrez, elle va vous dorloter.

— Nous ne dormons pas à l'auberge. Nous logeons dans un des chalets, un peu plus haut.

Roseline se rembrunit.

— Les chalets ?

Clotilde acquiesça, troublée par la réaction de sa nouvelle amie.

— J'ai dit quelque chose qu'il ne fallait pas ?

Roseline repoussa son jus de fruits, comme si la mention des locations de la clairière lui avait coupé la soif.

— Vous savez ce qui s'est passé il y a deux ans, dans ce zoo, ici même, à quelques mètres de l'endroit où nous sommes ?

Elle pointa un doigt décharné vers la fosse.

— Je l'ai lu au moment de valider la réservation, quand je me suis renseignée sur les activités de la région, confirma Clotilde. Un homme s'est jeté dans l'enclos des ours, c'est ça ?

— Oui. Ça a été épouvantable. Cet homme est mort dans des circonstances abominables, comme vous pouvez l'imaginer. Des témoins ont alerté les soigneurs et le protocole qui existe dans ce genre de situation a été mis en place : l'animal a été abattu.

— Ça a dû être terrible.

Roseline observait le parapet épousant la fosse d'un air absent.

— Je n'y étais pas, embraya la retraitée. On me l'a raconté. Mais, oui, ça a été affreux. Il y a eu une enquête. La direction départementale de la protection des populations a établi que le capacitaire du parc n'était pas responsable de la mort de ce pauvre homme. Aucune faute de sécurité n'a été commise. Par conséquent le zoo n'a pas été contraint de fermer. Légalement, en tout cas.

Ressasser ces souvenirs semblait la bouleverser. Elle poursuivit :

— Mais la pression médiatique a été si forte qu'il a finalement été obligé de fermer ses portes, le temps que les choses se tassent. Quelques jours après le drame, Saint-Martin-du-Canigou est devenu l'épicentre d'une polémique. Beaucoup de gens se sont indignés que l'animal ait été abattu alors que l'homme était clairement le seul et unique responsable. La propriétaire a été traitée d'assassin, de tueuse d'ours. Pendant des mois, tous les week-ends, il y a eu des regroupements de défenseurs de la cause animale, des opérations escargot, des manifestations, ici même et dans notre petit village. Des associations sont venues grossir les rangs des opposants à la réouverture du zoo, notamment Pays de l'Ours. Des heurts ont éclaté, les infrastructures du parc ont été vandalisées, il y a eu des tentatives de libération de certaines espèces. Cette situation ingérable a perduré jusqu'à l'instauration du premier confinement en mars 2020. Ensuite, avec l'épidémie, les gens sont passés à autre chose. Le zoo a rouvert seulement cette année.

Elle chassa les mèches récalcitrantes qui striaient son visage. Au son de sa voix, qui vrillait par moments, Clotilde devinait que le sujet restait sensible.

— Les conséquences de la mort de l'ourse sur ses petits ont participé à envenimer la situation.

— Ses petits ? répéta Clotilde, attentive.

— Une bien triste histoire, ma pauvre. Qui a jeté de l'huile sur le feu, renforçant la haine chez les opposants à la réouverture du zoo.

Elle avala finalement une gorgée de jus de fruits.

— Après le décès de la maman, les oursons ont échappé à la vigilance des soigneurs. Les petits devaient être transférés dans un autre parc. En attendant, c'était l'équipe vétérinaire et les employés qui assuraient le rôle de la mère. Normalement, c'est elle qui s'occupe de les nourrir, de les éduquer.

Comme chez les humains, ne put s'empêcher de penser Clotilde, tout en berçant la poussette du bout de sa chaussure. Elle avala une lampée de soda ; Roseline enchaîna, court-circuitant ses réflexions :

— Je ne sais pas exactement comment ça s'est passé, s'il s'agit d'une erreur d'inattention, de logistique, ou si c'est à cause de l'état psychologique des soigneurs, qui essuyaient des critiques et se faisaient caillasser leurs voitures quand ils venaient travailler, mais quoi qu'il en soit les oursons ont été retrouvés morts.

Clotilde ignorait pour qui la retraitée avait le plus de compassion : ce pauvre homme ou la famille ours. Sachant qu'elle avait dû voir grandir les animaux, qu'elle connaissait la propriétaire, elle pencha pour la *team* ours.

— Qu'est-ce qui a pu pousser quelqu'un à faire une chose pareille ? demanda Clotilde. Je veux dire, c'est insensé. Il y a d'autres moyens pour se suicider.

— Nul ne le sait. Mais cette tragédie a exhumé les anciennes légendes. Certains prétendent que ce sont les *encantades* qui lui auraient fait perdre la raison, des fées enjôleuses, ravissantes et particulièrement persuasives, qui vivent près du torrent du Cady et ensorcellent les hommes avec leurs chants. D'autres soutiennent que c'est à cause de l'isolement, que les gens *changent* dans ces chalets, qu'il s'y passe des phénomènes étranges. Apparemment il aurait séjourné dans l'un d'entre eux avant de se suicider. C'est la raison pour laquelle j'ai été surprise, tout à l'heure, quand vous m'avez dit que vous dormiez dans cette clairière. J'ignorais qu'elle accueillait à nouveau des touristes.

Roseline plongea les yeux dans ceux de Clotilde, qui s'enfonça dans son siège, comme si le poids du regard de la retraitée était trop lourd à supporter.

— C'est très curieux que nous discutions de ça spécialement aujourd'hui, fit cette dernière d'un air grave.

— Pourquoi ? lâcha Clotilde, perturbée par ce brusque changement d'attitude.

— Parce que demain ça fera exactement deux ans, jour pour jour, que cet homme s'est donné la mort.

8

Samedi 30 octobre, 16 h 50

Bérengère se réfugia dans la salle de bains.

Les larmes striaient sa peau de porcelaine, son mascara coulait en rigoles. Tant d'efforts réduits à néant, tout ça pour se retrouver à pleurer comme une conne, assise sur les toilettes. Face à elle, le miroir lui renvoyait l'image de son corps en pleine figure : ses cuisses lézardées de cellulite, ses bourrelets, son ventre, la peau flasque sous ses bras, son double menton. Comment les autres faisaient-elles ? Comment se débrouillait-on pour prendre soin de soi après deux grossesses, tout en s'occupant des gosses, des tâches ménagères et en reprenant des études ? Comme l'autre, là, dans le chalet d'en face, avec sa taille de guêpe et son môme d'à peine un an.

On était seulement samedi, et le week-end virait déjà au fiasco… Après avoir fait les courses, Vincent et elle étaient partis visiter l'abbaye de Saint-Martin-du-Canigou, juchée au-dessus du village. Une promenade d'une petite heure durant laquelle le couple avait marché en silence, main dans la main, oubliant l'esclandre de Vincent quand il avait constaté l'absence de réseau dans le chalet. Les téléphones portables captaient à partir du parking du zoo ; la clairière et les bois alentour étaient en zone blanche. Ils étaient revenus par un sentier pédestre qui serpentait au milieu de la forêt. Le chemin coupait la départementale grimpant au col de Jou, la rivière du Cady – ils avaient traversé un pont de singe suspendu au-dessus de la cascade –, et débouchait près du chalet occupé par ce type étrange et solitaire que Bérengère avait surpris en train d'épier derrière ses rideaux. D'humeur coquine, elle avait ensuite voulu batifoler. Et, là, le drame…

Elle s'était pourtant apprêtée pour aguicher son homme : maquillage sobre, rouge à lèvres, épilation du pubis à la cire, lingerie en dentelle carmin sous un déshabillé en soie. Malgré tout ça, le petit Vincent était resté de marbre. Bérengère n'avait pas voulu y accorder trop d'importance, mais Vincent, lui, en avait fait tout un plat, frustré par son impuissance ; il s'était emporté, le ton était monté, il avait claqué la porte en partant, furibond.

Hoquetant dans la salle de bains, Bérengère ignorait où son compagnon s'était sauvé. Ses enfants lui manquaient. Elle aurait souhaité les prendre dans ses bras, au lieu de quoi elle se lamentait au fin fond d'un chalet, dans les méandres du massif pyrénéen. Son couple avait atteint un point de non-retour.

Elle se rhabilla. Incapable de se concentrer sur les cours de l'IFSI qu'elle avait apportés, elle sortit sur la terrasse. Bien qu'elle ne soit pas friande de ce genre d'attractions, un tour au zoo la distrairait sans doute de son chagrin. Les résidents des chalets bénéficiaient d'un accès gratuit au parc animalier ; le forfait était compris dans la location. Et qui sait, peut-être Vincent l'attendrait-il sagement à son retour, pétri de remords ?

Elle descendit le perron, tourna à l'angle de l'habitation avant de s'arrêter. Sous la fenêtre de leur chambre, des empreintes de pas avaient écrasé le tapis d'aiguilles de pin. Elle procéda à une rapide analyse, se mettant dans la peau d'un des personnages des polars qu'elle aimait tant lire. D'après la météo, il n'avait pas plu la veille, or les marques gaufrées s'enfonçaient dans la fange. Un constat inquiétant s'imposa dans son esprit. Ces traces dataient du jour même.

Quelqu'un s'était posté ici. Devant leur chambre.

Elle remarqua deux taches graisseuses sur la fenêtre, à hauteur d'yeux. On aurait dit les marques laissées par une main plaquée contre la vitre. Comme si on les avait espionnés.

Était-ce Vincent ? L'avait-il épiée discrètement, en proie à la culpabilité ? Où était-ce le locataire bizarre qui les avait observés, animé par de sombres desseins ?

Les questions se bousculaient sous son crâne au moment où elle remarqua un autre sentier, plus étroit, qui s'enfonçait dans la forêt. Ce dernier descendait lui aussi le ravin boisé en direction du zoo. Elle opta pour ce passage.

Ses baskets écrasaient les brindilles, les premières feuilles mortes tombées des arbres, les pommes de pin. Le chemin déclinait en pente raide, parsemé de cailloux et de racines enrobées de mousse. Bérengère redoubla de vigilance pour ne pas glisser. La luminosité s'affadissait à mesure qu'elle progressait dans les bois. Craquements et bruissements résonnaient partout autour d'elle. La nature l'enveloppait. La cernait. Bérengère s'attendait presque à voir surgir des elfes guerriers ou un escadron de centaures.

Au détour d'un virage, elle échoua dans une seconde clairière, plus petite que celle des chalets. Une chaîne rouillée, fixée à deux piquets en bois vermoulu, en défendait l'accès. Des écriteaux cliquetant sous la brise étaient accrochés dessus : « Défense d'entrer », « Attention : danger ». L'esprit trop préoccupé pour se soucier de ces mises en garde, Bérengère enjamba l'obstacle.

Les nuages se rassemblaient dans le ciel, comme si un dieu quelconque tirait une gigantesque couverture grise sur la vallée.

Au sommet de l'espace dégagé et incliné, un mirador se détachait de la nappe sombre qui ensevelissait les lieux.

Le vent sifflait entre les cimes, semblable à la plainte d'un animal blessé, à l'agonie.

Peu rassurée, Bérengère s'approcha de l'étrange construction. En contrebas, elle remarqua un sentier carrossable qui descendait vers le zoo.

Un bruit sec se fit entendre sous sa semelle. Elle se pencha, intriguée. Découvrit une espèce de boule gluante, mélange d'os, de plumes et de poils agglomérés entre eux par un mucus collant.

Qu'est-ce que c'était que cet endroit ?

Elle poursuivait son ascension quand une ombre fondit sur elle depuis les airs. Les mains en protection au-dessus de la tête, elle hurla en faisant demi-tour.

9

Samedi 30 octobre, 17 h 40

Charles avait besoin de faire une vraie pause.

Depuis quinze minutes il butait sur les mots, arrachait ses idées au forceps, enchaînait les répétitions ; bref, il n'avançait plus dans son récit. Il avait écrit cinq pages en un après-midi : presque un record. L'air pyrénéen, le cadre, l'isolement, l'absence de réseau et de sonneries intempestives, tous ces éléments avaient des vertus stimulantes incontestables.

Charles massa ses tempes rasées de frais puis repoussa ses longs cheveux bruns vers l'arrière. Il n'arriverait plus à rien ce jour-là. Il le savait. Sortir. Repenser à son histoire en se fondant dans le décor. Il chaussa ses bottes militaires, enfila son caban et ses mitaines.

L'air s'était rafraîchi. Un brouillard compact dégoulinait entre les pics montagneux, ternissant la clairière, telle une immense coulée de lave grisâtre engloutissant tout sur son passage. Les herbes folles frétillaient sous les assauts des bourrasques, les branches frémissaient, le vent sifflait à travers les feuillages en un son ténu qui vous hérissait les poils ; on aurait dit que la forêt respirait. Qu'elle murmurait.

Le chemin de randonnée disparaissait entre les arbres accolés à son chalet, pareil à une langue sombre prête à l'ingérer. Charles s'y faufila. Enveloppé dans cet écrin de verdure, il oublia son texte, s'imagina répondre aux questions des journalistes, des critiques littéraires, palabrant sur sa façon de travailler, ses sources d'inspiration, sous les regards obséquieux de ses adorateurs. La vie de Charles avait basculé en quelques mois. Fini les démarchages auprès des librairies du Sud-Ouest, les demandes d'invitation à des salons, qui restaient sans réponse, les médias régionaux silencieux malgré ses sollicitations. Il avait fallu un bouquin pour qu'il passe de l'autre côté de la barrière, qu'on lui déroule le tapis rouge lors de chacune de ses apparitions. L'ingénieur informatique était devenu l'auteur qu'il rêvait d'être. Pourtant, son troisième roman, *Market Terror*, celui qui lui avait ouvert les portes des plus prestigieux festivals et offert l'opportunité de côtoyer les romanciers qu'il admirait depuis son adolescence, n'était pas son préféré. Une histoire d'horreur au sein d'un grand magasin désaffecté, hanté par une *bête*. Il s'était hissé au top des ventes. Décidément, le succès était une chose inexplicable.

Mais ce que Charles appréciait le plus, c'était de découvrir la peur qu'il suscitait chez ses lecteurs, que ce soit lors des rencontres ou sur les réseaux sociaux.

Perdu dans un bouquet de pensées orgueilleuses, il marchait avec nonchalance, les mains dans les poches, humant les odeurs de la forêt. La rumeur du torrent augmentait ; il approchait de la cascade du Cady. La sente sinueuse forma un coude à l'angle d'un gros rocher, et il déboucha sur une corniche précédant le pont de singe. La cascade déversait des torrents d'eau sur la droite et se jetait dessous, quatre ou cinq mètres plus bas, en un raffut assourdissant. Un type se tenait au milieu de la passerelle de corde, les avant-bras posés sur le garde-fou.

Charles s'arrêta devant le grillage de protection qui courait le long du ravin. Il sortit sa vapoteuse de la poche de son caban, aspira une longue bouffée avant de la recracher par le nez, la tête projetée vers l'arrière.

Puis il observa le type. Celui-ci avait les épaules voûtées. Il semblait anéanti. Charles regarda le pont et ne put s'empêcher de songer à une scène culte d'*Indiana Jones* ; il imagina une armée de Thugs qui envahissait la structure, et ce mec morose, au milieu, qui frappait les cordes pour détruire l'édifice. Cette image se volatilisa la seconde suivante et il avança sur les planches branlantes, au-dessus du petit lac ridé d'écume.

Le type paraissait indifférent à sa présence, il fumait une cigarette. Il éjecta son mégot d'une pichenette dans l'eau. Charles l'interpella :

— Sale journée ?

L'autre redressa la tête, pris en flagrant délit de pollution.

— On peut dire ça, ouais.

Charles acquiesça, compatissant.

— On croit venir ici pour oublier ses problèmes, mais en définitive on ne fait que les trimballer avec soi.

Le gars arqua un sourcil.

— On se connaît ?

— Je me présente : Charles Ciron.

Il attendit, comme si l'évidence sautait aux yeux. Comme si en l'espace de deux années la France entière avait découvert qui il était. Il ajouta :

— Je suis auteur.

Il aurait pu être Thomas Pesquet que l'autre ne lui aurait pas témoigné plus d'intérêt. Blessé dans son orgueil, il compléta :

— Je loge dans un des chalets de la clairière. Je vous ai vu tout à l'heure.

— Si vous le dites. Vincent.

Ils échangèrent un hochement de tête poli. Charles enregistra son prénom. S'il avait entendu celui de sa bonne femme au moment où ils étaient revenus des courses, le sien lui avait échappé.

— Vous restez tout le week-end ? s'enquit-il.

— Hein ?

Le bruit de la cascade couvrait leurs voix.

— Je disais : vous restez tout le week-end ?

— C'est ce qu'on avait prévu, oui. Écoutez, je...

Charles l'arrêta d'un geste de la main.

— Je comprends. Vous n'avez pas envie de parler. Pas de souci. Peut-être nous recroiserons-nous. Bonne soirée.

Vincent baragouina un vague bonsoir en piochant une autre cigarette dans son paquet.

D'une humeur enjouée, Charles reprit le chemin en direction de la clairière. Il marcha une dizaine de minutes. Pénétra dans son logement. Soigneusement, il nota le prénom « Vincent » sous la photo qu'il avait prise un peu plus tôt dans la journée.

Le tableau se complétait petit à petit. Il ne lui manquait que l'identité de la mère célibataire.

Il regagnait le salon lorsqu'une série de rugissements retentirent dans la clairière, rebondissant contre les montagnes en un écho terrifiant.

Un peu décontenancé, Charles s'empara de son appareil photo.

Armé du zoom de son objectif, il épia les autres chalets, les véhicules garés – à l'exception de celui des filles –, le chêne. Les cinq bonshommes dessinés sur l'écorce taillée.

Et cette inscription qui lui trottait dans la tête depuis son arrivée, gravée en lettres capitales : GIGNAC.

10

Samedi 30 octobre, 17 h 55

Clotilde acheva sa troisième série de squats, un mouvement idéal pour modeler un corps de guerrière.

La petite était assise sur le canapé, dans son pyjama rayé. Sucette dans la bouche. Doudou-lapin entre les mains. Elle avait l'air émerveillée par la souplesse de sa maman.

Elle essuya son visage avec une serviette, but une longue gorgée d'eau à la bouteille. Elle repensa à sa grossesse avec nostalgie. Être enceinte, elle en avait longuement rêvé. Mais le rêve avait vite viré au cauchemar.

Clotilde souffrait d'une maladie longtemps ignorée par le corps médical. Pendant des années, elle avait enduré les regards réprobateurs ou fatalistes de médecins incompétents qui la jugeaient en silence : « douillette », « hypersensible », « oui, les règles peuvent être douloureuses », « non, il ne faut pas trop s'écouter ». Elle avait réussi malgré tout à apprivoiser ce mal inhérent à sa matrice, les douleurs semblables à des coups de poignard, l'épuisement, les malaises, les chutes de tension, les vomissements, autant de symptômes qui invalidaient sa vie quotidienne chaque mois, jusqu'au jour où, percluse de souffrance, elle avait chuté dans les toilettes, inconsciente. Le SMUR était intervenu. Elle avait subi une batterie d'examens ; le diagnostic était tombé : endométriose. Après l'opération, son gynécologue lui avait expliqué qu'il y avait un risque de stérilité. S'étaient alors ensuivies des années de tentatives infructueuses : une première fécondation in vitro, les tests, les prises de sang, les échographies, l'attente du verdict de la commission, les injections d'hormones, les hématomes sur le ventre, la ponction, l'implantation d'un embryon, la vitrification des autres. Des mois d'espérances réduits à néant. Puis une deuxième FIV, une troisième, une quatrième, une cinquième – à ses frais, celle-ci. La situation était d'autant plus terrible que, chaque jour, la vision de tous ces gamins dans sa classe lui renvoyait ses désillusions.

Finalement, pour le plus grand bonheur de Clotilde et de son compagnon, le cinquième essai avait été le bon. Après cinq années de galères, de doutes, de tensions, de disputes, de discussions autour de solutions de remplacement comme l'adoption, ils avaient appris que le fœtus de Nina se développait normalement.

Clotilde installa sa fille dans le lit parapluie, retira ses vêtements imbibés de transpiration et tourna le robinet de la douche. Ses courbes luisantes se reflétaient dans le miroir de la salle de bains. Elle pouvait lire le désir dans les regards appuyés des pères qui allaient chercher leurs mômes à l'école, ou lors des réunions parents-profs. Elle surprenait aussi les rictus ou les sourires en coin quand elle intervenait avec sa brigade, engoncée dans son uniforme. Prof le jour, pompier la nuit ; Clotilde savait qu'elle ne laissait pas indifférent. Et, pour être honnête, ça ne lui déplaisait pas.

Une douche brûlante plus tard, elle s'assit sur le canapé. Constatant que Nina paraissait bien occupée avec sa peluche coccinelle, elle attrapa son livre en cours. Elle avait acheté ce roman d'épouvante dans une librairie indépendante de Toulouse, à Basso Cambo. *Market Terror* était présenté comme la révélation de la littérature d'horreur. L'histoire d'un grand centre commercial désaffecté qui avait fait faillite et était hanté par une *bête*. Et, naturellement, une bande d'abrutis venait s'y paumer. C'était ringard, bourré de clichés, néanmoins le suspense était présent, ça se lisait plutôt bien. Clotilde était bon public.

Les pleurs d'impatience de Nina l'arrachèrent à sa lecture. Elle reposa le roman et s'attela à préparer à manger – elle avait pris l'habitude de dîner à 18 h 30 pétantes. Elle servit une part de risotto dans son assiette, vida un petit pot de ratatouille dans celle de Nina. Tout en mettant la table, elle repensa aux paroles de Roseline. Le sort de l'ourse était terrible, certes, tout comme celui de ses rejetons, mais qui s'était soucié de ce pauvre homme ? Pourquoi personne, à en juger par les déclarations de la retraitée, ne s'était penché sur les raisons de ce suicide ? Vouloir en finir d'une façon aussi violente résultait forcément d'un profond mal-être. D'une peine incurable.

Clotilde mit les assiettes dans le micro-ondes et installa Nina sur son rehausseur. Elle n'entendit pas le « ding » de l'appareil. Seulement de longs et puissants rugissements qui manquèrent de la faire vaciller.

Les cris effrayants d'une *bête*.

11

Samedi 30 octobre, 18 heures

Bérengère se languissait, accoudée au parapet bordant la fosse de l'ours kodiak. Elle observait l'enclos vide, se morfondant sur ses problèmes de couple, les désenchantements de ce week-end prolongé de la Toussaint.

Pour la première fois de sa vie, elle avait imaginé ce que serait son existence sans Vincent. Une rupture était-elle la solution ? Pouvait-on vivre avec quelqu'un sans partager des choses simples ? Sans communiquer ? Sans se toucher ? Juste pour préserver une harmonie factice et ainsi protéger les enfants ? La réponse semblait évidente.

Elle se moucha. Était-elle trop dure envers son homme ? Tout en reniflant, elle estima que non. C'était elle qui faisait des efforts, qui prenait les décisions pour toute la famille, qui se démenait entre les gosses, les courses, les repas, les stages, les études, les heures sup aux urgences le week-end pour arrondir les fins de mois. Et qu'avait-elle en retour ? Rien. *Nada. Walou.* Pas un remerciement. Pas une once de gratitude. Comme si c'était normal. Comme si c'était à elle de prendre en charge toutes les corvées. Elle méritait mieux. Beaucoup mieux qu'un mec vautré sur le canapé du matin au soir avec une main glissée sous l'élastique de son caleçon, affublé d'un jogging crasseux et d'une paire de chaussettes sous ses tongs ; un mec qui ne s'exprimait que par monosyllabes ; un mec qui n'était pas foutu de la faire jouir. Vincent n'avait pas toujours été comme ça, bien évidemment. Cependant, force était de constater qu'il paraissait irrécupérable ; sa mélancolie, inexorable.

Bérengère s'interrogeait, les paupières gonflées d'avoir trop pleuré. À cet instant, elle était loin de l'image que ses collègues de boulot et de promotion avaient d'elle. Sitôt la porte de sa maison franchie, Bérengère était une comique malgré elle. Toujours de bonne humeur, elle avait le chic pour enchaîner les bourdes, les quiproquos, pour mettre inévitablement les pieds dans le plat, déclenchant l'hilarité de son entourage. Elle collectionnait les étourderies, les situations embarrassantes qu'elle créait elle-même sans s'en rendre compte ; cette réputation de gaffeuse irréductible lui collait à la peau.

Noyée dans son introspection, elle réalisa seulement à cet instant que c'était ici, deux ans plus tôt, qu'un homme s'était donné la mort. Une mort particulièrement violente, d'après les médias. C'était tout Bérengère, ça : oublier l'inoubliable.

Elle était au courant pour le suicide, elle avait lu des articles au moment de confirmer la réservation du chalet. Durant sa carrière, elle avait vu bon nombre de tentatives d'autolyse ratées aux urgences. Des types avec la moitié du visage arrachée par un coup de fusil, mais qui respiraient toujours. D'autres qui avaient mal préparé leur pendaison et avaient les vertèbres fracturées. Ou encore ceux qui vomissaient des geysers de sang après avoir ingurgité des produits toxiques. Mais, malgré un seuil de tolérance au macabre relativement élevé, elle ne put réprimer le dégoût que lui inspirait la vision d'un homme se faisant éventrer par un animal sauvage.

Elle se décolla du muret, s'installa à une table. Au loin, vers l'entrée, des enfants s'agitaient près de la boutique de souvenirs. Ça râlait. Ça pleurait. Ça réclamait des ballons. Émue face à cette scène familière, Bérengère attrapa son téléphone et appela ses parents pour prendre des nouvelles de Zoé et Lucas.

Après cinq minutes de conversation avec sa mère – et quelques mensonges sur les conditions de son séjour –, elle resta assise, un peu sonnée, le regard perdu en direction de la fosse, son smartphone entre les mains. Mue par une curiosité morbide – Bérengère raffolait de ce genre de polars –, elle lança Google et entra « zoo » et « Saint-Martin-du-Canigou » dans la barre de recherche.

Elle appuya sur le premier lien. Il s'agissait d'un article édité en décembre 2019 dans *La Dépêche du Midi*. Bérengère le lut attentivement. Elle redécouvrit le déroulement des faits, du suicide de ce type à l'instauration des mouvements d'opposition à la réouverture du zoo. Elle apprit qu'une sorte de ZAD avait vu le jour aux abords de Saint-Martin-du-Canigou, hébergeant les plus virulents des manifestants, et que, pour faire face aux intrusions répétées, le parc avait dû s'équiper de caméras de surveillance et d'un système d'alarme.

Avec le lien suivant, elle tomba sur un article publié dans *L'Occitan*. Le journaliste conjecturait sur les raisons qui avaient poussé cet homme à se jeter dans la fosse aux ours, expliquant qu'il n'avait aucun antécédent psychiatrique. Qu'il n'était pas connu des services de police. Qu'il était équilibré. *Curieuse histoire*. Elle navigua au hasard sur un autre lien qui mentionnait l'Ogre catalan.

Un frisson semblable à une lance glaciale pourfendit Bérengère de part en part. Ce nom lui disait quelque chose.

Elle se recentrait sur sa lecture quand elle distingua du mouvement à la périphérie de son champ de vision. Des soigneurs se précipitaient vers la serre australienne en travaux.

Étonnée, elle coula un regard circonspect vers les autres visiteurs attablés. Un membre du personnel d'une trentaine d'années vidait les poubelles du snack. Cheveux gras sous une casquette beige. Longue figure constellée d'acné. Il la dévisagea sur son banc, saisit son talkie-walkie et articula des paroles inaudibles.

La seconde suivante, une annonce émana des haut-parleurs disséminés dans le parc, informant les visiteurs de la fermeture imminente.

Une goutte heurta la tête de Bérengère tandis qu'elle rangeait son smartphone dans la poche de son jean.

Une série de rugissements ébranlèrent alors l'ensemble du zoo, un hurlement qui résonna dans la vallée, ricocha contre les montages, paralysant d'effroi les badauds à chaque vague sonore. Bérengère sursauta en lâchant un hoquet de stupeur. Elle se tourna vers les falaises des félins. Sur une large pierre plate, le lion se tenait dressé sur ses quatre pattes, la crinière gonflée par le vent ; à sa manière, il avait hurlé la fin des visites.

Elle se plaça en bout de file et détailla tout ce petit monde : des retraités, des familles, un couple d'amoureux enlacés par la taille.

Un nœud dans la gorge. Un ressac de tristesse.

Elle avait envie de ça. Elle avait *besoin* de ça.

Elle devait résoudre le problème « Vincent ».

Et tandis qu'elle franchissait le tourniquet du parc animalier sous la pluie, elle prit sa décision. Elle allait oser ce que jamais elle ne se serait crue capable de faire.

12

Samedi 30 octobre, 19 h 15

Les poivrons et la viande de bœuf hachée mijotaient *gentiment.*

— Shot !

Yumi cessa de remuer, ajouta la pulpe de tomate dans le wok, du sel, du poivre, une pointe de paprika et posa la spatule sur une assiette. Elle leva son verre à shooter. Des saveurs épicées embaumaient le chalet.

— Shot ! scanda-t-elle à son tour.

Sel. Tequila. Citron.

L'alcool lui brûla l'œsophage.

— Faut qu'on se calme, annonça-t-elle avec une grimace, en attrapant les avocats. À ce rythme-là, à 21 heures on est au pieu.

Déjà passablement éméchée, Ingrid, assise en tailleur sur le canapé, opina en rigolant. Un DVD de *Scream* tournait dans le lecteur : une femme hurlait en sourdine, pourchassée par le célèbre masque blanc à la bouche démesurément ouverte. Les notes de *Lean On,* de Major Lazer et DJ Snake, rebondissaient contre les murs lambrissés. Ingrid piocha dans son sac à dos un bocal d'herbe. Une herbe qui contenait bien plus que le taux de 0,2 % de THC réglementaire des produits qu'elles vendaient dans leur boutique. Elle roula un joint tout en fredonnant.

Les deux jeunes femmes avaient passé l'après-midi à faire de l'urbex dans l'hôtel Alexandra. L'établissement, abandonné depuis les années 1940 à la suite d'inondations historiques, leur avait provoqué quelques sueurs froides. Pour leur plus grand bonheur. Elles avaient arpenté des couloirs labyrinthiques recouverts de graffitis. Des étages sordides aux murs troués. Des salles souterraines menaçant de crouler sous les gravats. Seules dans le bâtiment délabré, elles s'étaient envoyées en l'air au milieu des ruines. Une visite orgasmique, c'était le cas de le dire.

En rentrant à Saint-Martin-du-Canigou, elles avaient été étonnées de croiser plusieurs véhicules de pompiers et de gendarmerie. Ils semblaient quadriller la vallée à la recherche de quelqu'un et, selon les dires des automobilistes rencontrés, ils avaient dressé un barrage routier avant Vernet-les-Bains, sur la route de Villefranche-de-Conflent. Heureusement, Yumi et Ingrid avaient pris l'autre direction, au cœur des profondeurs de cette balafre creusée dans les montagnes, s'interrogeant sur les circonstances de ce déploiement. Bringuebalées dans la vieille berline, elles avaient conclu après réflexion à une campagne de sécurité routière.

Les galettes de blé étaient empilées sur une assiette, à côté d'un saladier rempli de tortillas, d'une coupelle de gruyère râpé, d'une autre de feuilles de laitue.

Yumi était affamée. En débardeur et short en jean, elle s'attelait à préparer le guacamole, tout en se déhanchant sur la musique. Ses yeux s'égaraient parfois par-delà la fenêtre de la cuisine, parmi les ténèbres enveloppant la clairière. L'épisode du début d'après-midi siégeait toujours dans un recoin de son esprit alcoolisé. Depuis deux ans, il lui arrivait de se sentir surveillée, et une peur incoercible l'éperonnait alors violemment.

Un rideau de pluie cascadait de la toiture en un voile aqueux, trouble, qui brouillait la vision de la cuisinière. Les écoulements atténuaient le boucan du carillon remué par le vent. Des rigoles d'eau serpentaient vers la clairière, lui donnant des allures de marécage.

À l'aide d'une fourchette, Yumi écrasait les avocats. Une main se posa sur sa nuque. Elle se tendit comme un arc.

— Déstresse, chérie. Tiens, ça te fera du bien.

Ingrid inséra le joint à l'envers dans sa bouche, colla ses lèvres contre celles de sa partenaire et expulsa un nuage de fumée dans le fond de sa gorge. Une main posée sur son cou. L'autre cheminant vers le minishort. Ses doigts s'insinuèrent sous les boutons, s'introduisirent dans la moiteur de Yumi. Auréolées d'un brouillard âpre, elles ôtèrent leurs vêtements.

Après leurs ébats, elles s'allongèrent sur le canapé, emmitouflées sous une couverture. Ingrid ralluma le joint, sa moitié serrée contre elle, la tête appuyée contre ses seins.

— Tu es toujours sûre de vouloir le faire ? fit Yumi avec une intonation mystérieuse.

— C'est pas ce qui était prévu ?

— Si.

Ingrid, taquine, se redressa sur un coude. La couverture chuta, dévoilant sa poitrine.

— Tu te dégonfles, trouillarde ?

Du bout des ongles, Yumi dessina des cercles sur les seins de sa partenaire.

— Non… au contraire, je suis toujours partante. C'est juste que… merde, la bouffe !

La remarque amusa Ingrid.

— Attends ! Une petite photo souvenir ?

— Vite, alors, ça va cramer !

Ingrid se pencha pour s'emparer de son smartphone, posé sur la table basse, et elles prirent la pose pour un selfie post-coït. Bouche entrouverte. Joues creusées.

Yumi se rhabilla en quatrième vitesse et se dépêcha de remuer la viande, les poivrons et les tomates, accrochés au fond du wok.

— Un autre shot ? Tu m'as donné soif.

Ingrid était concentrée sur l'écran de son portable.

— Tu discutes avec ton amant ? la taquina Yumi.

Elle mit l'assiette de galettes dans le micro-ondes et continua son monologue :

— On n'a pas de réseau dans le chalet, je te rappelle. Alors cherche une autre excuse si tu ne veux pas me répondre.

Elle s'arrêta soudain.

— Oh ! Ingrid, tu m'écoutes ?

L'intéressée avait les yeux rivés sur son portable. Hypnotisée.

— Viens voir, dit-elle enfin.

— Pourquoi ? Tu te trouves toujours grosse sur les photos, râla-t-elle. Je les kiffe, moi, tes deux obus. J'aimerais bien avoir les mêmes, ajouta-t-elle en tirant sur son débardeur pour examiner les siens.

— Viens voir, je te dis !

Ton sec. Yumi s'exécuta.

— Mais enfin, qu'est-ce qu'il y a ? demanda-t-elle en s'asseyant sur le canapé.

Ingrid grelottait.

— Regarde.

Elle brandit le téléphone. Sur l'écran, on voyait les deux jeunes femmes dénudées, arborant la moue typique des réseaux sociaux.

— Ici, précisa Ingrid en zoomant sur le coin supérieur droit.

Yumi fronça les sourcils. Elle distingua les reflets du salon dans les carreaux embués, les gonds des volets, la lisière de la forêt à l'arrière-plan.

Et une moitié de visage cagoulé, flouté à cause de la condensation, presque *irréel,* serti d'une paire d'yeux d'un noir intense, qui émergeait à l'angle de la fenêtre.

13

Samedi 30 octobre, 19 h 30

Après des heures interminables passées à arpenter la montagne pour semer les gendarmes lancés à sa poursuite, Edgar, exténué, fit halte contre un tronc d'arbre. Le souffle court. La mâchoire douloureuse. Le nez levé vers la nuit nuageuse, il savoura la caresse de la pluie sur son visage.

Edgar avait grandi dans la nature. Les techniques de survie qu'on lui avait inculquées demeuraient ancrées dans sa mémoire, les *lois de la jungle* étaient inscrites dans son ADN, ses automatismes en milieu hostile étaient acquis. Il savait se débrouiller dans les contrées sauvages, connaissait les plantes comestibles, les champignons vénéneux, les attitudes à adopter pour attraper le gibier. Des années de vie carcérale n'avaient pas rayé cet héritage de ses souvenirs.

Toute son existence, on l'avait qualifié d'instable. D'agressif. De dangereux pour autrui. Les examens cliniques avaient tous mené à ce même constat.

Pourtant, Edgar avait eu une enfance heureuse. Il n'avait pas été maltraité. Il gardait en mémoire des souvenirs joyeux, flous et diffus de sa prime jeunesse. Des parties de pêche sur un lac, des vagabondages dans des prairies à cueillir des baies, des fruits, des champignons. Des longues marches en forêt, aussi, avec son jeune frère, et sa mère, aimante, qui veillait, les cajolait, tenant à eux comme à la prunelle de ses yeux. Si Mal il y avait, il ne fallait pas le chercher dans ses premières années d'existence, mais dans son adolescence.

Puis un accident avait décimé sa famille. Edgar s'était retrouvé orphelin. Un couple l'avait alors recueilli, seul, traumatisé. Nul ne savait combien de temps il avait survécu ainsi, livré à lui-même. Franz et Élisabeth Müller l'avaient récupéré à l'état *sauvage*, comme dans les contes. Ils avaient traversé l'océan Atlantique et l'avaient ramené avec eux en Allemagne, dans leur maison nichée dans la vaste et tentaculaire Forêt-Noire, isolée du reste du monde. Edgar ne fut pas dépaysé. C'est dans ce massif montagneux du Sud-Ouest de l'Allemagne qu'il fit la connaissance de son nouveau grand frère, Thomas, son aîné de trois ans. Franz Müller éleva Edgar comme son propre enfant. Il lui transmit tout son amour. Mais, très vite, il sentit que quelque chose clochait chez son fils adoptif. Ce dernier n'avait aucune notion du bien et du mal. Aucune pitié. Il agissait en suivant ses besoins, ses envies, son instinct. Ses réactions étaient imprévisibles, incontrôlables. Malgré toutes ses tentatives, Franz Müller échoua à corriger ces déviances comportementales. Secrètement, à cette époque, il redoutait déjà le pire. Certains signes avant-coureurs ne trompaient pas.

Les incidents se multiplièrent. Edgar tua des petits animaux, puis de plus gros, une escalade de barbarie jusqu'à l'irréparable : le meurtre de son propre frère. Bien qu'il n'y eût aucun témoin, pour Franz Müller il était évident que son fils adoptif était coupable. Réalisant son échec, il fut contraint de se séparer de lui et de le confier aux autorités. En perdant un fils, il en avait en réalité perdu deux.

Pour Edgar, ce ne fut ensuite qu'une valse d'instituts, de cliniques, de centres, de cellules de détention. Un panel d'experts analysa son cas à la loupe ; hélas, tous les avis convergeaient vers le même diagnostic : troubles du comportement.

Edgar bourlingua alors à travers l'Allemagne : Munich, Nuremberg, Leipzig, puis enfin Berlin, autant de destinations qui se soldèrent invariablement par des drames et qui l'obligèrent à changer d'endroit. Après ces années d'errances émaillées de violences et d'enfermements, il quitta finalement l'Allemagne et s'installa dans le Sud de la France.

Contre toute attente, le climat pyrénéen lui offrit une forme de quiétude. Au cœur des montagnes, il trouva un équilibre émotionnel et parvint à se tenir tranquille. Il s'ouvrit aux autres et, chose inattendue, réussit à éprouver des sentiments inédits, savoureux : il goûta aux plaisirs de la vie de couple. Edgar et sa partenaire conçurent deux enfants.

Mais, en 2019, il commit un double meurtre.

C'est à ce moment que l'on se mit à le surnommer l'Ogre catalan.

Endiguer cet appétit vorace se révélait un combat de tous les instants. Il savait que, un jour prochain, les barrières céderaient.

Perché sur les hauteurs du goulet, abrité sous un piton rocheux, il sentit un élancement incendier sa mâchoire. Les toubibs craignaient une septicémie si la bactérie responsable de son abcès vadrouillait dans son sang. Edgar n'en avait cure. Il voulait juste profiter de cette occasion inespérée pour accomplir ce dont il avait *besoin*.

Il passa les doigts dans les poils hirsutes de son menton et se leva. Du haut de son poste d'observation, il pouvait distinguer la rivière serpentant au fond de la cicatrice de roche, le village, la clairière tachetée de cabanes.

Son nouveau terrain de chasse.

14

Samedi 30 octobre, 20 h 05

L'écran diffusait un film de la série *Halloween* ; Charles ne se souvenait même plus duquel. Une jambe posée sur l'autre, il dévorait ses pâtes au pesto, tout en se demandant comment Michael Myers parvenait systématiquement à rattraper ses victimes en marchant… Il but une gorgée de bière. Il enroulait des tagliatelles gorgées de sauce sur sa fourchette quand un son creux tinta à l'extérieur, gommant les cris d'épouvante de la jeune femme à la télévision, qui, quoi qu'il arrive, finirait inéluctablement en charpie sous les coups de couteau du tueur masqué. Il suspendit son geste.

Le bruit retentit à nouveau.

Le carillon.

Charles, circonspect, reposa ses couverts. Ce truc continuait à tintinnabuler alors qu'il l'avait décroché plus tôt dans la journée. *Sans doute à cause du vent.* Il aurait dû le rentrer. Dans le raffut des hurlements émanant de la télévision, il se leva et ouvrit la porte d'entrée en grand.

Le carillon était suspendu à la poutre, chahuté par les bourrasques chargées d'eau qui fouettaient la clairière.

Charles resta coi. Un sentiment d'angoisse l'étreignit, combiné à une pointe d'excitation. On souhaitait lui jouer un mauvais tour. Il n'y avait pas d'autre explication. À lui, le semeur d'épouvante. Le challenge était intéressant. Il troquait son statut d'offenseur contre celui de victime. Il ravala sa fierté, se décrispa. Un sourire anima son visage. Si quelqu'un voulait jouer, alors il allait jouer.

La terrasse était détrempée. Il posa une pantoufle sur une planche humide et tendit le bras en s'étirant au maximum pour attraper ce foutu carillon.

Du regard, il fouilla les environs. Seules les lumières des chalets poinçonnaient l'obscurité. Charles nota que les trois autres habitations étaient illuminées ; elles étaient toutes occupées.

Il rentra au chaud, essuya son chausson mouillé sur le paillasson, sa figure avec la manche de son pull, puis expédia l'objet bruyant sur une des chaises du salon.

Canapé. Platée de pâtes. Michael Myers qui tue tout le monde. En marchant, *of course*.

Charles termina son assiette. Il se pencha pour attraper sa bière au moment où une série de coups intempestifs cognaient contre le chalet. Surpris, il lâcha la canette, qui se renversa sur les lattes de bois.

— Fait chier, pesta-t-il à voix basse.

Il se rua vers sa chambre pour fermer la porte, afin que ce visiteur impromptu ne découvre pas son *travail* épinglé sur le mur.

On frappa avec plus de véhémence.

— Une seconde !

Il se hâta d'éponger la flaque d'alcool avec du sopalin puis alla ouvrir sans masquer sa contrariété.

— Oui ? fit-il sèchement.

— Ça vous éclate ?

Charles recula légèrement.

— Je vous demande pardon ?

— Il est sourd, en plus ? Ça vous éclate de nous mater, sale pervers ?

Une jeune femme était plantée sur la terrasse, l'air irascible. Une de ses paupières tressautait, signe d'irritation. Ingrid, se remémora Charles, toujours aussi bougon. Une des lesbiennes du chalet d'en face. Elle avait les cheveux blonds dégoulinants de pluie, coiffés en deux couettes aux reflets bleus et roses, à l'image du portrait de Harley Quinn floqué sur son T-shirt. La ressemblance était d'ailleurs frappante.

— De quoi vous parlez ?

— Faites pas l'innocent. On vous a vu !

— Où ça ?

— Derrière notre fenêtre. En train de nous observer.

Charles pouffa avec condescendance.

— Vous délirez.

Il médita un court instant. Le lien s'établissait dans son esprit.

— Alors c'est pour ça que vous essayez de me foutre les jetons avec mon carillon ?

— Hein ?

Le romancier se décala de l'embrasure et indiqua les morceaux de bambou qui gouttaient sur la chaise.

Ingrid demeura interdite, les sourcils arqués.

— Essayez pas de me la faire à l'envers en m'embrouillant avec vos conneries. Nous, on veut pas d'ennuis. Alors foutez-nous la paix.

Sur cette dernière réplique, elle fendit la pluie en direction de son chalet.

Charles claqua la porte et la verrouilla à double tour. Il frappa du poing contre le lambris. Une photo encadrée de l'abbaye de Saint-Martin-du-Canigou tomba sur le parquet et se brisa. Il la piétina, furieux d'avoir été cueilli par surprise.

Les palpitations dans sa cage thoracique s'estompèrent et il bondit jusqu'à la fenêtre de la cuisine pour s'assurer qu'Ingrid retournait bel et bien dans son chalet.

C'est juste un imprévu. Tous les autres occupants sont identifiés. Sous contrôle. Il se détendit.

Une forme en mouvement attira soudain son attention, au centre de la clairière, près du chêne. Une ombre fuyant dans les ténèbres.

Une silhouette se carapatait en direction du zoo.

15

Samedi 30 octobre, 20 h 30

Bérengère rentra la tête dans la capuche de son K-Way, façon tortue ; la pluie lui griffait le visage. Elle trottinait sur l'esplanade herbeuse, ses baskets s'enfonçaient dans la terre.

Elle entendit le claquement d'une porte, étouffé par le sifflement des bourrasques, tourna les talons et aperçut une silhouette aux cheveux d'or qui décampait en direction d'un chalet.

Des cris grésillèrent de l'autre côté, l'incitant à regarder vers la gauche. Sur la terrasse de l'habitation située en face de la sienne, elle distingua la maman célibataire qui s'agitait. La vue brouillée par les gouttes, elle l'observa poser un babyphone sur la table extérieure avant de déguerpir à l'intérieur : sa fille pleurait.

Le chemin desservant le zoo ressemblait à la gueule d'une créature mythologique. Un gouffre béant et obscur, entouré de feuillage, dentelé de branches qui donnaient l'impression que des crocs allaient se refermer sur ceux qui empruntaient ce couloir boisé.

Réfrénant son imagination, Bérengère accéléra. Elle n'avait pas le choix, elle devait se rendre au parc animalier, tout du moins sur le parking, pour pouvoir appeler ses parents, ses enfants, Vincent.

Son homme n'avait pas donné signe de vie, et cela commençait sérieusement à l'inquiéter. Au début, elle avait supposé qu'il voulait se changer les idées, prendre un peu de recul face à leur couple en perdition. Mais, depuis bientôt deux heures, il faisait nuit, et il n'y avait toujours pas de Vincent dans les parages. Bérengère avait cherché un mot, un indice sur la destination de son compagnon ; elle n'avait rien trouvé. En revanche, elle avait constaté que les clés de la C3 avaient disparu. Avait-il prévu de rentrer sans elle ? C'était impensable. Depuis son retour du zoo, elle avait guetté par la fenêtre de la cuisine, se tenant prête à intercepter Vincent si ce dernier décidait de s'enfuir en catimini. Mais Vincent n'était jamais revenu. Et la Citroën demeurait garée devant le chalet.

À la lumière de son smartphone, Bérengère progressait sous le dôme de végétation. Pour rien au monde elle ne souhaitait retourner dans cette clairière sinistre, peuplée de volatiles kamikazes, aussi avait-elle opté pour le chemin carrossable, plus sûr et plus court.

Craintive, elle éclairait la sente caillouteuse en faisant bien attention où elle mettait les pieds pour éviter de se fouler une cheville. L'obscurité était totale. C'était la deuxième fois en une heure et demie qu'elle se tapait ce trajet ; si l'absence de réseau l'avait séduite à son arrivée, à présent elle fulminait de devoir marcher dix minutes juste pour pouvoir passer un coup de fil. Elle avait fait son sport pour la semaine.

Le battement de la pluie sur les feuillages couvrait le bruit de ses pas. Les buissons et les branches biscornues bruissaient partout autour d'elle. Ça remuait, ça fourrageait ; elle eut l'impression dérangeante d'évoluer dans un tube digestif végétal.

Le plafond sylvestre se déchira au détour d'un virage, dévoilant le ciel nuageux, les palissades du zoo. Bérengère termina son excursion nocturne en courant. Ses baskets foulèrent le parking. Cela la rassura.

Le chemin provenant de Saint-Martin-du-Canigou mourait sur les graviers, un autre, perpendiculaire, longeait le parc, desservait les infrastructures et un second parking réservé au personnel. Bérengère alla s'abriter sous le large dôme qui coiffait l'entrée principale et piocha son smartphone dans la poche de son K-Way. Elle appela ses parents, parla à ses enfants. Innocemment, elle leur demanda si leur père ne les avait pas contactés directement. Elle y mit les formes, usant de traits d'humour, prétextant d'un air mutin que c'était une sorte de jeu, qu'il avait peut-être voulu leur faire une surprise. Elle ne souhaitait surtout pas les affoler. Elle raccrocha au bout de dix minutes, sans glaner de renseignements sur la localisation de Vincent. Il n'avait essayé de joindre personne, ni ses enfants ni sa belle-famille.

Plaquée contre les grilles cadenassées qui précédaient la cahute de l'accueil, les portes d'entrée et le tourniquet de sortie, elle caressa son portable du bout des doigts. Ses mains tremblaient. Le moment de vérité. Appels émis. Vincent. Elle tomba immédiatement sur la boîte vocale. Si Bérengère avait laissé des messages lors de ses précédentes tentatives, dorénavant elle s'épargnait cette peine. Où diable était-il passé ? Avec un temps pareil, il ne pouvait pas rester dehors. C'était inconcevable. Était-il retourné à Saint-Martin-du-Canigou à pied ? Dormait-il à l'auberge ?

Elle devait se faire une raison : elle l'avait fait fuir.

Elle essaya une nouvelle fois de le contacter, en vain.

Son visage se métamorphosa en un battement de cils. Toute forme de culpabilité se dissipa. Un masque de givre, effrayant, recouvrit sa figure arrondie. *Ras-le-bol de tout ça !* Elle en avait envie. Elle en avait *besoin*. Elle hésita une poignée de secondes, faisant basculer son poids d'une jambe sur l'autre. Puis elle décida de passer à l'acte. C'était ce week-end ou jamais. Elle le savait. Dans le giron familial, elle n'aurait jamais la force, le courage de le faire. Un acte qui allait à l'encontre de ses principes, de ses valeurs. Un acte moralement répréhensible.

Ses doigts pianotèrent avec ferveur sur l'écran tactile tandis qu'un sourire s'esquissait sur ses lèvres.

Satisfaite, elle rebroussa chemin.

Des paroles jaillirent alors de l'embouchure du sentier, l'écho d'une discussion qui fusa tel un souffle rauque.

Paniquée comme si elle avait été prise en faute, Bérengère se réfugia dans les broussailles, à la lisière du parking.

16

Samedi 30 octobre, 20 h 30

Adossée contre le mur du chalet, Clotilde observait sa voisine d'en face traverser la clairière. *Pour le côté discrétion, on repassera,* se dit-elle en tirant sur sa cigarette. Son visage anguleux s'illuminait à chaque bouffée de nicotine, lui conférant, supposait-elle, un aspect assez terrifiant. Elle s'interrogeait sur la sortie furtive de la locataire rondelette quand le babyphone recracha les pleurs de sa fille.

Elle écrasa sa cigarette dans le cendrier et fonça à l'intérieur du chalet. Se lava les mains en quatrième vitesse, s'aspergea de parfum avant de remettre la sucette dans la bouche de Nina. Elle coinça doudou-lapin sous son petit bras potelé, s'assit en tailleur à côté du lit parapluie et poursuivit la lecture de l'histoire *Les Trois Petits Cochons,* au moment où le loup s'apprête à souffler sur la maison en bois…

Une fois la fillette rendormie, Clotilde recula sans faire de bruit jusqu'au canapé. Le livre *Market Terror* traînait entre les coussins. Pendant dix minutes, elle bouquina, installée en amazone, un plaid sur les genoux. Malgré une histoire alambiquée et des personnages attendus, le livre était prenant. Et puis il lui procurait quelques frissons, elle devait bien le reconnaître. Les êtres humains révélaient leur vraie nature lorsque leur quotidien s'effritait. Les situations critiques réveillaient leur part animale. Ce thriller le démontrait bien. Assurément, le type qui avait écrit cette histoire n'était pas tranquille.

Après s'être assurée que Nina dormait profondément, elle reposa le roman.

Cuisine. Réfrigérateur. Verre à pied. Chardonnay !

Elle passa sa veste de sport sur ses épaules et retourna sur la terrasse. Construit à l'est de l'esplanade, à l'orée des arbres dressés en amont du ravin, le chalet était relativement épargné par les trombes d'eau obliques qui criblaient la vallée.

Après la dispute entre la blonde de la BM et le métalleux, puis le passage éclair de la bonne femme lunatique, la clairière avait recouvré son calme habituel. Deux habitations sur trois étaient éclairées. Clotilde but une gorgée de vin blanc, attrapa une nouvelle cigarette. En temps normal, elle en fumait une par jour, le soir, quand Nina dormait – la seule entorse au régime de vie draconien qu'elle s'imposait –, mais ce soir le stress la poussait à enfreindre la règle.

Elle écarta les mèches de cheveux qui encadraient son visage, les lèvres pincées autour de sa clope. Le briquet lui échappa. Elle serra les poings pour contenir sa colère, ne pas réveiller Nina.

Elle se pencha et, cette fois-ci, alluma sa cigarette en maîtrisant les tressautements de sa main.

Dans la poche de sa veste, elle récupéra le mot qu'elle avait découvert plus tôt dans la soirée, glissé sous sa porte. Elle le déplia.

JE CONNAIS VOTRE SECRET.

Clotilde tirait sur sa clope comme une condamnée à mort.

Quelqu'un l'avait démasquée.

Quelqu'un, parmi les occupants des chalets, la menaçait.

17

Samedi 30 octobre, 21 h 05

Yumi et Ingrid gloussaient en dévalant le chemin.

Elles titubaient sous l'effet de l'alcool et du cannabis, l'estomac plein de burritos ; les cailloux de la sente roulaient dans leur sillage. Harnachées dans leur K-Way sombres, capuche sur la tête, elles atteignirent le parking. Ingrid fanfaronnait sur la façon dont elle avait admonesté le voisin. Yumi, quant à elle, hilare, écoutait l'exploit de sa moitié avec une admiration mêlée de soulagement – elle s'était opposée à ce qu'Ingrid coure le risque de déranger leur voisin, même s'il était un voyeur, un pervers ; elle avait craint qu'elles ne tombent sur un psychopathe qui les aurait découpées en morceaux... Ce sentiment immuable de paranoïa subsistait dans son esprit.

— Toujours partante ? lança Ingrid en reprenant son souffle.

Les joues empourprées, Yumi acquiesça.

Elles dépassèrent l'entrée du parc animalier, longèrent la palissade jusqu'à la lisière de la forêt. Lampes torches. Montée d'angoisse. Disparition de l'ébriété. Telles deux espionnes, elles s'aventurèrent entre les arbres. Les branches accrochèrent leurs sacs à dos, leurs vêtements ; la progression était difficile. Leurs semelles glissaient sur le terrain tapissé de feuilles, d'écorce et de mousse. Les pinceaux lumineux furetaient dans l'obscurité, éclairant d'un halo aveuglant les troncs, les racines sournoises qui sourdaient du sol, les pommes de pin, les fougères, les ronces, les rochers. Elles continuèrent ainsi pendant d'interminables minutes, une main en visière pour se protéger des épines des conifères et des retours traîtres des ramures, jusqu'à ce qu'Ingrid s'exclame :

— Ici, c'est parfait !

Sur leur droite, un noisetier se déployait à proximité des planches de l'enceinte, qui s'érigeait à plus de deux mètres de hauteur. Il semblait aisé de se hisser par-dessus en escaladant les branches. Après un signe de tête entendu, Ingrid grimpa sur la première et, à l'issue de quelques acrobaties, s'assit à califourchon sur la palissade avant de se laisser tomber de l'autre côté.

— À toi, murmura-t-elle à travers la cloison de bois.

En deux temps, trois mouvements, Yumi la rejoignit.

— On est où, à ton avis ?

— Aucune idée, on verra bien.

Elles avancèrent sur un terrain spongieux incliné, émaillé de sapins épars. Leurs vieilles baskets dérapaient dans la boue, le vent s'introduisait sous leur K-Way, les faisant ressembler à des Bibendum. Elles se reposèrent derrière un éperon rocheux.

— Et si on était au milieu de bêtes dangereuses ? lâcha Yumi, le visage dégoulinant de pluie.

— Impossible. Les prédateurs sont rentrés tous les soirs dans des bâtiments sécurisés. Ce zoo n'héberge que trois familles de carnivores : des loups, des félins et un ours, qui doit probablement hiverner à cette époque de l'année. Contrairement à ce que les gens pensent, les ours n'hibernent pas comme les marmottes ou les hérissons. Ils hivernent. La diminution de leur température et de l'activité de leur métabolisme est différente.

Ingrid indiqua le sommet de la déclivité, délimité par un grillage, et elles se remirent en marche. Le souffle haletant,

Yumi multipliait les glissades, les genoux maculés de boue ; elle observait les environs d'un air inquiet, se demandant sans arrêt dans quel enclos elles avaient atterri. Quelles bestioles elles étaient susceptibles de croiser. L'ascension était rude ; la terre, imbibée d'eau, s'effondrait par endroits, contraignant les deux aventurières en herbe à entreprendre un détour par une corniche où se dressait un vieux chêne.

Une odeur prégnante de crottin les assaillit.

— Éteins ta lampe, ordonna Ingrid.

Les tempes bourdonnantes, Yumi s'exécuta. Des torrents d'adrénaline se déversaient dans ses veines, cette excursion était aussi éprouvante que jouissive, au-delà de tout ce dont elle avait pu rêver. Elle se fiait aveuglément à la courte expérience vétérinaire d'Ingrid. Elles progressèrent en direction de l'arbre centenaire.

Un son mat les figea.

Près du chêne, une masse sombre ressortait devant la noirceur du tronc, telle une flaque d'ombre dans un paysage de ténèbres.

Elles discernèrent à nouveau le bruit, semblable à des bâtons de bois qui s'entrechoquaient. Ingrid s'accroupit. Se risqua à allumer sa lampe torche.

Une myriade d'yeux scintillèrent dans l'obscurité.

Un troupeau de cervidés était allongé, abrité de la pluie sous le chêne majestueux. Ingrid baissa aussitôt sa lampe ; Yumi aurait juré l'avoir entendue chuchoter des excuses à l'intention de ces résidents. Un cerf secoua la tête ; ses bois cognèrent contre le tronc de l'arbre.

Elles restèrent à bonne distance des animaux, grimpèrent l'escarpement jusqu'à la clôture, la franchirent, puis se retrouvèrent sur l'allée du « grand tour ».

Ce sentiment de braver les interdits enorgueillissait Yumi. Ça l'excitait, aussi. Elles descendirent la sente bordée de pins jusqu'à l'entrée du zoo. Les bêtes parquées se résumaient à des formes sombres, indistinctes, contrastant avec l'obscurité des enclos. Un silence anxiogène planait sur les lieux, parasité par des frottements, des couinements, des grognements et tant d'autres bruits indéfinissables qui semblaient provenir de partout à la fois.

Un étang peuplé de canards, d'oies et de cygnes était creusé en face de l'accueil. Yumi et Ingrid le contournèrent et empruntèrent l'allée centrale.

— Et le gardien ? s'enquit Yumi.

— Je les connais, ces oiseaux de nuit. Il doit être en train de mater du sport ou du porno. Son boulot consiste à jeter un œil aux écrans de contrôle de temps en temps. C'est tout.

Yumi s'arrêta brusquement.

— Tu veux dire qu'il y a des caméras ? Tu ne m'avais pas dit qu'il y en aurait.

— T'inquiète. La plupart des parcs en possèdent. En général, elles sont positionnées près des espèces qui se revendent cher sur le Darknet, celles que convoitent les trafiquants, les tarés qui kifferaient un tigre dans leur jardin. Ils ont dû en mettre autour de l'enclos des félins, des loups, sur l'île aux singes, peut-être même dans la fosse de l'ours. C'est ce genre d'animaux qui intéresse les receleurs. Les daims, par exemple, tout le monde s'en fout.

Les volières s'étiraient sur leur gauche, immenses rectangles noirs desquels émanaient des bruissements d'ailes et des raclements de bec et de serres. Ingrid énumérait des anecdotes sur les oiseaux quand elle désigna le dôme du snack.

— On va rester de ce côté.

Elles coururent s'abriter, ôtèrent leur K-Way. Ingrid ouvrit son sac à dos et distribua des serviettes. Une fois séchée, elle sortit la bouteille de tequila et un joint préalablement roulé. Avachies sur le banc en bois, les coudes posés sur la table, elles prirent leurs aises. L'alcool réchauffait les corps, le cannabis désinhibait les esprits. Le volume de la conversation montait progressivement.

— Et dire qu'un type s'est fait bouffer ici il y a deux ans, lâcha Yumi d'une voix pâteuse.

Cette tragédie ajoutait du piment à leur expédition.

— Demain ça fera deux ans jour pour jour, précisa Ingrid, qui se renfrogna.

Yumi se mordit la langue. Elle avait sorti ça sans réfléchir. Ce sujet avait été source de discorde dans leur couple au moment de la réservation. Ingrid haïssait les zoos, ce n'était pas un secret. Cette histoire l'avait affectée, révoltée, elle avait renforcé son aversion pour les parcs animaliers. Au-delà de l'aspect récréatif, cette intrusion nocturne était aussi un acte de provocation dans un lieu qu'elle exécrait, elle qui, au début de ses études vétérinaires, souhaitait soigner les animaux domestiques dans une clinique de ville.

Yumi s'en voulut d'avoir exhumé ce fait divers ; Ingrid enchaîna avant qu'elle ait le temps de dévier la conversation :

— Quel imbécile ! Il y a d'autres moyens pour se foutre en l'air. Pourquoi faire chier tout le monde en mettant fin à ses jours ? À cause de ce putain de dépressif, un animal et ses petits sont morts, des bêtes qui n'avaient rien demandé à personne. Quand on veut se flinguer, on le fait dans son coin, non ? Son acte égoïste a coûté la vie à trois innocents.

Un silence gênant s'installa. Yumi ne partageait pas cette opinion, cependant elle ne souhaitait pas contrarier Ingrid. Pas maintenant. L'ambiance se détendit peu à peu, la magie de l'instant opéra à nouveau et elles discutèrent de choses plus légères, aidées par les gorgées de tequila, éclairées par les écrans de leurs smartphones.

Yumi inspira une longue taffe, la tête renversée en arrière. Elle se sentait bien. Elle planait. Ce week-end de Halloween avec celle qu'elle aimait. Cette expédition nocturne dans le zoo. Le sentiment d'enfreindre les règles. D'oser ce que les autres n'osent pas. Les pics d'adrénaline. Ce moment était tout simplement magique. Aphrodisiaque, aussi. Elle surprit le regard d'Ingrid, sa main qui se déplaçait subrepticement vers son entrejambe. Le visage de Yumi se fendit d'un sourire sensuel et elle s'allongea sur la table en baissant son jogging. Elles firent l'amour devant les grilles du snack, encadrées d'un rideau de pluie, atténuant les râles de l'orgasme dans leur poing fermé.

Une porte grinça au loin.

Prises d'un fou rire irrépressible, elles récupérèrent leurs affaires et s'enfuirent vers les volières. Elles enjambèrent une barrière, se réfugièrent derrière le dernier enclos.

Yumi se retenait pour ne pas rire. Le dos collé contre les barreaux, elle se retourna. Au loin, des lumières vacillantes balayaient le périmètre de la serre australienne en travaux et de l'île aux singes. Ingrid avait parlé d'un seul vigile, or plusieurs lampes furetaient dans la pénombre. Combien étaient-ils ? Pourquoi y avait-il autant d'employés à une heure aussi tardive ?

Déstabilisée, Yumi s'effaça derrière la volière. Leva la tête.

Deux grands yeux noirs, cerclés d'orange, étaient braqués sur elle. Un regard hostile. Terrifiant.

Elle ne put réprimer un hurlement de frayeur. Sa main se plaqua contre sa bouche, comme pour ravaler son cri, en vain ; les pinceaux lumineux pointaient déjà dans leur direction.

Les yeux de la *chose* pivotèrent, pivotèrent encore – cette rotation défiait toutes les lois anatomiques –, jusqu'à ce qu'ils disparaissent dans le néant.

Le hibou grand duc avait tourné la tête.

Ingrid attrapa Yumi par le bras.

— Vite, on se casse !

Elles sprintèrent dans l'allée centrale – des voix grondèrent dans leur dos –, puis bifurquèrent vers le « grand tour ». Courte échelle. Parking. Chemin. Cachées derrière les arbres, elles reprirent leur souffle avant de laisser éclater un fou rire. Défoncées au cannabis et aux endorphines, enivrées de sexe, de tequila et de sensations fortes, elles retournèrent dans leur chalet.

Les habits trempés s'envolèrent dans la salle de bains. Il était temps de se mettre en pyjama.

— Shot ! s'écria Yumi.

— Shot !

Elles trinquèrent à leur aventure. Ingrid inséra un film d'horreur dans le lecteur DVD. Éreintées, elles se vautrèrent sur le canapé.

Yumi s'assoupissait, la tête posée sur l'épaule de son amoureuse intrépide. Ses paupières se fermaient quand elle aperçut une forme qui passait devant la fenêtre.

Elle se redressa.

— Putain !

— Quoi ?

— Encore lui !

— Tu déconnes.

— Je viens juste de le voir !

Ingrid se leva comme une furie. Fonça vers la chambre et s'habilla.

— Non. C'est bon, temporisa Yumi. Laisse tomber.

— Ce connard va pas nous pourrir le week-end. Ce coup-ci, il va comprendre.

— Arrête. Ça n'en vaut pas la peine.

Ingrid se tortillait pour enfiler un jean.

— Crois-moi, je vais lui faire passer l'envie de nous reluquer.

Yumi lui barra le chemin. Elle l'implora presque :

— Il est tard. Laisse tomber, je te dis. On ferme les volets, on verrouille la porte et on verra ça demain matin.

— *No way.*

— S'il te plaît.

Ingrid avait déjà ses Converse et son K-Way.

— Attendons demain matin, tenta une dernière fois Yumi.

— Fais ce que tu veux. Moi, j'y vais.

Elle s'empara d'un couteau de cuisine. Impuissante, Yumi assista à son départ.

Après cinq minutes passées à se morfondre, à ronger le vernis noir de ses ongles, elle posa ses fesses sur le canapé et roula un joint pour annihiler le stress qui la gangrenait.

Le temps fila, le cône d'herbe se consuma.

Allongée en chien de fusil sur le futon, dans les effluves de cannabis, Yumi finit par s'endormir.

18

Samedi 30 octobre, 23 h 30

Edgar se redressa et s'étira.

En arpentant la montagne, il était tombé sur un orri : une construction en pierres grises, aujourd'hui presque en ruine, aussi spartiate que providentielle pour passer la nuit au sec, un des nombreux abris utilisés pour la traite des brebis, qui s'égrenaient dans les Pyrénées. La rivière du Cady rainurait le val à quelques encablures ; Edgar avait pu boire à sa guise, il disposait d'une eau de source limpide à volonté.

La douleur irradiait toujours dans sa mâchoire, lui coupant la faim. Il se gratta furieusement le menton et fit quelques pas à l'extérieur du bâtiment vétuste. Entre les troncs qui striaient son champ de vision, il distingua dans la clairière une silhouette féminine qui se dirigeait prestement vers le chalet voisin du sien. Elle tenait un objet tranchant qui brillait dans la pénombre.

Edgar s'approcha.

Le vent et la pluie ne l'importunaient pas, au contraire ; l'air était étonnamment chaud pour cette arrière-saison, il n'avait pas froid. Après des années de détention, il savourait la sensation vivifiante des bourrasques qui lui giflaient le visage et s'infiltraient dans sa pilosité, les chatouilles de la mousse et des écorces sous ses pieds nus.

Depuis son double meurtre deux ans auparavant, il demeurait à l'isolement, et cela ne l'incommodait pas. La solitude ne l'avait jamais dérangé. Même avec ses propres enfants, il ne s'était pas investi émotionnellement. Moins il côtoyait ses semblables, mieux il se sentait.

La forêt bruissait autour de lui. Il avança jusqu'à une corniche taillée dans la falaise et coupa à travers bois. La rumeur de la cascade s'amplifia ; il arrivait aux abords du pont de singe.

Des fougères étaient couchées entre les arbres, dessinant un circuit qui s'écartait du chemin de randonnée. Comme si quelque chose avait été traîné. Edgar longea le grillage ceignant le bord du ravin. La rivière du Cady, tumultueuse, s'écoulait en aval. Il emprunta cette voie étrange, s'enfonça dans la forêt, hors des sentiers battus. Comme un tueur revenant sur les lieux de son crime pour revivre son acte, son fantasme, à l'infini.

Les traces se terminaient au pied d'un gros rocher. Edgar en fit le tour. Une odeur pestilentielle lui retroussa les narines. Il prit appui contre les aspérités du granite et se baissa.

Un homme était étalé dans une anfractuosité de la déclivité, dissimulé sous le bloc de roche. Des plumes étaient éparpillées autour du cadavre tailladé de coups de bec, de lacérations, de déchirures, de plaies plus ou moins profondes causées par les vautours fauves.

Le corps se résumait à une meurtrissure géante, un festin à chairs ouvertes, dévoré par les charognards. Une entaille courait sur son cou, seconde bouche béante, immonde, vomissant un bavoir de sang séché, coagulé.

On l'avait égorgé.

Edgar renifla. Et il sortit son sexe.

19

Dimanche 31 octobre, 7 h 30

La journée commençait à peine et Clotilde était déjà épuisée. Comme à l'accoutumée, les pleurs de Nina l'avaient réveillée vers 6 h 30. Depuis la naissance de sa fille, elle avait pris l'habitude – infâme – de se lever aux aurores. Les poches sous ses yeux sombres témoignaient du manque de sommeil accumulé ces derniers mois.

La nuit avait été désastreuse. Clotilde, anxieuse, s'était sifflé la moitié de la bouteille de chardonnay, enchaînant les clopes sur la terrasse, hantée par le mot qu'on avait glissé sous sa porte. Elle l'avait relu des dizaines de fois, en proie à la confusion la plus profonde. Des lettres capitales, comme si l'auteur de ce message sibyllin avait voulu brouiller les pistes sur son identité. La rigidité des traits. La grossièreté des boucles. Une écriture peu soignée… Son instinct lui dictait que tout ça était l'œuvre d'un homme. En fin de soirée, le roman *Market Terror* était parvenu à l'extraire de l'âpre réalité de cette menace ; l'esprit tortueux, machiavélique et sadique de Charles Ciron avait réussi à lui changer les idées. Elle s'était endormie au milieu de la nuit.

Après avoir donné le biberon à Nina et l'avoir installée dans son lit parapluie, Clotilde prépara du café et fila dans la salle de bains. Une douche chaude plus tard, elle sirota son mug sur le canapé, pensive. Par la fenêtre, la cime des arbres disparaissait dans le ciel vaporeux, des coulées de brume léchaient la clairière, pareilles à des tentacules gris s'enroulant autour des chalets, comme si une pieuvre géante voulait les écraser.

Elle habilla Nina d'une salopette, d'un pull en laine blanche, lui mit son manteau, son bonnet. Doudou-lapin. Sucette. Elles sortirent sur la terrasse. Une bruine insidieuse semblait stagner dans l'air, le genre de crachin pourri qui imprègne les vêtements, sans qu'on sache trop s'il pleut ou non, et qui vous trempe de la tête aux pieds.

Clotilde faillit tomber à cause des bottes crottées qui traînaient sur le paillasson. Elle jura à voix basse et installa Nina dans la poussette tout-terrain. Elles descendirent les marches du chalet.

Le point du jour se laissait deviner, quelque part à travers le brouillard. Enrobée d'un linceul liquide, Clotilde fixa l'habillage de pluie au châssis de l'engin et elles empruntèrent le chemin menant au zoo. Les ténèbres s'abattirent alors qu'elles s'engouffraient dans la sente caillouteuse.

Il faisait incroyablement doux pour la saison. *Les conséquences du réchauffement climatique,* supposa-t-elle. L'air pur lui redonnait du baume au cœur. Elle profitait de sa fille, loin du tumulte toulousain. Comme elle l'avait tant souhaité. Ses craintes se dissipèrent. Une longue ombre se découpa dans l'obscurité, une sombre arborescence, couchée sur le sol, barrant l'accès au parking. Clotilde continua à pousser Nina qui babillait sous la protection de pluie.

Elle parcourut quelques mètres supplémentaires avant de s'arrêter. Un arbre entravait le passage.

Résignée, elle fit demi-tour. Regagna la clairière. Alors qu'elle dépassait le chêne, elle avisa le type du chalet jouxtant le sentier qui desservait la cascade du Cady. Il se tenait sur la terrasse, un mug fumant dans une main, une vapoteuse dans l'autre. Ses longs cheveux bruns étaient dissimulés sous un bonnet noir. Clotilde n'avait pas le choix. Elle devait demander de l'aide. La voyant s'approcher, Charles fronça les sourcils.

— Excusez-moi, lança-t-elle en arrivant à sa hauteur, je suis la locataire du chalet voisin.

Elle indiqua son logement d'un bref signe de tête.

— Désolée de vous déranger aussi tôt, mais il y a un gros arbre qui est tombé. On ne peut plus rejoindre le parking du zoo. Ça vous embêterait de venir voir ?

Un sourire indéchiffrable s'esquissa sur les lèvres de Charles. Clotilde ignorait si c'était une forme de jubilation ou de la simple méfiance. Le regard de ce type la mettait mal à l'aise. Pouvait-il être l'auteur du mystérieux message ? Elle refoula cette idée. À cet instant, sa seule priorité était d'alerter le locataire du chalet. La situation les concernait tous. Charles tourna la tête vers l'embouchure du chemin, puis fixa à nouveau Clotilde, qui, spontanément, tira sur les pans de sa veste, comme s'il pouvait voir à travers ses vêtements.

— Et moi qui me croyais le seul à être matinal, dit-il enfin dans un soupir après un long silence déstabilisant.

— Pardon ?

— J'arrive.

Il disparut dans le chalet, émergea une minute plus tard, accoutré d'un caban et de bottes militaires.

— Il est où, votre arbre ? demanda-t-il sans cacher une certaine lassitude.

— Sur le sentier.

Ils se faufilèrent sous les frondaisons.

— C'est gentil à vous, ajouta Clotilde. Je suis déjà intervenue sur ce genre d'incidents, et ça m'étonnerait qu'on arrive à le bouger sans un matériel adapté.

Il la jaugea avec curiosité.

— Je suis pompier volontaire du côté de Toulouse, précisa Clotilde. Et je ne suis pas rassurée à l'idée de ne plus pouvoir me déplacer en voiture. Surtout avec ma fille. On ne sait jamais à cet âge-là. Ils tombent tout le temps malades. Au fait, je m'appelle Clotilde. Et voici Nina.

Charles jeta un regard désinvolte en direction de la poussette, puis toisa la mère célibataire.

— Charles.

— Vous venez souvent dans la région ?

— C'est la première fois.

Pas très loquace, le Charles, songea Clotilde, embarrassée de déranger un inconnu de bon matin.

— C'est juste après le virage, indiqua-t-elle, de plus en plus nerveuse.

Le romancier opina d'un air désintéressé, et ils arrivèrent devant le tronc d'arbre.

— Il est peut-être tombé à cause d'un glissement de terrain, hasarda Clotilde, autant pour entretenir la conversation que pour faire taire ses angoisses. J'ai déjà vu ça par le passé.

L'attitude prétentieuse de Charles s'effaça instantanément. Un mélange de stupeur et d'admiration l'envahit. Les mains sur les hanches, il observait l'arbre abattu.

— On ne pourra jamais déplacer un truc pareil à la force des bras, dit-il. Même si on réunit tous les locataires des chalets.

L'instinct maternel de Clotilde troublait sa lucidité, son sang-froid, et ce malgré des années d'expérience à la caserne. Elle échafaudait des scénarios catastrophe mettant en scène Nina. Ce n'était pas un pompier chevronné qui se décomposait devant ce châtaignier. C'était une mère inquiète pour la sécurité de son enfant.

— Comment on va faire pour retourner au village ? s'enquit-elle alors d'un ton horrifié.

— Il faut appeler vos collègues.

Charles enjamba l'obstacle, qui devait mesurer quarante centimètres de diamètre et près d'un mètre cinquante de circonférence. Tel un limier, il passa les doigts sur l'écorce, inspecta les alentours.

— Comment un arbre pareil a-t-il pu tomber ? fit-il tout bas.

Il suivit le tronc hérissé de branches en direction de ses racines escamotées par des buissons, piétina les feuilles et les bogues de châtaignes éparses. Une brindille craqua sous sa semelle quand il se figea.

— Venez.

Clotilde mit les freins de la poussette et le rejoignit dans les fourrés. La luminosité avait augmenté depuis son passage précédent, une lueur fade filtrait à travers les houppiers ; on y voyait un peu mieux. Le visage de Charles était livide. Cette fois-ci, aucun doute, il ne jouait plus le rôle du type nonchalant. Il paraissait réellement affecté. Tout en jetant des coups d'œil à Nina, restée au milieu du chemin, Clotilde franchit les broussailles. À mesure qu'elle longeait le tronc vers les racines, une bouillie jaunâtre, grumeleuse, recouvrait les feuilles mortes et les buissons. De la sciure de bois gorgée d'eau. Soucieuse de ne pas trop s'éloigner de sa fille, elle hâta le pas avant de se statufier près de Charles, accroupi devant la souche, qui montrait une entaille oblique, des traces de coupe nettes, précises. Il prit appui sur un genou pour se relever et annonça d'une voix glaciale :

— Ça a été tronçonné. Quelqu'un veut nous empêcher de partir.

20

Dimanche 31 octobre, 8 h 30

Bérengère se réveilla en sursaut. Elle tourna la tête vers la gauche : personne. La place de Vincent était vide, le matelas semblait s'étirer démesurément vers la penderie laquée.

En tâtonnant sur la table de chevet, ses doigts rencontrèrent son smartphone branché à la prise murale.

Aucun message. Aucun appel. Elle se redressa à l'équerre, les draps et la couverture valdinguèrent sur le parquet. Elle fonça dans le salon. Toujours personne. Pendant une seconde, elle avait espéré découvrir Vincent sur le canapé. C'était la première fois qu'il découchait depuis leur rencontre, et il ne l'avait même pas prévenue ! Une vague de colère mêlée d'appréhension gronda en elle, avant qu'elle ne se souvienne qu'il n'y avait pas de réseau dans la clairière. Si son homme l'avait contactée, elle était obligée de se rendre sur le parking du zoo pour lire ou écouter ses messages.

Une fois douchée, elle se versa une tasse pleine de café avec du sucre et un nuage de lait. Des cernes mangeaient son visage, stigmates d'une nuit éprouvante. Elle avait guetté le retour de Vincent jusqu'à minuit. Si d'un côté elle s'inquiétait de son sort, elle exultait de l'autre d'avoir fait ce qu'elle n'aurait jamais osé auparavant. Malgré l'épuisement, elle avait tourné dans son lit sans trouver le sommeil, sujette à la rumination, avant de sombrer aux petites heures du jour.

Des nuages de brume voguaient dans la clairière arrosée de bruine. Il faisait encore moche. Elle porta son café à ses lèvres.

Une vision d'épouvante lui fit lâcher la tasse, qui se fracassa sur les lattes de bois.

La Citroën C3 avait disparu.

— Le con ! s'écria-t-elle, outrée.

Elle chaussa ses baskets tout en accablant Vincent des pires qualificatifs, attrapa son K-Way à la volée et déboula sur la terrasse. Près du chêne, le Croquemort et Miss Maman parfaite devisaient près d'une poussette. Elle quadrilla chaque recoin de la clairière à la recherche de la voiture – au cas où la C3 aurait miraculeusement changé de place – et héla les deux locataires :

— Excusez-moi, vous n'auriez pas vu mon compagnon ?

Sans leur laisser le temps de répondre, elle fit une description sommaire de Vincent, se retenant toutefois d'utiliser les termes de « pauvre connard » qui clignotaient en rouge fluo dans son cerveau.

— Il a pris la voiture. C'est une Citroën C3 bleu ciel. Vous ne l'avez pas vue partir ?

Elle remarqua qu'elle n'arrivait pas à obtenir toute l'attention des deux voisins.

— Est-ce que vous parlez français ?

Charles soupira profondément.

— Si vous me permettez, on a un autre problème.

Bérengère croisa les bras.

— Un problème plus grave que d'être coincé ici, au milieu des Pyrénées et sans moyen de locomotion ? fit-elle d'un ton sarcastique.

— Justement, avec une voiture, on ne pourrait aller nulle part.

Bérengère ressemblait à un point d'interrogation d'un mètre soixante.

— Comment ça ?

— Un arbre bloque la route, fit Clotilde, presque affolée.

— On ne peut pas l'enlever ?

Les mains dans les poches de son caban, Charles secoua la tête.

— Il est trop gros.

— Vous avez appelé les pompiers ?

Coup d'œil entre Clotilde et Charles.

— Pas encore. Mais ce qui nous inquiète, c'est que l'arbre a… comment dire… il a été coupé.

— Et ?

Face à l'incompréhension de la mère de famille, il développa.

— Quelqu'un l'a abattu avec une tronçonneuse.

La bouche de Bérengère forma un O parfait, façon carpe.

— On veut nous empêcher de partir, ajouta Charles.

Bérengère n'y comprenait rien. Qui aurait voulu faire une chose pareille ? Ces deux paranoïaques la bassinaient. Elle demanda :

— Un arbre, ça se coupe, non ?

— Si vous avez une tronçonneuse dans votre sac à main, faites-vous plaisir, lâcha Charles.

Réalisant qu'elle avait commis une de ces maladresses dont elle avait le secret, Bérengère se ratatina sur place, vexée.

— Vous proposez quoi, alors ?

— Il faut prévenir les pompiers, décréta Charles à l'intention de Clotilde.

Cette dernière était penchée au-dessus de la poussette et réinstallait son bébé.

— Et la proprio, dit-elle en se redressant.

Bérengère suspectait ces deux-là d'avoir déjà tout planifié. Elle reluqua les jambes de la « mère parfaite » ; décidément, elle la détestait. Dans tous les cas, pour elle, ça ne changeait pas grand-chose. Arbre couché ou pas, elle n'avait plus de véhicule pour décamper d'ici. Immergée jusqu'au cou dans la nasse, elle se raccrocha à un détail, un mot prononcé par ce type étrange, telle une bouée dans l'océan d'incertitudes sur lequel elle dérivait depuis son réveil.

— Vous dites que cet arbre a été tronçonné ?

Clotilde et Charles opinèrent de concert.

— Il m'a semblé entendre du bruit en milieu de nuit. Si cet arbre barre le chemin depuis, alors Vincent a forcément récupéré la voiture avant.

— Nous étions justement en train d'en discuter avant votre arrivée, expliqua Clotilde. Charles – l'intéressé leva deux doigts pour bien signifier qu'on parlait de lui – n'a rien noté. De mon côté, il m'a aussi semblé entendre un bruit de moteur. Il devait être 3 ou 4 heures du matin. Ça pourrait être ça.

— Votre Vincent, intervint Charles en scrutant Bérengère d'un regard perçant, il n'aurait pas une tronçonneuse dans sa voiture, par hasard ?

— Vous plaisantez, j'espère.

Il haussa les épaules.

— On doit prévenir la proprio, répéta Clotilde d'un ton pondéré, visant à calmer les esprits qui s'échauffaient. Hier, au zoo, une femme m'a expliqué que la propriétaire du parc animalier et des chalets possédait aussi l'auberge de Saint-Martin-du-Canigou. On pourrait y faire un saut ?

Bérengère tentait de remettre ses idées en place. Elle approuva.

— Je peux m'en occuper, si vous voulez. Je n'arrive pas à croire que Vincent ait pu passer la nuit dehors avec le temps qu'il a fait. Il a dû aller s'abriter dans l'auberge. En y allant, j'en profiterai aussi pour prévenir la proprio. Je ferai d'une pierre deux coups.

Elle jeta un regard acéré en direction de Charles.

— Et je n'imagine pas Vincent découper un arbre en pleine nuit sous la flotte, reprit-elle. S'il y avait une tronçonneuse dans ma voiture, je serais la première à le savoir : c'est moi qui fais les valises !

La réplique arracha un sourire à Clotilde.

— Très bien, fit-elle. Vous allez au village pour la prévenir, pendant ce temps je descends au zoo pour appeler les pompiers.

Bérengère acquiesça.

— Avant, je vais avertir les dernières locataires. Peut-être qu'elles ont vu Vincent...

— Si vous n'avez pas besoin de moi, je serai dans mon chalet, annonça Charles. On se tient au courant.

Après avoir récupéré son porte-monnaie sans daigner ramasser les débris de la tasse en porcelaine – chose improbable si elle avait été dans son état normal –, Bérengère longea la muraille boisée vers le chalet des filles. Ce séjour virait au cauchemar. Vincent volatilisé avec la Citroën. Cette histoire d'arbre abattu pour isoler les occupants de la clairière. Et tout ça le week-end de Halloween ! On se serait cru dans un film d'horreur de série B.

Shootée à l'adrénaline, elle sautilla sur les marches de bois avant de s'immobiliser, la main cramponnée à la rambarde. Elle réprima un cri de stupeur.

Sous ses yeux horrifiés, des corbeaux festoyaient dans des restes de chairs orangées en putréfaction. Un reflux acide lui brûla l'œsophage. Une vision écœurante s'imprima sur ses rétines : le bec d'un corbeau jaillissait d'une orbite vide, de *l'intérieur* d'un crâne déformé, aplati par endroits, fendu d'un sourire malaisant.

21

Dimanche 31 octobre, 9 h 05

Dans les effluves capiteux de cannabis, Yumi repoussa le plaid, et ses pieds nus touchèrent le plancher. Un mal de tête carabiné lui comprimait la boîte crânienne : maudite tequila ! La bouche pâteuse, l'esprit ensuqué, elle chancelait dans le chalet. Puis ses pensées s'ordonnèrent subitement. La porte de la chambre était entrebâillée. Elle la poussa du bout des doigts, jeta un œil par l'interstice. Noir absolu. Elle l'ouvrit en grand, jetant sur le lit la lumière crue du séjour. Les draps étaient défaits, il n'y avait personne. Gagnée par la panique, elle retourna dans le salon. Où était Ingrid ?

Yumi trépigna quelques secondes au milieu des restes de burritos, des amoncellements de vaisselle sale, des verres à shooter, des paquets de tabac et de feuilles à rouler, avant de se diriger vers la salle de bains.

— C'est occupé ! fit une voix à peine la poignée baissée.

Le martèlement dans la cage thoracique de Yumi ralentit. Soulagée, elle fit couler du café et commença à ranger la cuisine.

Bruit de chasse d'eau. Ingrid sortit une minute plus tard. Un T-shirt trop petit compressait sa poitrine et laissait voir son piercing au nombril, un minishort couvrait son intimité.

Le visage froissé de fatigue, elle s'assit à la table ronde, le menton posé sur les mains.

— Je suis décalquée, dit-elle en remerciant sa compagne qui lui tendait une tasse de café.

Yumi, appuyée contre l'évier, la tasse serrée entre les doigts, fut brusquement emportée dans un tourbillon de colère.

— Tu t'es couchée tard ?

— Je sais même plus.

Ingrid avala une gorgée brûlante.

— T'as parlé à ce type ?

— Charles ? Ouais, on a fini la soirée ensemble.

— Charles ? Parce que tu l'appelles par son prénom, maintenant ? Je croyais que c'était un pervers.

Ingrid renifla.

— En fait il est plutôt sympa. Il s'appelle Charles Ciron. Le gars écrit des thrillers, des horreurs. Il est barré, je te jure. On s'est bien marrés.

— Vous vous êtes marrés, répéta Yumi. Tu pars en pleine nuit armée d'un couteau pour menacer notre voisin voyeur, et vous vous marrez.

— Ce n'était pas ce qu'on croyait.

— C'était lui ou ce n'était pas lui ?

— C'est plus compliqué que ça… Il m'a tout expliqué.

— Et toi, tu l'as cru ?

— Oui, il m'a paru sincère. Tu sais qu'il est connu ? Apparemment il vend des tonnes de bouquins. Il m'a raconté son prochain livre. Heureusement que ce type écrit des romans parce qu'il a pas l'air de tourner très rond.

— Alors pendant que je flippe en t'attendant, toi, tu flirtes avec le type d'à côté.

La tasse d'Ingrid heurta la table.

— C'est quoi, cette agression au réveil ? Tu me fais quoi, là ?

Yumi s'angoissait beaucoup, ce n'était pas un scoop. Dès le collège, elle avait su qu'elle préférait les filles, que c'était sa « vraie nature », contrairement à Ingrid qui, elle, avait fait son *coming out* sur le tard. Au lycée et durant ses premières années à l'école vétérinaire, cette dernière avait collectionné les conquêtes masculines avant de rencontrer Yumi et de changer d'équipe : c'était sa première relation sérieuse. Yumi craignait qu'elle ne se lasse des femmes et retente sa chance avec les mecs. Que son orientation sexuelle ne soit pas clairement définie. Cette incertitude lui causait des migraines, mais aussi, comme ce matin, des crises de jalousie plus ou moins rationnelles.

Ingrid était à présent courroucée. Elle embraya :

— Et puis, pour quelqu'un qui s'inquiétait, tu t'es vite endormie, je trouve. Ça ne devait pas te travailler tant que ça que je sorte en pleine nuit. On est revenus, figure-toi. Comme tu pionçais – elle appuya sur ce terme, renforçant la colère de Yumi –, on s'est calés sur la terrasse. On a bu des coups et fumé quelques joints en faisant les cons avec le couteau et les citrouilles.

Les articulations de Yumi blanchissaient à mesure qu'Ingrid lui détaillait sa soirée, qu'elle lui renvoyait le fait irréfutable que, en effet, elle s'était assoupie pendant son absence.

— Il te plaît, hein ? lâcha-t-elle.

C'était sorti tout seul. Elle le regretta aussitôt.

— T'es ridicule, Yumi.

Ingrid s'enfuit vers le canapé.

— Tu m'énerves quand tu réagis comme ça, lâcha-t-elle en confectionnant une cigarette. On est revenus, je te dis, on aurait pu continuer la soirée tous les trois. Ça aurait pu être sympa. Mais *madame*, visiblement au comble de l'inquiétude, roupillait déjà sur le canapé !

On toqua à la porte.

— J'étais crevée ! se justifia Yumi. J'ai essayé de t'attendre, mais avec tout ce qu'on a bu et ce qu'on a fumé j'ai pas réussi à tenir. Et c'est pas parce que je me suis endormie que je n'avais pas la trouille pour toi !

Les coups redoublèrent contre la porte du chalet.

— Putain, c'est quoi, ça ?

— Peut-être ton mec ?

— Tu me fais chier !

Ingrid, clope au bec, alla ouvrir.

— Quoi ?

Bérengère recula, tout en évitant d'écraser les restes de citrouilles dévorés par les corbeaux.

— Je… Excusez-moi de vous déranger… Je suis la locataire du chalet d'à côté.

Les sourcils froncés à cause de la fumée qui lui piquait les yeux, Ingrid la dévisagea.

— Et ?

— Et on a un problème.

Le jeune couple échangea un regard circonspect avant d'inviter Bérengère à entrer. Cette dernière jugula le dégoût que lui inspiraient l'insalubrité du chalet et l'odeur nauséabonde de tabac froid. Ingrid ouvrit la fenêtre pour fumer sa cigarette tandis que Yumi proposait du café à leur invitée, ostensiblement chamboulée, qui accepta volontiers. Le climat de tension se délita. Confuse d'interférer dans l'intimité houleuse de parfaites inconnues – d'après la dispute qu'elle avait discernée de la terrasse –, Bérengère raconta la disparition de son compagnon, l'arbre tronçonné, la départementale inaccessible.

— Je vais me rendre au village, conclut-elle. La propriétaire des chalets tient aussi l'auberge de Saint-Martin-du-Canigou. Je l'interrogerai sur Vincent et je la préviendrai pour l'arbre abattu.

Yumi n'avait toujours pas digéré le comportement d'Ingrid. Elle devait se calmer. S'aérer. Prendre ses distances avec sa partenaire pour mieux se réconcilier avec elle.

— Il nous faut quelques courses pour ce soir, annonça-t-elle. Et on n'a presque plus de clopes. Vous avez cinq minutes ? Le temps de prendre une douche et je viens avec vous.

22

Dimanche 31 octobre, 9 h 25

Les entailles burinées dans le tronc étaient claires, détonnant avec l'écorce rabotée et mouillée de couleur marron foncé. L'œuvre était récente, réalisée avec un couteau.

Cinq personnages gravés dans le chêne, sous une inscription sibylline.

Trois femmes, deux hommes.

Un trait oblique raturait le dernier.

Clotilde s'arracha à cette étrange vision et poussa Nina vers le rideau d'arbres en direction du zoo.

La bruine s'était transformée en un crachin pénétrant.

Elle entonna une comptine d'un ton guilleret. À l'âge de Nina, les enfants étaient des « éponges », ils absorbaient les émotions de leurs parents, aussi Clotilde singeait-elle une attitude enjouée. Elle hissa à bout de bras la poussette par-dessus le châtaignier abattu et arpenta le chemin jusqu'au parking du zoo. Les feuilles perlées d'eau semblaient tout droit sorties d'une contrée imaginaire, l'écorce des troncs brillait comme s'ils étaient incrustés de diamants, les flaques sporadiques miroitaient dans la semi-obscurité.

Clotilde se figea à l'orée de la forêt.

Un Kangoo de la gendarmerie stationnait sur les graviers.

Elle avança à sa rencontre, remarqua que les guichets du parc animalier étaient fermés. *Bizarre.* Deux gendarmes se tenaient près du véhicule, sanglés dans leur gilet pare-balles, arme à la ceinture. *Des officiers de police judiciaire,* devina Clotilde, pour avoir déjà collaboré avec certains d'entre eux lors de ses interventions. Le premier était une jeune femme de son âge, blonde avec une queue-de-cheval glissée dans sa casquette ; le second, un homme sec d'une cinquantaine d'années, coupe rase grisonnante, lunettes fines et rectangulaires posées sur un nez courbé. Alertés par le crissement des roues de la poussette sur le gravier, ils pivotèrent. Leur expression trahissait une surprise évidente : ils ne s'attendaient pas à croiser une touriste, qui plus est avec un bébé.

— Qu'est-ce que vous faites ici ? demanda la gendarme.

Clotilde balbutia :

— Je suis pour quelques jours dans les chalets, plus haut.

Coup d'œil soupçonneux entre les militaires.

— Vous êtes nombreux, là-bas ? s'enquit le plus âgé.

— Les quatre habitations sont occupées, oui.

Clotilde devait venir ici pour appeler les secours, or la présence inopinée des gendarmes la désarçonnait. L'attitude méfiante de ces derniers, pour ne pas dire hostile, lui faisait perdre ses moyens.

— Il y a un problème avec le zoo ?

— Oui, confirma la jeune femme. Il y a eu une intrusion cette nuit. Pourquoi n'êtes-vous pas enfermée dans votre logement ?

— Vous ne pouvez pas rester ici, embraya l'autre d'une voix autoritaire. C'est dangereux. Vous n'avez pas été prévenue ?

Clotilde hallucinait.

— Prévenue ? Mais de quoi ?

— Retournez dans votre chalet, s'il vous plaît, éluda la gendarme d'un ton conciliant. Des collègues passeront vous avertir quand la zone sera à nouveau sûre.

Clotilde demeurait interdite. Elle se rappela enfin le motif de sa promenade.

— Attendez, il y a un arbre qui barre le chemin. Vous pourriez venir voir ?

Le gendarme soupira bruyamment.

— Écoutez, madame. Nous ne pouvons rien faire pour vous dans l'immédiat. Appelez les pompiers. Cela dit je doute qu'ils puissent vous aider pour l'instant, ils sont saturés d'appels. Avec la pluie qui est tombée hier et cette nuit, la rivière du Cady est en crue, il y a eu des inondations et des éboulements de terrain en aval de la vallée. La route qui relie Vernet-les-Bains à Villefranche-de-Conflent est coupée. Nos collègues et les pompiers sont débordés. Surtout que les recherches se poursuivent. Les équipes devraient bientôt arriver dans ce secteur.

— Quelles recherches ?

Il esquiva d'une voix sans appel :

— Rentrez dans votre chalet. Prévenez les autres locataires, verrouillez les portes et les fenêtres. Des collègues vous avertiront quand la situation sera sous contrôle.

Clotilde perdait patience.

— Donc vous n'allez rien faire pour cet arbre ?

— Nous sommes vraiment débordés à l'heure actuelle, répondit la gendarme. Et de toute manière la population est priée de rester confinée chez elle jusqu'à nouvel ordre.

— Que se passe-t-il, enfin ? Pourquoi vous ne voulez rien me dire ?

La jeune femme tendit une carte.

— Voici mon numéro. Appelez-moi s'il y a une urgence avec votre bébé. On viendra vous chercher. Pour l'instant, barricadez-vous dans votre chalet.

Elle hésita une seconde, souffla. Puis :

— Il y a eu une évasion hier matin sur la route de Vernet-les-Bains. Un individu dangereux est dans la nature. On le recherche activement.

23

Dimanche 31 octobre, 9 h 45

Bérengère et Yumi traversaient le pont qui enjambait la rivière du Cady.

Le torrent rugissait sous leurs pieds, impétueux, drainant les pluies diluviennes qui s'étaient abattues depuis la veille. Le niveau de l'eau était haut, le lit turbulent dévorait les berges, les rochers, les arbres, happant les branches mortes dans une course tumultueuse vers le sillon de la vallée. La rivière déchaînée faisait un boucan d'enfer : on n'entendait rien.

Au loin, derrière elles, le parc animalier semblait à l'abandon. Clotilde était en pleine discussion avec un duo de gendarmes qui leur tournait le dos. La maman célibataire avait dû donner l'alerte. Les secours ne tarderaient pas à venir dégager le passage.

Bérengère et Yumi franchirent la structure de bois et continuèrent sur le chemin vers Saint-Martin-du-Canigou. C'était l'accès le plus direct pour rejoindre la civilisation. Si on comptait cinq minutes pour parcourir cette distance en voiture, elles espéraient gagner l'auberge en vingt, vingt-cinq minutes. Avant de rejoindre le parking, elles avaient pu constater les dégâts par elles-mêmes. L'arbre tronçonné était massif, il paraissait impossible de le déplacer sans le découper au préalable. Un outillage de professionnel s'imposait. Bérengère avait remarqué des nuances différentes sur la souche, au niveau des deux zones de coupe. La première avait une couleur marron foncé, alors que la seconde, au contraire, était plus claire. Plus propre, aussi. Comme si elle était plus récente. Bérengère ne savait quelles conclusions en tirer.

Trois notes tintèrent dans la poche de son K-Way : un SMS. Ses joues se colorèrent d'une teinte vermillon et, le plus discrètement possible, penchée sur le côté pour cacher son écran, elle lut le message. Un gloussement s'échappa de ses lèvres étirées en un sourire niais.

— Des nouvelles de votre mari ? s'enquit Yumi.

— Euh… non, bafouilla Bérengère. Et on n'est pas mariés. On voulait se pacser, mais finalement ça ne s'est jamais fait.

Yumi opina.

— Je suis désolée. C'est moche ce qu'il vous a fait. Partir comme ça, au beau milieu de la nuit, en vous laissant en plan. Je trouve ça dégueulasse.

Bérengère était tiraillée entre l'abandon de Vincent et ce qu'elle *manigançait.* Disposant à nouveau de réseau, elle resta en retrait et en profita pour appeler sa mère. Entendre la voix de ses enfants lui insuffla une bouffée d'oxygène salutaire. Elle les interrogea, en vain. Pas plus que la veille Vincent n'avait cherché à les contacter. Désirant changer de sujet après avoir raccroché, elle demanda :

— On se tutoie ?

— Grave ! Je préfère.

— C'est la première fois que tu viens ici ?

— Ouais. On voulait un coin isolé pour passer le week-end de Halloween en couple. On aime bien les endroits flippants, les ambiances glauques, les urbex, ce genre de délires.

Fidèle à sa réputation, Bérengère mit les pieds dans le plat :

— Vos copains vous rejoignent ?

Un rictus amusé rida le visage de Yumi.

— Non.

Réalisant sa bévue, Bérengère baragouina à toute vitesse :

— Oh ! Excuse-moi. Je n'avais pas compris. J'ai le chic pour ce genre de trucs.

Yumi lui fit signe qu'elle ne lui en tenait pas rigueur.

— C'est notre première virée romantique hors de Toulouse, confessa-t-elle.

— Vous habitez Toulouse ?

— Oui, dans le centre-ville.

— C'est marrant, je suis de Cornebarrieu.

— Et moi de Saint-Aubin.

Sourire complice entre les deux femmes.

— Et toi, première fois ici ? demanda Yumi, les mains dans les poches de son K-Way.

Le terrain grimpait légèrement, jonché de feuilles mortes, de brindilles, de bogues de châtaignes. Entre deux respirations, Bérengère répondit :

— Oui. J'attendais ce week-end avec impatience. On était censés se rabibocher, rallumer la flamme... Tu parles d'un désastre.

Elle partit d'un rire nerveux, qui contamina Yumi.

— Je compatis, dit cette dernière. De mon côté, j'espérais que ce séjour consoliderait notre relation. Mais maintenant je ne suis plus sûre de rien... Est-ce que c'est normal de toujours se poser des questions au sujet de son partenaire ? Ou est-ce que ça passe avec le temps ?

— Je crois qu'on ne cesse jamais de s'inquiéter, avoua Bérengère.

Une moue songeuse tordit la bouche de Yumi.

— T'as des enfants ? demanda-t-elle.

— Deux. Une fille et un garçon. Ils sont chez mes parents. C'était aussi ça, l'idée : passer du bon temps tous les deux.

Ses pommettes s'empourprèrent.

— Je vois très bien, fit Yumi d'un air entendu. De ce côté-là, je dois reconnaître qu'on n'a pas arrêté.

Bérengère lâcha un soupir empreint de regret.

— Je me souviens de nos débuts avec Vincent. La magie des premières fois. Cette euphorie permanente. Cette excitation. On le faisait partout.

Elles rirent de bon cœur.

Le chemin sinuait dans la forêt. La cacophonie du torrent bourdonnait en contrebas, atténuant le vrombissement d'un hélicoptère qui survolait la vallée, quelque part au-dessus du plafond de brume. Les deux randonneuses discutèrent de leur boulot, de leurs origines, puis s'épanchèrent à nouveau sur des détails intimes de leur vie. Bérengère se sentait étrangement libre, elle parlait sans tabous, énumérant problèmes et anecdotes avec une aisance que, curieusement, elle n'aurait jamais eue avec une amie. La disparition de Vincent, l'isolement, cette situation exceptionnelle, tous ces paramètres lui donnaient le courage de s'exprimer sans filtre ; et c'était plus facile de se livrer ainsi à une parfaite inconnue. Le courant était immédiatement passé avec Yumi, qui ne la jugeait pas, l'écoutait *vraiment*.

Un court silence s'installa, le premier depuis leur départ. Un moment calme propice à la réflexion, à l'introspection, mais aussi à la résurgence des démons, des peurs primales. Ce fut Bérengère qui le rompit. Extérioriser ses angoisses la rassurait.

— Tu penses que quelqu'un veut nous piéger dans cette clairière ?

Yumi achevait de rouler une cigarette. Elle alluma sa tige de nicotine et expulsa un nuage de fumée vers les frondaisons scintillantes, imbibées d'eau.

— Qui pourrait faire une chose pareille ?

Bérengère afficha un air dérouté et elles se remirent en marche.

— Vincent serait incapable de couper un arbre en pleine nuit, sous la pluie et dans le noir, argua-t-elle, comme si elle se sentait obligée d'innocenter son compagnon – comme si, à force de le répéter, inconsciemment, elle cherchait à s'en persuader.

Vincent était le coupable idéal aux yeux des autres locataires, Bérengère avait interprété leur réaction, les non-dits émaillant leurs hypothèses. Son Vincent avait-il vraiment pu se transformer en bûcheron chevronné et tronçonner un tel châtaignier ? C'était grotesque.

— Peut-être que l'un d'entre nous a un ennemi qui l'a suivi jusqu'ici, hasarda-t-elle.

Yumi glissa sur un rocher ; Bérengère la retint in extremis.

— Ça va ?

— Oui, oui, très bien. Merci.

— On dirait que ma théorie t'a déconcentrée.

Yumi se rembrunit.

— Non, t'inquiète. J'ai juste glissé.

— Tu penses quoi de mon idée ?

— Laquelle ?

— Celle de l'ennemi.

— Ça fait un peu scénario surfait de film d'horreur, non ?

— Mais avoue que c'est possible.

— Je sais pas, ça me paraît peu probable.

Bérengère nota un changement dans l'attitude de Yumi, et ce changement l'interpella. La locataire du chalet voisin lui cachait quelque chose. C'était indéniable. Elle se demanda si les jeunes femmes possédaient une tronçonneuse – qui n'a pas une tronçonneuse dans sa poche de nos jours ? –, si elles avaient un alibi pour la nuit précédente, entre 3 et 4 heures du matin. Elle se ravisa au dernier moment, fouettée par le sentiment d'être ridicule. De plus, elle ne souhaitait pas mettre ce sujet sur le tapis, elle n'avait aucune envie d'expliquer la raison de ses allées et venues au zoo. Les autres occupants pourraient se méprendre. Ils l'accuseraient. Après réflexion, Bérengère réalisa qu'elle-même n'avait aucun alibi…

L'ambiance se décrispa peu à peu. Dans la moiteur du chemin, enivrées par les parfums de tanin et d'humus, elles papotèrent encore de leurs problèmes conjugaux. Absorbées par leurs échanges, elles ne virent pas le temps s'écouler et elles arrivèrent à Saint-Martin-du-Canigou.

Les trottoirs étaient déserts. Sous le crachin invasif, elles s'aventurèrent dans la rue principale. Un chien aboya quelque part, faisant sursauter Bérengère.

— C'est glauque.

Elle inspecta les façades lugubres, noyées dans le brouillard. Il n'y avait pas de décorations dans les jardins, pas de squelettes ni de têtes de citrouille sculptées à la fenêtre des chaumières. Les enfants du patelin ne devaient pas fêter Halloween, supposa-t-elle, nostalgique, en imaginant les siens déguisés, frappant aux portes dans le bourg de ses parents.

L'éclairage d'une lanterne cisela le brouillard. Elles se laissèrent guider par l'auréole de lumière, tamisée par le ciel gris, puis s'arrêtèrent devant un bâtiment de deux étages en pierre, strié de poutres apparentes et coiffé d'un toit en ardoise. L'auberge du Canigou.

Un long comptoir sur la droite, jouxtant un accès voûté à la salle du restaurant. Une cheminée, au fond, près d'un escalier en colimaçon. À gauche, des tables disséminées devant une baie vitrée s'ouvrant sur un jardin avec une piscine bâchée.

Deux bonshommes, la soixantaine bien tassée, affublés de chemises à carreaux et de pantalons de velours, étaient installés devant un café, le journal *Midi Libre* étalé entre eux sur le zinc. De l'autre côté, Bérengère fut étonnée de découvrir une jeune femme avoisinant la quarantaine. Elle s'était attendue à trouver un barman rubicond, roulant les *r* avec un accent à couper au couteau, aussi, la présence de cette fille aux yeux bleus encadrés de mèches blondes et vêtue d'une salopette la désarçonna.

Arrêt sur image. La scène semblait suspendue ; les protagonistes s'immobilisèrent, se toisèrent. On pouvait imaginer les gros plans sur les regards froncés, suspicieux, façon Sergio Leone.

— Qu'est-ce que vous faites dehors ? demanda la serveuse, choquée.

Elle s'exprimait avec les intonations chantantes du Sud-Ouest.

Les deux types pivotèrent sur leur tabouret, tout en scrutant les visiteuses avec une intensité déstabilisante.

— On cherche quelqu'un, expliqua Yumi, moins impressionnée que sa camarade.

Elle poussa Bérengère du coude et elles s'approchèrent du comptoir.

— Vous ne devriez pas être ici, asséna la serveuse, méfiante. Les gendarmes sont passés ce matin, la population doit rester chez elle tant que les recherches se poursuivent.

— Des recherches ? Quelles recherches ? demanda Bérengère, intriguée.

Sans se départir de son air revêche, l'aubergiste répondit d'une voix teintée de dépit, de tristesse :

— Vous avez déjà entendu parler de l'Ogre catalan ? Il s'est échappé. Les gendarmes et les pompiers le suspectent d'être venu dans le coin. Ils vont passer la vallée au peigne fin. D'ici là, on doit rester confinés. Ordre des autorités.

Bérengère frémit en repensant aux hauts murs d'enceinte et aux miradors de la prison, qu'elle avait aperçus la veille, après Vernet-les-Bains. Des images de taulards recouverts de tatouages l'assiégèrent, et elle frissonna à l'idée qu'un détenu de cet acabit puisse arpenter librement la région. À ses côtés, Yumi, comme étourdie, revoyait tous ces véhicules de gendarmerie et de pompiers défiler à la sortie de leur urbex ; elle imaginait les escadrons qui sillonnaient les montagnes à la recherche du fugitif. Face au trouble flagrant des deux touristes, la serveuse demanda d'un ton plus aimable :

— Qu'est-ce qui vous amène à Saint-Martin ?

Yumi accusait le coup. Néanmoins elle expliqua :

— Mon amie cherche son compagnon. Vous ne l'auriez pas vu ?

Bérengère s'apprêtait à décrire Vincent quand la blonde en salopette l'interrompit d'un geste de la main.

— Personne n'est venu du week-end. À part un chauffeur routier qui est coincé ici à cause de la route obstruée entre Vernet-les-Bains et Villefranche-de-Conflent, je n'ai aucun client. Après l'annonce des gendarmes hier matin, toutes mes réservations ont été annulées. Désolée pour votre compagnon.

Déconfite, Bérengère baissa la tête.

— Et vous venez d'où, comme ça ? reprit la serveuse.

— Des chalets, répondit Yumi en passant une main amicale dans le dos de sa nouvelle amie pour la réconforter. Ceux qui surplombent le zoo. D'ailleurs, on a un problème : un arbre bloque le chemin. On ne peut plus sortir en voiture. Pourrait-on parler à la propriétaire ?

À mesure que Yumi expliquait la situation, le visage de la femme postée de l'autre côté du zinc se décomposait.

— J'ignorais que les chalets étaient à la location.

Bérengère et Yumi échangèrent un regard chargé d'incompréhension.

— Pourrait-on parler à la proprio ? répéta Yumi avec agacement, lassée de tous ces mystères, ces zones d'ombre qui s'accumulaient depuis son réveil.

— C'est moi, la propriétaire, lâcha la serveuse. J'ai repris le zoo et l'auberge de mes parents, ça va bientôt faire quinze ans. Quant aux chalets, ils ne sont plus à moi. Ils ont été vendus en 2019.

Yumi avait eu sa dose de surprise. Elle haussa le ton :

— Attendez ! Comment est-ce que c'est possible ? Sur la réservation, il est écrit que la propriétaire possède aussi le zoo. On a même eu des billets gratuits !

— Je ne sais pas quoi vous répondre. On a acheté ces tickets avant de vous les offrir. Comme je vous le disais, les quatre chalets ont été vendus il y a deux ans, peu après le drame qui a frappé le parc animalier. Plus personne ne voulait dormir là-haut avec les rumeurs qui circulaient sur ce type, avant qu'il ne se jette dans la fosse aux ours, et aussi à cause des manifestations contre la réouverture du zoo. Et puis, miracle, on a eu une offre par l'intermédiaire d'un cabinet d'avocats toulousain. En une semaine l'affaire était bouclée.

Bérengère avait du mal à déglutir.

— Mais alors..., dit-elle d'une voix enrouée, à qui appartiennent ces chalets ?

24

Dimanche 31 octobre, 10 h 40

Caché à la lisière des bois, Edgar se préparait à pénétrer dans la clairière.

Il avait assisté au conciliabule entre les trois locataires, essayant en vain de deviner leurs intentions. Invisible dans la pénombre de la végétation, il les avait espionnés, encerclés de volutes de brume, puis les avait vus se quereller et prendre des directions opposées. Les occupants des chalets paraissaient déboussolés. Tant mieux.

Le temps jouait en la faveur d'Edgar, ainsi que la masse nuageuse, qui le camouflait tel un dôme de protection grisâtre. Il s'était enfoncé dans la vallée jusqu'au pied des montagnes, du pic du Canigou. Ici, il avait l'avantage du terrain. Il était plus rapide, plus agile, plus mobile. Cependant il sentait que ses heures étaient comptées, qu'il était en sursis ; le tout était de profiter au maximum du temps qui lui était imparti avant de regagner sa cellule. Assouvir ses pulsions. Encore. Et encore.

Au réveil, il avait exploré les environs. Il était retourné devant le cadavre infesté d'insectes nécrophages, puis avait suivi le sentier pédestre jusqu'au mirador. Craignant d'être repéré par l'hélicoptère s'il partait à l'assaut du col de Jou, il avait décidé de camper dans son orri, perché sur sa corniche surplombant l'arène végétale. Il avait de l'eau, un abri. Des proies faciles à profusion.

Il s'étira longuement. Prêt à passer à l'action. Depuis une vingtaine de minutes, la maman et son bébé étaient retournés dans leur chalet, le calme était revenu dans la clairière.

Le moment d'agir. Enfin.

Un incendie de douleur enflammait sa mâchoire, néanmoins Edgar avait faim. Il devait reprendre des forces, quitte à souffrir en s'alimentant. Après des années à rêver de liberté, il aurait été dommage de s'effondrer maintenant.

Il vérifia que la voie était dégagée, tenta sa chance dans le chalet le plus proche, celui qui était habité par la petite femme replète. Il grimpa avec souplesse sur la terrasse et poussa la porte. Fermée. Contrarié, il redescendit, fit le tour de l'habitation. Plaqué contre la façade en bois, il inspecta les alentours.

Dans le chalet de gauche, la mère s'affairait dans la cuisine. Dans celui de droite, une blonde passait le balai en se dandinant, des écouteurs incrustés dans les oreilles.

Edgar fit son choix.

25

Dimanche 31 octobre, 10 h 40

Charles se sentait particulièrement inspiré ce matin.

Il faisait partie de ces gens qui se complaisent dans le malheur d'autrui, qui savent tirer profit des situations dramatiques.

Charles n'avait pas toujours eu ce caractère. 2019 avait été une année charnière. Il avait changé.

En mal.

Alors qu'un vent d'effroi avait balayé la clairière et ses occupants, Charles, lui, était arrivé à se détacher émotionnellement du marasme dans lequel les autres locataires s'embourbaient, surfant sur une vague féconde de créativité. De retour dans son chalet, il s'était préparé un thé et avait écrit durant une heure, en apnée. De nouvelles idées plus terrifiantes les unes que les autres pleuvaient dans son esprit. Il avait ajouté quatre pages de plus à son compteur.

Charles était planté devant le plan punaisé sur le mur de sa chambre. Les pouces enfoncés dans les poches de son jean troué, ses cheveux bruns cascadant sur sa veste noire à col mao. Et toujours ce sourire, dont on ne savait s'il était sincère ou malsain. Son échiquier se déployait sous ses prunelles obscures. Les autres locataires étaient des pions qu'il déplaçait à sa guise.

Des marionnettes. Grisé par un sentiment de supériorité, il saisit les punaises correspondant à Yumi et Bérengère, les plaça sur le village de Saint-Martin-du-Canigou. Charles bougeait ses *pièces* en temps réel ; ce schéma fixé à la cloison représentait une version miniature de son plateau de jeu grandeur nature.

La bande-son de *The Dark Knight Rises* emplissait le salon. Il s'approcha de la fenêtre. Son esprit cogitait, le plan de son roman se dessinait, les idées s'imbriquaient à la perfection.

Le chalet de ses voisines émergeait de la brume telle la proue d'un navire dans une mer de brouillard. Charles repensa à Ingrid. Son tempérament. Son excentricité. Son décolleté. Des morceaux de la soirée lui revenaient en mémoire : la discussion orageuse sur le perron ; celle plus apaisée à l'intérieur. Le retour chez elle. Sa compagne endormie sur le canapé. La tequila et les joints qui avaient tourné sur la terrasse. Charles avait enchaîné les tentatives pachydermiques pour l'attirer une heure dans son lit – le succès l'avait rendu prétentieux –, cependant Ingrid était restée imperméable à ses avances, ses piètres numéros de séduction, le couvrant de ridicule. Il avait vite compris qu'il n'avait aucune chance. Libéré de cette obsession, il avait sympathisé avec cette fille qui s'était révélée aussi déjantée que lui. Défoncé sur la terrasse du chalet, en proie à un moment d'égarement, il lui avait confié la véritable raison de sa présence ici, ses manigances.

La bouilloire siffla, l'extirpant de ses songes. Il se penchait vers sa boîte à thé quand un son creux tinta à l'extérieur. Le sachet qu'il tenait entre ses doigts bagués tomba sur ses carnets de notes. Non. Impossible. Encore ce foutu carillon. Il tira le siège sur lequel il était pourtant certain de l'avoir jeté la veille, découvrit avec effarement qu'il ne s'y trouvait plus.

Il fonça sur la terrasse.

Le carillon était suspendu à la poutre.

Ingrid ! C'était elle, forcément. Il n'y avait pas d'autre explication possible. Elle était la seule à être entrée, et Charles refusait de croire que quelqu'un s'était introduit dans son chalet. Son chalet fermé à clé. Compte tenu des secrets qu'il recelait, il y veillait.

Petite coquine, pensa-t-il, amusé. Ingrid l'avait bien eu. Elle avait su jouer la comédie, soutenant farouchement qu'elle n'y était pour rien : en vérité c'était elle qui cherchait à lui faire peur depuis le début. À charge de revanche…

Impressionné par l'audace de sa voisine délurée, Charles décrocha le carillon et le balança sur une des chaises en rotin de la terrasse. Il retourna à l'intérieur, prépara son thé puis s'installa devant l'ordinateur.

C'est alors qu'un hurlement retentit.

Charles bondit de son siège. Le romancier était pourtant un initié en matière d'épouvante. Il regardait des films, lisait des histoires, en écrivait. Il en avait fait son gagne-pain. Il était rodé, vacciné. Du moins le croyait-il.

Le hurlement qu'il avait entendu n'était pas feint, surjoué. Il était authentique. Empli de détresse.

2019

« Radio VINCI Autoroutes, l'info trafic : Sébastien Drey. Bientôt 8 h 30. Vos conditions de circulation dans le Sud du pays. Peu d'évolutions si vous nous avez suivis un peu plus tôt, à noter qu'un poids lourd est toujours sur la bande d'arrêt d'urgence, du côté de… »

— Vous pourriez changer de station ?

Lasse de ces bulletins d'informations rébarbatifs, *Lotus M* avait posé la question sans daigner lever le nez de son smartphone. Prenant soudain conscience de son ton un tantinet acerbe, elle sonda l'ensemble des occupants de la voiture, se rencognant dans son siège. Les voyageurs se concertèrent et, à l'unanimité, optèrent pour écouter de la musique. La conductrice, *Bébé31*, sélectionna Virgin Radio. *Lotus M* se détendit : visiblement, personne ne lui tenait rigueur de son inflexion virulente.

Pour sa défense, le stress polluait son esprit depuis des mois. Depuis qu'elle avait décidé d'interrompre son master de sociologie à l'université Toulouse-Jean-Jaurès. Depuis que le prêt à la banque avait été accepté. Que le bail avait été signé. Que le projet utopique de monter sa boutique de CBD était devenu une réalité. Cette fois, ça y était : elle avait osé passer le cap, elle allait être propriétaire de *son* magasin. Si *Lotus M* était nulle en négociations, elle était encore plus nulle pour superviser les travaux de leur échoppe, dans le centre de la Ville rose. Par conséquent, c'était elle qui se tapait le trajet pour conclure les accords avec leur futur fournisseur de chanvre, une exploitation écologique et familiale implantée près de Perpignan, tandis que sa partenaire, elle, dirigeait les rénovations. Bien qu'elle ne se considérât pas comme une commerciale dans l'âme, elle connaissait bien les cultivateurs grâce à un ami commun, cette mission était donc dans ses cordes. Du moins le supposait-elle. C'était une première expérience pour elle en tant qu'autoentrepreneuse, raison pour laquelle elle se sentait un peu à cran.

La voiture filait sur l'A61 en direction de Narbonne.

Captivée par son téléphone, *Lotus M* passait en revue la palette de couleurs pour la peinture des murs de la boutique, les nuances de bois du comptoir d'accueil, les polices de l'inscription sur la vitrine granitée, autant d'éléments sur lesquels elle donnait son avis depuis le départ, tout en écaillant nerveusement le vernis noir de ses ongles. Trop de concret. Trop de joie. Trop de stress. L'envie de fumer devint irrépressible.

Assise à l'avant du côté passager, *Coccinelle* était, elle, d'une humeur joviale. Elle appréciait les discussions entre adultes – une chose rare dans son métier –, bien que la conductrice ne fût pas particulièrement encline à lui donner la réplique. Tant pis, elle faisait la conversation pour deux ; rien ne viendrait entacher son bonheur de passer deux jours au bord de la Méditerranée en compagnie de sa meilleure amie. Ce séjour s'annonçait salvateur : un intermède dans son train de vie éreintant, cette charge mentale qui reposait sur ses épaules. Mais, surtout, elle allait pouvoir oublier, le temps d'un week-end, ses difficultés à tomber enceinte, les disputes avec son partenaire, les doutes et les interrogations que cela engendrait. Son rêve de devenir maman. Cette tension permanente, cette attente qui l'accablait au quotidien. Ce séjour à Saint-Cyprien avait des allures de bouffée d'oxygène. Sans se départir de cette allégresse qui semblait épuiser la conductrice, elle abordait une énième fois la météo maussade quand elle ressentit un besoin urgent d'aller aux toilettes.

Il fut décidé qu'il était temps de faire une pause.

Soulagée, *Lotus M* posa le front contre la vitre. Quelques minutes plus tard, elle aperçut le panneau qui émergeait du brouillard : aire de Gignac.

Ralentissement. Lacet courbé d'asphalte. Parking désert, à l'exception d'une voiture avec les portières ouvertes.

Un coupe-gorge, songea *Lotus M,* fervente amatrice de films d'horreur, en sortant du véhicule. Après avoir étiré ses lombaires en compote, elle attrapa son sac à dos et piocha son paquet de cigarettes à l'intérieur. Une musique rock virevoltait dans l'air. Alors qu'elle s'emparait de son briquet pour allumer sa clope, tout en hochant mécaniquement la tête sur la mélodie, une envie subite d'uriner se manifesta. Victime de sa petite vessie, elle se hâta de suivre *Coccinelle,* qui filait déjà vers les toilettes.

Les deux jeunes femmes tournaient à l'angle de la construction quand un homme fondit sur elles tel un diable jaillissant de sa boîte.

Un homme immense, recouvert de sang frais qui dégoulinait sur son torse velu et ses pieds nus.

Elles hurlèrent.

L'individu s'avança d'un air menaçant, la main tendue vers les deux voyageuses, les doigts repliés, semblable à une serre de rapace. Une barbe brune et drue colonisait son visage anguleux, comme taillé à la machette. Il bégaya des paroles incompréhensibles. Il semblait paniqué, hors de lui. Aux abois. On aurait dit un aliéné évadé d'un secteur fermé de psychiatrie. Un homme ayant régressé à l'état sauvage.

Coccinelle déguerpit en criant.

Terrifiée, *Lotus M* fit un pas en arrière, puis un deuxième, avant de courir à son tour sur le parking.

L'individu se lança à sa poursuite.

Mue par un réflexe de survie, elle ôta une des bretelles de son sac à dos, pivota et asséna un puissant coup de Eastpak au visage tartiné d'hémoglobine du dément, qui ne vacilla pas d'un iota.

Lotus M et *Coccinelle* s'enfuirent vers la voiture.

2021

26

Dimanche 31 octobre, 10 h 40

Bérengère et Yumi trépignaient sur le perron de l'auberge.

Du haut de son bras en fer forgé, la lanterne perforait l'écharpe de brume qui se faufilait dans la rue principale de Saint-Martin-du-Canigou. L'endroit était désert, silencieux, seules les bourrasques sporadiques faisaient grincer la cage d'acier du luminaire, dont l'éclairage jaunâtre oscillait sur le trottoir cabossé.

— Alors ? s'enquit Yumi, sur le qui-vive, en expulsant un nuage de fumée.

Bérengère fit non de la tête.

Depuis cinq minutes, elles tentaient de joindre le numéro indiqué dans le mail de réservation : celui du propriétaire mystère. Quelle que fût la personne qui possédait ce numéro, elle ne répondait pas ; elles tombaient directement sur l'annonce standard d'un répondeur.

— Je réessaie, fit Yumi, persévérante.

Bérengère opina. Cette facétie quant au nom du détenteur des chalets la laissait sceptique, elle ne comprenait pas l'intérêt de dissimuler ainsi son identité. Quel était le but de ce mensonge ? À ses côtés, Yumi ne cessait de s'agiter, basculant d'une jambe sur l'autre, tirant sur sa cigarette avec nervosité. Incapable de refréner son stress, elle faisait la girouette pour surveiller la rue principale, comme si le monstre qu'on leur avait dépeint dans l'auberge allait surgir du voile de brouillard : l'Ogre catalan.

Bérengère avait déjà entendu ce sobriquet quelque part, à la télé ou à la radio, et elle s'était apprêtée à lire un article à son sujet avant la fermeture du zoo. Le mystère sur ses crimes demeurait. En revanche, vu l'état d'anxiété dans lequel se trouvait sa nouvelle amie, il était évident qu'elle savait parfaitement de qui il s'agissait. Ce qu'il avait fait. Comprimé par les élastiques tirés de sa capuche criblée de gouttes, le visage de Yumi pâlissait au fil des minutes, ovale blême contrastant avec la grisaille extérieure.

— Messagerie, direct, annonça-t-elle. On tente l'avocat ?

— Un dimanche ?

— On peut toujours essayer.

La propriétaire de l'auberge, compréhensive, leur avait donné les coordonnées du cabinet qui avait procédé à la vente des chalets.

Yumi écrasa sa cigarette sous sa Dr. Martens crottée et appuya sur le nouveau contact enregistré dans son smartphone : « Baveux Toulouse ». Elle porta le téléphone à son oreille, baissa le bras la seconde suivante.

— Répondeur…

Elles rentrèrent dans l'auberge, hébétées.

— Tenez, dit la propriétaire en désignant deux cafés posés sur le zinc. Cadeaux de la maison.

Bérengère et Yumi ôtèrent leur capuche et la remercièrent.

— Du nouveau ?

C'était un des clients qui s'était exprimé. Naturellement, les tourments des deux touristes avaient suscité de l'émoi chez les personnes présentes dans l'établissement.

— Non, confia Bérengère, touchée par cette preuve de sollicitude.

Le type replia son journal et hocha la tête d'un air compatissant.

Yumi préféra rester debout ; Bérengère, elle, se hissa sur un tabouret puis trempa les lèvres dans son café.

— Qu'est-ce que vous pouvez nous dire sur ce cabinet d'avocats ?

De l'autre côté du bar, les pouces coincés sous les bretelles de sa salopette, la proprio haussa les épaules.

— Pas grand-chose. C'est un cabinet implanté à Toulouse. Apparemment il est réputé. En ce qui me concerne, j'ai eu affaire à un certain Me Teyssedre. C'est lui qui a servi d'intermédiaire. Il s'est occupé de tous les détails. Il m'a fait une offre intéressante, le genre qu'on ne peut pas refuser. On s'est vus une fois. Il avait les papiers. Mon avocat était présent. J'ai signé. Fin de l'histoire. Je ne connais même pas l'identité de l'acheteur.

— Et cet acheteur, glissa Bérengère, vous ne l'avez jamais aperçu depuis ? Il n'est pas venu se présenter ? Vous ne l'avez pas croisé ici, ou au zoo ?

— Pas à ma connaissance. Peut-être que l'on s'est croisés sans le savoir, en tout cas personne ne s'est annoncé après l'achat. Entre les activités du parc et l'auberge, je suis assez débordée comme ça. Et je vous avoue que je ne suis jamais remontée dans cette clairière. Je n'ai plus rien à y faire.

Elle conclut d'un ton bourru, comme si elle avait tiré un trait définitif sur cet endroit.

Un silence tomba.

— C'est tout de même incroyable que personne ne l'ait vu ou n'ait jamais entendu parler de lui, fit Yumi.

Elle échangea un regard perplexe avec Bérengère, qui semblait de plus en plus anéantie.

— Qu'est-ce qu'on fait, maintenant ? demanda cette dernière.

— Il va falloir qu'on rentre pour prévenir les autres. On n'a pas le choix. On doit les avertir du danger. La maman célib a dû appeler les pompiers. La seule chose qu'il nous reste à faire, c'est attendre.

— Et pour Vincent ?

Incapable de formuler une réponse optimiste, Yumi posa la main sur celle de Bérengère, qui interpréta ce silence par : « Désolée, meuf, mais fais-toi une raison, ton mec s'est taillé… »

De l'autre côté du zinc, la propriétaire éclusa une bouteille en verre de Sémillante, une eau gazeuse locale, puis enfila un ciré noir et une casquette assortie. Ses yeux bleu acier scintillaient sous la visière.

— Ça m'étonnerait qu'on vienne dégager le chemin aujourd'hui, intervint-elle d'une voix grave. Entre les inondations, les glissements de terrain et les recherches, les pompiers et les gendarmes sont tous mobilisés. Et ils sont saturés d'appels. Il se trouve que je dois justement retourner au zoo. Vous avez eu beaucoup de chance de me trouver ici, je n'y suis presque jamais. Mon employée a dû s'absenter pour s'occuper de sa mère malade.

Elle consulta l'heure sur son smartphone.

— Elle ne devrait plus tarder. Si vous voulez, je peux vous ramener. On pourra faire un tour dans Saint-Martin pour voir s'il y a votre voiture garée quelque part.

Bérengère et Yumi acceptèrent, rebutées par l'idée de faire le trajet retour à pied, sous la flotte, avec un prédateur en liberté dans les parages.

Yumi en profita pour acheter un pot de tabac JPS, sur lequel elle louchait depuis leur arrivée, trois paquets de feuilles, et cacha sa déception quand la propriétaire l'informa qu'il n'y avait pas de commerce alimentaire dans le village, seulement une boulangerie, fermée le dimanche…

— Vous avez un numéro où on peut vous joindre ? demanda Yumi en composant le code de sa carte bancaire. Au cas où…

La patronne arracha le ticket de caisse – Yumi lui fit signe qu'elle le refusait –, puis se pencha sur le comptoir pour dicter son numéro de portable. Les locataires l'enregistrèrent dans leur smartphone.

— Je m'appelle Camille Puech, précisa-t-elle. Mais les téléphones ne captent pas dans la clairière.

— On sait, fit Yumi, fataliste.

Une femme brune d'une cinquantaine d'années surgit dans l'auberge alors que les deux clients regroupaient leurs affaires.

— Désolée pour le retard !

Camille Puech hocha la tête pour lui signifier que tout allait bien.

— Allez ! En route ! lança cette dernière d'un ton bourru tandis qu'elle s'emparait de ses clés de voiture.

Soudain, une onde glaciale chemina le long de l'échine de Bérengère, pareille à un serpent de givre qui activa une zone de son cerveau reptilien. Tous ses voyants passèrent au rouge. Pour une raison inexpliquée, Yumi et elle n'avaient pas précisé que le châtaignier avait été coupé. Que cet abattage était intentionnel. Destiné à les empêcher de partir. Depuis son arrivée dans l'établissement, l'attitude de Camille Puech la tracassait. Quelque chose clochait chez cette femme, mais quoi ? À présent, Bérengère doutait. La propriétaire voulait-elle vraiment les aider ? Ou souhaitait-elle les ramener dans la gueule du loup ?

27

Dimanche 31 octobre, 10 h 55

Postée à l'angle de la terrasse, Clotilde scrutait la clairière, les phalanges blanchies tant elle serrait la balustrade en rondins. Une cigarette se consumait entre ses doigts. Combien de temps s'était-il écoulé depuis que ce hurlement l'avait tétanisée d'effroi ?

Elle avait bondi à la fenêtre, observant l'arène végétale à la recherche d'un individu, un prédateur. Un meurtrier. Ce cri empli de détresse agissait sur sa psyché comme une tumeur qui nécrosait ses rêves, fanait tout espoir.

Une brise humide effleurait son visage. Accoudée à la rambarde, tel un marin appuyé contre le bastingage d'un navire, Clotilde termina sa cigarette et regarda à l'intérieur de son chalet. Assise dans son lit parapluie, Nina tenait entre ses doigts un carré en bois ; elle semblait essayer de l'insérer dans un support cylindrique. Cette scène arracha un sourire à Clotilde, une seconde de joie éphémère avant que sa concentration ne se focalise à nouveau sur la clairière. Il n'y avait aucun bruit, pas le moindre piaillement d'oiseaux, à croire que le hurlement avait fait fuir tous les animaux de la vallée.

Clotilde s'interrogeait sur le sort des autres locataires quand une silhouette fuligineuse se détacha du brouillard. Bonnet noir.

Caban noir. Jean troué. Bottes militaires. La maman se braqua, sur la défensive, les bras croisés contre sa veste de sport.

L'auteur d'épouvante s'aventurait à pas feutrés vers le chalet de Yumi et Ingrid. Pensant être seul, il eut un fugace mouvement de recul lorsqu'il aperçut Clotilde, juchée sur sa terrasse. Il s'approcha :

— Vous avez entendu ça ?

Il aurait fallu se trouver à dix bornes pour ne pas avoir frissonné en entendant ce cri, aussi Clotilde répondit-elle un peu sèchement :

— Évidemment.

— Vous êtes allée voir ?

Charles était maintenant devant la terrasse de Clotilde, qui, offusquée, répliqua :

— Avec ma fille ? Et puis quoi encore ?

Elle lui raconta la rencontre avec les gendarmes sur le parking du zoo, l'évasion de l'Ogre catalan, les recherches, la population priée de rester cloîtrée chez elle.

Charles paraissait vieillir à vue d'œil en digérant la nouvelle ; manifestement il connaissait le palmarès du fugitif. Néanmoins Clotilde décela un éclat dans ses prunelles, une lueur d'excitation qui lui confirma que ce type était étrange. Qu'il cachait des choses. Elle devait vite se débarrasser de lui.

— Vous alliez voir si elles vont bien ?

Ils pouvaient se leurrer autant qu'ils voulaient : après ce qu'ils avaient entendu, il était évident que la réponse était non. Malgré sa morgue et son accoutrement digne d'un chanteur de metal, Charles semblait craintif.

— Vous… ne voulez pas venir avec moi ?

— Ma fille joue à l'intérieur. Je ne peux pas quitter le chalet. Désolée.

Charles la toisa avec une forme de dédain mêlé de pitié.

— Et imaginez qu'il soit encore dedans, ajouta Clotilde.

Il resta pantois. Sa tête pivota plusieurs fois vers le chalet – façon match de tennis en accéléré ; visiblement il n'avait pas prévu cette éventualité.

— Comme vous voulez, dit-il enfin après une déglutition laborieuse.

Il rebroussa chemin et disparut à l'angle du logement de Yumi et Ingrid.

Deux minutes plus tard, la voix de Charles s'éleva de l'autre côté de la clairière.

— Ingrid ! Oh ! Ingrid !

La panique contamina Clotilde, qui s'écria à son tour :

— Charles ?

— Vous pouvez venir, il n'y a rien à craindre ! Il faut que vous voyiez ça !

La curiosité de Clotilde était piquée au vif. Elle estimait que c'était un risque inconsidéré de sortir ainsi, puis elle évalua la distance – une vingtaine de mètres – et, mue par son instinct maternel, fila à l'intérieur pour habiller Nina. Si un ennemi était en cavale dans le secteur, elle devait connaître cet ennemi. L'étudier. Pour mieux le neutraliser. Il fallait qu'elle protège sa fille.

Tandis qu'elle sanglait Nina dans le porte-bébé, sous une cape de pluie, elle fit l'inventaire des locataires. Qui avait pu lui envoyer ce message manuscrit ? L'attitude de Charles tendait à prouver qu'il en était l'auteur. Cette façon qu'il avait de la dévisager. Cette arrogance. Elle s'interrogeait sur les intentions de ce type solitaire alors qu'elle écrasait les mottes d'herbe en direction du chalet du jeune couple.

Charles se tenait près des marches.

— Vous êtes sûr qu'il n'y a personne ? s'enquit Clotilde.

— Le chalet est vide. Ingrid était restée ici. J'ai vu sa copine partir tout à l'heure avec l'hystérique de la C3. Elle était seule.

Clotilde feignit de n'avoir rien entendu du qualificatif et acquiesça, hagarde, tout en scrutant le rempart d'arbres nébuleux qui s'étirait autour d'eux.

— Regardez, dit Charles en pliant les genoux et en indiquant des empreintes imprimées dans la terre meuble.

— Il doit être vraiment immense, nota Clotilde, effarée.

— Vous pensez que c'est lui ?

— L'Ogre catalan ?

Charles opina du bonnet.

— Possible. Il paraît qu'il est gigantesque. Regardez, il y en a d'autres, ici. Il a marché dans cette direction, dit Clotilde en désignant des traces qui repartaient vers la forêt.

Il y avait deux séries de pas : la première allait vers le chalet ; la seconde disparaissait dans les bois.

Accroupi dans la gadoue, Charles leva la tête vers Clotilde. Ses sourcils bruns formèrent un accent circonflexe.

— Pourquoi êtes-vous en sueur ?

Clotilde tira sur le tissu de ses leggings.

— Je faisais ma gym quand j'ai entendu crier.

Elle indiqua du menton le front luisant de Charles.

— Et je vous retourne la question : pourquoi êtes-vous trempé, vous aussi ?

Celui-ci se releva en grimaçant.

— J'ai eu un coup de chaud. Il fait lourd pour un week-end de la Toussaint.

Un blanc. Long. Lourd de soupçons réciproques.

— Il n'y a personne, alors ? fit Clotilde pour rompre le malaise.

Sans daigner répondre, Charles gravit les marches. Du bout des doigts, il poussa la porte en grand. Aux aguets, Clotilde le talonna.

Le séjour était complètement retourné. La table ronde et les chaises renversées. La vaisselle éclatée, éparpillée dans la cuisine. Les tiroirs et le réfrigérateur ouverts. La télé et le lecteur DVD défoncés. La table basse fissurée, les coussins du canapé déchirés. On aurait dit qu'un typhon avait traversé l'habitation. Le sol était jonché de débris de verre, de vêtements, de prospectus, de nourriture, de liquides divers qui s'écoulaient entre les lattes du parquet. Toujours sur le seuil au cas où une fuite précipitée s'imposerait, Clotilde se raidit, la main plaquée contre la fontanelle de Nina. Elle remarqua que la fenêtre donnant sur l'orée de la forêt était entrebâillée.

Le chalet était devenu une scène de crime, révélant des signes évidents de lutte.

Charles inspecta la chambre, la salle de bains et les toilettes, puis revint dans la pièce principale.

Ingrid avait disparu.

28

Dimanche 31 octobre, 10 h 55

— Grimpez à l'arrière, c'est le bordel à l'avant.

Camille Puech indiqua la banquette d'un vieux pick-up blanc Toyota constellé de gerbes de boue, garé sur le petit parking accolé à l'auberge. Elle ouvrit la portière avant et baissa son siège pour que ses passagères puissent se hisser à l'intérieur.

Bérengère fixait le véhicule, indécise. Ce passage libéré dans l'habitacle où flottaient des particules de poussière s'apparentait à un traquenard. Une prison mobile. Camille Puech ne lui inspirait pas confiance, elle doutait à présent de la véracité de ses paroles. Avait-elle vraiment vendu les chalets ? Ou les manipulait-elle tous afin de leur faire subir Dieu sait quelles abominations ? Perdue dans ses délires, elle sursauta lorsque Yumi posa la main sur son épaule pour l'inviter à entrer.

— Alors ? T'y vas ?

Elle fit un pas de côté, vérifia que Camille, courbée au-dessus du capharnaüm du siège passager, ne pouvait pas les entendre.

— Je sais pas si c'est une bonne idée, chuchota-t-elle.

Les yeux bridés de Yumi s'arrondirent.

— Tu déconnes ? Tu veux te retaper le chemin à pied ? Avec l'autre en liberté ? C'est du délire.

— C'est cette fille, je la sens pas.

Bérengère hésitait à partager ses craintes quand le visage de Camille apparut brusquement entre les appuie-tête.

— Qu'est-ce que vous complotez toutes les deux ?

Les deux Toulousaines affichèrent un sourire forcé. Encouragée par Yumi, Bérengère se résolut à grimper dans le pick-up.

— Désolée pour le bazar, s'excusa Camille en faisant rugir le moteur.

Une boîte à outils, des papiers en vrac, des chemises cartonnées et des mètres de câble enroulé encombraient le siège passager. De la boue souillait les tapis de sol. La Toyota patina dans la terre meuble puis quitta le parking.

Bérengère se sentait mal à l'aise. Il n'y avait pas de poignées à l'arrière, aucun moyen de s'extraire du véhicule à trois portes. Une couche de crasse opacifiait les vitres ; elle n'y voyait rien. Devait se fier aveuglément à Camille. Cette dernière épiloguait sur l'Ogre catalan. Comme dans l'auberge, sa voix flanchait par moments quand elle abordait le sujet ; cette évasion se répercutait sur l'activité du parc animalier, qui, après deux années de calvaire, remontait péniblement la pente.

C'était la seule explication plausible au chagrin de Camille.

Bérengère croisa le regard intrusif de la propriétaire dans le rétroviseur intérieur, et ce sentiment de vulnérabilité s'intensifia. L'angoisse grondait en elle, lui concassant la poitrine. Cette femme cachait quelque chose d'étrange, mais quoi ? La respiration de Bérengère s'accéléra. Une « polypnée », aurait-elle pu inscrire dans un recueil de données, aux urgences ou à l'IFSI. À ses côtés, Yumi paraissait préoccupée.

La Toyota traversa l'axe principal de Saint-Martin-du-Canigou, grimpa la seconde rue, une artériole étriquée, abrupte et dépourvue de trottoir. Camille roulait vite, on devinait qu'elle avait l'habitude d'évoluer dans ces ruelles étroites. Elle parlait sans discontinuer, abordait tantôt son zoo, tantôt l'histoire de la région, comme lancée dans une visite guidée.

Cramponnée à la poignée du plafond, Bérengère n'écoutait rien. Elle tentait de se repérer ; le village ressemblait à une oasis perdue dans un désert de brume. Elle s'évertuait à ne pas rencontrer les yeux de la conductrice, mais c'était plus fort qu'elle ; elle jetait des regards à la dérobée, comme aimantée, et chaque fois plongeait dans ces iris qui réveillaient des fourmillements le long de sa moelle épinière.

Le pick-up mit moins de trois minutes pour effectuer le tour du village. Elles n'aperçurent aucune Citroën C3.

— Votre mari n'est pas là, fit Camille, au point mort, arrêtée à l'embranchement du chemin menant au zoo.

Bérengère s'apprêtait à rétorquer qu'elle n'était pas mariée, au lieu de quoi elle hocha la tête, en proie au désarroi le plus total. Le sourire teinté d'empathie de Yumi échoua à la réconforter.

— Il faut vraiment que je retourne au zoo, continua Camille. Désolée. En plus, on ne doit pas traîner dans les parages.

Cette réplique jeta un froid, rappelant à chacune la présence de l'Ogre.

La Toyota repartit à toute berzingue dans le corridor végétal.

Secouée sur la banquette éventrée qui crachait des grappes de mousse, Bérengère, toujours attentive aux faits et gestes de Camille, se sentit soudain honteuse, détestable. La culpabilité la rongeait. La présence de ce tueur en liberté changeait la donne, la colère qu'elle éprouvait contre Vincent s'était muée en une inquiétude qui enflait insidieusement. Elle qui rechignait à croire que quelqu'un avait scié l'arbre dans le but de les isoler pour mieux les terroriser envisageait à présent la piste « criminelle », celle du psychopathe évadé qui voulait piéger les locataires des chalets pour leur infliger les pires sévices. Vincent avait-il croisé la route de l'Ogre catalan ? Des scénarios tous plus sordides les uns que les autres défilaient dans son esprit. Le père de ses enfants séquestré, essuyant les tortures d'un meurtrier sadique et masqué, qui plus est. Vincent, mort, pourrissant dans la forêt, offert en victuailles aux animaux nécrophages. Vincent, pris en otage, ligoté dans le coffre de la C3. Vincent, installé au volant de la Citroën, agissant sous la menace d'une arme braquée contre le cuir de son siège, en train de franchir les barrages routiers, complice malgré lui de la cavale du fugitif.

Une ultime vision : Vincent, en parfaite santé, vautré dans une chambre d'hôtel, se gaussant de sa mégère pétrie d'angoisses, fuyant son couple et ses responsabilités. Cette image eut le mérite de chasser les remords de Bérengère. Ragaillardie, elle réalisa que le pick-up traversait le pont précédant le zoo. Elles étaient revenues saines et sauves. Sa poitrine se délesta d'un poids, toutefois elle conserva sa vigilance.

La Toyota freina, éclaboussant les premiers noisetiers et châtaigniers d'un postillon de graviers, avant de s'arrêter devant la sente caillouteuse menant aux chalets. La portière avant s'ouvrit. Camille baissa son siège pour les laisser sortir.

Bérengère inspira profondément, soulagée de prendre congé de la propriétaire du zoo. Cependant une dernière chose la taraudait. Une question qu'elle n'avait pas osé poser, supposant qu'elle la ferait – encore – passer pour une idiote. *La* question dont elle redoutait la réponse. Si Yumi n'avait pas interrogé Camille, c'était qu'elle devait déjà détenir l'information. Forcément. Aussi, pendant que Yumi remerciait la conductrice, qui leur souhaitait bonne chance, Bérengère se lança :

— Une dernière chose, s'il vous plaît.

Camille replaça son siège et la dévisagea.

— Oui ?

— Pourquoi l'appelle-t-on comme ça ?

— L'Ogre catalan ? Eh bien, parce que le département des Pyrénées-Orientales fait partie des pays catalans.

Décidément, Bérengère ne la supportait plus.

— Merci pour le cours de géographie, mais c'est la partie « ogre » qui me questionne.

— Je me doute. Je disais ça pour vous taquiner. Les médias l'ont surnommé ainsi parce qu'il a fait ce que tous les ogres font…

Face à la stupeur de Bérengère, Camille clarifia, non sans une certaine forme de sadisme :

— Il a tué ses enfants.

29

Dimanche 31 octobre, 11 h 20

Un petit corps immobile sous ses yeux pochés de cernes.

Ses mains ôtèrent les vêtements avec méticulosité, comme si elles effeuillaient les pétales d'une fleur rare. Ces gestes, elle les avait réalisés des centaines de fois, pourtant elle y mettait toujours la même application, le même amour. Ses doigts glissèrent dans les cheveux d'or et elle se pencha pour sentir son parfum : elle exhalait une fragrance exquise de vanille. L'épiderme rosé apparut peu à peu entre les habits, doux, sans aspérités : une peau de bébé.

Carré de coton. Liniment. Couche propre.

Clotilde changea Nina puis l'installa sur un tapis d'éveil étalé sur le parquet.

Le vent soufflait avec davantage de force, expédiant des gerbes d'eau contre les fenêtres du chalet, segmentant la rotonde brumeuse en filaments cotonneux qui voguaient au-dessus de la clairière.

Clotilde erra sans but précis. Elle attrapa son roman et lut trois fois la même phrase sans en saisir le sens. C'était peine perdue. Elle n'arrivait pas à se concentrer. Ressassant les événements de la matinée, elle reposa le bouquin en équilibre sur l'accoudoir et tourna en rond, comme les tigres qu'elle avait vus la veille.

Les images de la « scène de crime », dans le chalet d'Ingrid, la tenaillaient. À cet instant, elle aurait tellement souhaité une épaule sur laquelle s'appuyer, une oreille pour se confier, exprimer ses angoisses. Pour la première fois depuis la naissance de Nina, la solitude l'éperonna. Le roc se lézardait. La super-héroïne révélait ses faiblesses. Elle hésitait à tout plaquer pour rentrer chez elle. À tirer un trait sur ce week-end. Sauf qu'il restait le problème de l'arbre. D'après les gendarmes, les pompiers ne viendraient pas dégager le chemin avant un moment. Clotilde estima qu'elle n'avait pas besoin d'eux. Qu'on lui mette une tronçonneuse entre les mains et elle en ferait du carpaccio, de ce foutu châtaignier.

Elle se déplaça vers la fenêtre de la cuisine. Un écureuil cavalait au milieu de l'esplanade herbeuse. Il obliqua tout à coup vers le chêne et bondit dessus. Clotilde esquissa un sourire, elle voulut prévenir Nina, mais le rongeur avait déjà déguerpi. Ses sourcils se froncèrent. Le chêne. Ces bonshommes et ce nom gravés sur le tronc. Était-il possible que les autres locataires n'aient pas aperçu la rature sur le dernier personnage ? Ça paraissait improbable. Et pourtant aucun n'avait manifesté son étonnement. C'était étrange.

Charles était parti à la recherche d'Ingrid. Après avoir examiné les quatre coins de la clairière, il avait jeté un œil dans le chalet de Bérengère, fermé à clé, avant de s'immobiliser devant celui de Clotilde. Un moment de flottement s'était immiscé entre eux ; durant une seconde, Clotilde l'avait suspecté de vouloir fouiller chez elle. Quelle idée saugrenue ! Mais qu'est-ce qui ne tournait pas rond chez ce type ? Il s'était finalement ravisé et avait poursuivi son exploration sur le sentier de la cascade du Cady – c'était le chemin le plus proche du chalet d'Ingrid –, supposant qu'elle avait pris la fuite vers le pont de singe. Il avait également précisé qu'il contacterait les gendarmes dès que possible. Clotilde, quant à elle, était restée dans son logement. Il était inenvisageable qu'elle se promène avec un tueur en liberté.

Clotilde faisait le guet en se triturant le lobe de l'oreille quand elle entendit la rumeur d'une discussion. Elle ouvrit la fenêtre au-dessus de l'évier, aperçut Bérengère et Yumi qui émergeaient du sentier. Après avoir mis Nina en sécurité, elle chaussa ses baskets puis déboula comme une furie sur la terrasse.

— Ohé !

Les deux jeunes femmes dévièrent de leur trajectoire. La mine épouvantée de Clotilde les alerta immédiatement.

— Qu'est-ce qui se passe ? fit Yumi.

— C'est Vincent ? s'enquit Bérengère, inquiète. Vous avez retrouvé Vincent ?

Clotilde posa un regard grave sur Yumi.

— C'est votre amie. Elle a disparu.

Avant qu'elle ne puisse développer ses propos, Yumi se précipita vers son chalet, Bérengère sur les talons. Elles scandèrent le prénom de la disparue. L'écho de leur désespoir rebondit contre les montagnes, la désillusion les fauchant à chaque réverbération sonore. Deux minutes d'appels infructueux plus tard, elles retournèrent auprès de Clotilde.

— Que s'est-il passé ? demanda Yumi, le visage barbouillé de larmes.

La colère avait supplanté la tristesse de l'annonce. Son inflexion trahissait même un ton accusateur.

Clotilde resta impassible. Elle avait l'habitude de ce genre de réactions quand elle était en mission. Elle narra l'épisode du cri. Les empreintes de pas. L'exploration du chalet saccagé.

— Charles est parti du côté de la cascade, conclut-elle. Et ce n'est pas tout…

Elle rapporta la conversation avec les gendarmes.

— On est au courant, répondit Bérengère. Et on a appris aussi que les chalets n'appartiennent pas à la propriétaire de l'auberge et du zoo, une certaine Camille Puech.

Cette dernière info parut désarçonner Clotilde. Yumi, elle, commençait à s'inquiéter. Elle s'écria :

— Il faut retrouver Ingrid ! On doit prévenir les gendarmes.

Bérengère tendit le bras vers le ravin, l'air tourmenté.

— Il y a un autre chemin de ce côté, qui mène aussi au zoo. Il passe par une petite clairière et une construction de bois. Peut-être qu'elle s'est réfugiée là-bas.

— OK, dit Yumi. J'y vais ! Et si je ne la trouve pas j'appellerai les gendarmes depuis le zoo.

Bérengère soupira en voyant l'air gêné de Clotilde. Comme si elle s'estimait redevable envers Yumi, comme si elle avait l'obligation de la remercier de l'avoir accompagnée au village, la mère de famille lui emboîta le pas.

— Attends-moi, je viens avec toi.

Clotilde les observa jusqu'à ce qu'elles disparaissent dans la forêt.

Le calme enveloppa la clairière. Le vent souleva une volée de feuilles, spirale mordorée qui échoua devant le chalet. Il y eut un bruissement dans les branchages.

Puis Clotilde s'effondra, terrassée.

30

Dimanche 31 octobre, 11 h 20

Charles progressait dans la pénombre.

Depuis la veille, il avait l'impression que le sentier menant à la cascade s'était rétréci, que la forêt était plus dense, plus sombre, plus menaçante.

Les houppiers frétillaient sous les rafales. Les gouttes crépitaient contre les frondaisons en un bruit sourd omniprésent, hypnotique. Charles se retournait sans arrêt pour vérifier qu'il n'était pas suivi. Que l'Ogre catalan ne l'avait pas pris en chasse. La cacophonie de la pluie couvrait les sons, les déplacements, les dangers. Si au début de ses pérégrinations il avait crié le prénom d'Ingrid, il s'était vite ravisé, inquiet à l'idée d'attirer l'attention du monstre qui rôdait dans les environs. La disparition de sa voisine avait exhumé une partie de sa personnalité qu'il pensait enfouie à jamais. Pour la première fois depuis deux ans, il faisait preuve de compassion. Il s'était pris d'affection pour la jeune femme – bien plus qu'il ne l'aurait cru, à vrai dire –, et son absence l'affectait, indéniablement ; elle le déstabilisait au point de lui faire oublier ses projets, l'écriture de son roman. Mais une autre raison l'incitait à braver ainsi le danger. Après le hurlement abject d'Ingrid, il avait entendu le remue-ménage dans le chalet du couple, étouffé par la musique symphonique, et il était resté prostré sur sa chaise, terrifié. Rempli de honte, il s'était bien gardé de préciser ce détail à Clotilde. À présent, la culpabilité s'emparait de lui. Il souhaitait se rattraper. Se racheter.

Il suivit le filet de terre, tourna à l'angle du grand rocher. La rumeur assourdissante de la cascade lui laboura les tympans. Coup d'œil derrière. RAS. Ici, on n'entendait rien à part le raffut de la rivière déchaînée. La corniche étant à découvert, il se retrouva trempé de la tête aux pieds.

Plusieurs séries d'empreintes gaufraient le sol aux abords du pont de singe, avec des pointures différentes. Charles s'accroupit et reconnut les siennes, datant de la veille. Il distingua au moins trois autres types de pas distincts. Il y avait eu du passage dans le secteur. Il pivota sur ses bottes, releva un sillon creusant la fange sur un ou deux centimètres, traçant une ligne droite en direction du chemin. Charles ne l'avait pas repéré jusqu'à présent, obnubilé comme il l'était, occupé à percer l'obscurité des bois à la recherche d'Ingrid. Incapable de définir à quoi pouvait correspondre cette marque, il se leva, sceptique, puis attrapa son smartphone pour prévenir les gendarmes.

Il n'y avait aucun signal.

Agacé, il rangea le portable dans sa poche, examina la lisière de la forêt puis jeta un œil en contrebas, machinalement, vers la chute d'eau.

Ses traits s'étirèrent en un masque d'horreur.

Le pont de singe était détruit. Impraticable.

Les planches et les cordages barbotaient dans les remous de la rivière, chahutés par la force du courant.

Pris d'un vertige, Charles se retint au grillage. Il attendit une minute, puis avança d'une démarche dégingandée sur la terre glissante. Une main accrochée aux maillages d'acier pour ne pas tomber dans le précipice, il s'approcha des montants de la structure béante. Les câbles du pont avaient été sectionnés. Des coupes nettes, précises, comme sur le châtaignier. Bouffée de chaleur. Nausées. Palpitations. Charles y était jusqu'au cou, dans sa fichue histoire d'horreur. Cet accès étant lui aussi condamné, le piège sur les occupants des chalets se refermait petit à petit.

Un bruissement dans les bois. Charles recula, hébété, le cerveau en surchauffe ; les hypothèses se télescopaient sous son bonnet, telle une réaction chimique menaçant d'imploser. L'auteur d'épouvante savait construire des intrigues. Il connaissait les rouages de l'esprit humain, les cheminements de pensée des enquêteurs, mais aussi ceux des criminels. Tout du moins il les imaginait. Il assembla les faits survenus depuis le matin, méthodiquement, chronologiquement, et, alors qu'il rebroussait chemin, ses déductions s'ordonnèrent, puis la vérité éclata. Selon l'indémodable citation de Sir Arthur Conan Doyle : « Lorsque vous avez éliminé l'impossible, ce qui reste, si improbable soit-il, est nécessairement la vérité. » Charles en avait marre de lire cette phrase dans un polar sur deux, mais force était de constater que cette tirade était on ne peut plus exacte.

Dorénavant il n'avait plus de doutes. Il connaissait l'identité du « tronçonneur ».

Il marchait sur le sentier boueux quand un nouveau craquement l'incita à se retourner.

L'Ogre catalan se tenait au milieu du chemin.

31

Dimanche 31 octobre, 11 h 45

Bérengère observait Yumi, devant elle, qui se dépêchait d'atteindre la deuxième clairière. Il y avait quelque chose d'ironique dans cette situation. Quelques minutes plus tôt, elles exploraient le village et la vallée à la recherche de Vincent, et à présent voilà qu'elles furetaient dans les bois en quête de Vincent *et* d'Ingrid. L'angoisse avait changé de camp, tant la scène de crime dans le chalet du jeune couple laissait présager un triste sort pour la partenaire de Yumi. Bérengère n'osait plus se plaindre, elle écoutait les suppliques de son amie d'une oreille compatissante.

Vincent. L'arbre tronçonné. L'évasion de l'Ogre catalan. Le mystère sur l'identité du propriétaire des chalets. Et maintenant Ingrid. On aurait dit que ce séjour avait été scénarisé, que les locataires jouaient leur propre rôle dans un énième remake de film d'horreur. Qu'ils étaient des marionnettes. À la merci d'un sadique.

Des rafales chargées d'eau les agressèrent dès qu'elles arrivèrent dans la clairière.

— Ingrid ! cria Yumi, les mains placées autour de la bouche en porte-voix.

Bérengère l'arrêta d'un geste du bras, tout en lorgnant le ciel sombre.

— Fais moins de bruit.

Yumi se dégagea.

— Si Ingrid est dans les parages, elle pourrait nous entendre.

L'inquiétude marquait les traits de Bérengère. Elle expliqua :

— Je suis venue ici, hier. J'ai failli me faire attaquer par un oiseau.

— Un oiseau ? Quel genre d'oiseau ?

— Je sais pas. Mais genre balèze.

Elle balaya la forteresse d'arbres d'un regard circulaire.

— Cet endroit est bizarre. Tiens, regarde ces trucs par terre, c'est dégueulasse.

Du bout de l'index, elle montra une des boules gluantes sur lesquelles elle avait marché la veille.

Yumi s'accroupit pour l'examiner.

— Je sais ce que c'est. Ingrid me l'a expliqué hier. Les rapaces régurgitent tous les résidus qu'ils ne peuvent pas digérer. Ça forme des boulettes collantes. Des pelotes de réjection.

Songer aux anecdotes d'Ingrid la chamboulait. Elle se releva, pensive, drapée dans sa mélancolie. Elle souffla et, la seconde suivante, elle se mit à grimper le dénivelé. Toujours aussi écœurée malgré l'explication, Bérengère la suivit en grimaçant.

Des mottes de terre se détachaient du sol imbibé d'eau, des pans entiers du terrain s'effondraient par endroits, creusant des ravines impraticables. L'ascension était rude.

Bérengère ne cessait de déraper, de s'enfoncer. L'attaque de la veille la déconcentrait, elle scrutait les nuages d'un œil inquiet au lieu de se focaliser sur ses appuis. Yumi lui tendit la main pour l'aider à gravir la distance restante et elles atteignirent enfin le mirador, à l'orée de la forêt.

La construction en bois mesurait trois ou quatre mètres de hauteur. Une échelle permettait d'accéder au sommet : une plate-forme coiffée d'un toit pointu, trouée d'une dizaine de casiers grillagés s'ouvrant sur l'extérieur. Chaque compartiment était fermé par un verrou et un cadenas. *À quoi peut bien servir cet endroit ?* se demanda Bérengère, les mains sur les hanches, la respiration ahanante et les joues rouge écarlate à cause de l'effort. Elle tourna la tête vers Yumi, qui avait déjà escaladé les échelons.

— Alors ? fit-elle.

— Il n'y a personne.

Yumi redescendit au ralenti. Sonnée. Néanmoins il irradiait d'elle une colère sourde, qui augmentait au fil des minutes.

— Ingrid ! Ingrid !

Une frustration mêlée de rage prit les rênes de sa conscience et elle asséna un coup de pied dans un des piliers du mirador. Puis un autre. Et encore un autre.

— Ingrid ! scanda-t-elle à nouveau.

Ses poings heurtèrent le bois avec violence ; Bérengère l'interrompit avant qu'elle ne se blesse. Elle l'attira dans ses bras, reléguant sa souffrance pour endiguer celle de Yumi, dont le visage se couvrait de larmes. Elles se laissèrent glisser contre le pied de la structure, enlacées comme si elles étaient vouées à ne plus jamais être séparées. Yumi s'abandonna complètement, la tête nichée dans le cou de Bérengère.

— On va la retrouver. Je suis sûre qu'elle va bien.

Mais quelle conne ! Elle regretta aussitôt de ne pas avoir su tenir sa langue. Comme trop souvent. C'était le genre de phrases bateau qu'on entendait dans les films et qui ne reposait sur aucun fondement. Même ses patients, Bérengère n'avait jamais vraiment su les réconforter.

— Continuons vers le zoo, proposa-t-elle. On pourra appeler les gendarmes.

Elle embrassa d'un regard la vallée, noyée dans la purée de pois. On distinguait les dômes en chaume des bâtiments, le sommet des falaises de l'enclos des lions, l'amphithéâtre, le lacet du « grand tour », qui surgissait de la végétation par endroits.

Yumi acquiesça d'un air abattu.

Elles empruntèrent le chemin carrossable, au sud de la clairière, qui descendait en direction du parc animalier.

— Qui a pu faire une chose pareille ? pensa Yumi à voix haute.

Bérengère suspectait l'Ogre catalan, bien évidemment, cependant elle s'abstint de tout commentaire susceptible d'accentuer la peine de Yumi.

— Qui que ce soit, on peut supposer qu'Ingrid a réussi à prendre la fuite. La fenêtre était ouverte. Si elle a voulu prévenir les secours ou demander de l'aide, le meilleur endroit pour ça était le zoo.

Après trois minutes de marche rapide, elles échouèrent devant un portail en bois cadenassé, monté sur un rail. Un cul-de-sac.

Yumi hurla le prénom d'Ingrid, cogna contre le panneau. Les phalanges douloureuses, elle consulta son portable : aucun réseau. Soudain, comme piquée par l'urgence de la situation, elle recouvra sa lucidité, consciente que chaque minute écoulée amenuisait les chances de retrouver Ingrid vivante. Étant dotée d'un bon sens de l'orientation, elle parvint vite à se repérer.

— Le parking ne doit pas être loin. Si on coupe à travers les bois, on le rejoindra plus rapidement qu'en faisant le tour par les chalets.

Bérengère afficha son scepticisme.

— Là-dedans, dit-elle en désignant les troncs noueux. T'es sérieuse ?

— Oui ! Fais-moi confiance. Viens !

Elles s'engouffrèrent dans la forêt. Au bout de cinq minutes de progression laborieuse, elles dépassèrent le noisetier grâce auquel Yumi et Ingrid s'étaient introduites dans le zoo la nuit précédente puis, après quelques efforts supplémentaires, elles regagnèrent le parking.

L'endroit était désert, assez austère. Un voile humide brouillait l'entrée principale condamnée, les palissades, la forêt qui s'étendait en hauteur.

Elles coururent sur les graviers.

— Essayons de ce côté, proposa Bérengère en indiquant la voie qui longeait la partie droite du parc.

Yumi opina en composant le « 17 » sur son smartphone et elles empruntèrent l'accès réservé au personnel, à quelques encablures du pont enjambant la rivière du Cady.

Le chemin de terre était engoncé entre la palissade et la forêt qui descendait en pente douce. Des fougères empiétaient sur la voie striée d'ornières boueuses, parsemée de flaques d'eau. Des bâtiments et des enclos dépassaient de l'enceinte. Bérengère était obligée de tourner complètement la tête pour observer les environs tant sa capuche tirée réduisait son champ de vision. Elle reconnut les piliers du temple des tigres, les falaises des lions. Des constructions bétonnées épousaient les grillages ; c'était ici qu'on rentrait les animaux dangereux en fin d'après-midi.

— On m'a mise en attente ! tempêta Yumi.

Elles dépassèrent un quai de chargement où était garé un camion, puis continuèrent jusqu'à un second parking, sur lequel le pick-up de Camille Puech stationnait au milieu d'autres véhicules, notamment le Kangoo de la gendarmerie. Légèrement rassérénée par la présence des militaires, Yumi raccrocha.

Par chance, cette fois-ci, un portail en bois était ouvert. Un panneau blanc mentionnait « issue de délestage ». Telles deux espionnes, elles se faufilèrent à l'intérieur du zoo.

À droite, la palissade se déployait comme si elle empêchait les conifères de pénétrer dans le parc. Elle ondulait à travers le paysage, à la manière de la muraille de Chine, avant de former un coude, à mi-hauteur de la vallée, et de disparaître dans la forêt. En face, un édifice d'un étage précédait le terrain des loups. À gauche, le moteur d'un véhicule rappelant une voiturette de golf ronronnait près d'un grand bâtiment rectangulaire. De gros récipients verts et des cagettes en plastique, des jerricans, des arrosoirs, des seaux, des balais et des lave-vitres encombraient le plateau arrière. Les contenants étaient tous vides.

Bérengère et Yumi s'engageaient dans cette direction quand une jeune femme apparut sur le seuil.

— Qu'est-ce que vous faites ici ? lança cette dernière. Cet endroit est strictement interdit au public. Et de toute manière le parc est fermé.

La trentaine, maigrelette, elle flottait dans sa tenue : sweat vert floqué du logo du zoo et pantalon beige sous un ciré noir. Elle avait le teint pâle, les oreilles, les fossettes et le nez perforés de piercings, des mèches couleur charbon jaillissaient de sa casquette ; un anneau à l'arcade sourcilière étincelait lorsqu'elle tournait la tête. On aurait dit une sorte de reptile humain, à la manière dont elle bougeait : des mouvements saccadés, terriblement vifs. Elle braqua ses yeux sombres sur les deux intruses.

— On est à la recherche de nos amis, dit Bérengère.

Les manches relevées de la soigneuse dévoilaient une fresque tatouée, un assortiment de calligraphies, d'animaux et de symboles ésotériques. Bérengère remarqua surtout que son poignet gauche était bandé.

À tour de rôle, Yumi et elle expliquèrent leurs déboires, malgré la fatigue évidente de l'employée. Elle avait dû nourrir l'ensemble du parc, au vu des bacs vides dans la voiturette.

— Vous ne l'auriez pas vue ? demanda Yumi après avoir décrit Ingrid.

— Non, désolée.

— Et Vincent ?

— Non plus. Je n'ai croisé personne à part mes collègues, la directrice et les gendarmes.

Bérengère renchérit :

— Il conduisait une Citroën bleu ciel. Vous n'en auriez pas vu une ?

— Ah ! ça, oui.

Bérengère retint sa respiration. La soigneuse poursuivit :

— J'ai vu une bagnole bleue dans le fossé, le long du chemin qui mène ici. Il n'y a pas cinq minutes de ça. D'ailleurs, je comptais le signaler.

— Et il y avait quelqu'un à l'intérieur ? demanda Bérengère, électrisée.

— Aucune idée.

La soigneuse médita un instant.

— En fait, c'était comme si on avait voulu la planquer. Vous n'avez pas pu la voir en passant, elle est enfoncée dans la végétation. Mais en descendant après ma tournée du matin – elle désigna le chemin qui montait dans son dos et longeait la palissade –, j'ai aperçu la carrosserie. Du bleu ciel dans toute cette verdure, ça m'a immédiatement sauté aux yeux.

Face à l'expression suppliante de Bérengère, la soigneuse les invita à grimper à l'arrière de la voiturette, après l'avoir délestée de quelques bidons et autres récipients. Sa botte écrasa la pédale d'accélérateur et elles sortirent du parc. La pluie cognant contre le toit perturbait les réflexions de Bérengère.

— Vous avez quoi à la main ? demanda soudainement Yumi, agrippée aux arceaux de la voiturette.

La soigneuse ouvrit de grands yeux.

— Je vous demande pardon ?

— Vous vous êtes blessée ?

— Une entorse. C'est trois fois rien.

Yumi échangea un regard suspicieux avec Bérengère tandis que le véhicule s'arrêtait en face du quai de livraison.

— C'est ici, indiqua la soigneuse. Maintenant excusez-moi, j'ai encore des enclos à nettoyer.

Elle repartit avant que Bérengère et Yumi la remercient. Les deux locataires firent un mouvement de tête entendu, comme pour se donner du courage, puis s'aventurèrent vers le bas-côté.

Elles écrasèrent les fougères aplaties et remarquèrent aussitôt la Citroën, immergée dans la végétation.

Bérengère se figea. Éberluée. Ses doigts rencontrèrent ceux de Yumi ; elles se prirent la main.

Le pare-chocs de la Citroën était encastré dans un arbre, une vingtaine de mètres plus bas, au milieu d'un amas de ronces et de buissons. Il était impossible de la distinguer depuis le chemin mais, effectivement, avec de la hauteur, elle devenait visible. Ici, le terrain déclinait en pente raide, formant une cuvette défrichée ceinturée de conifères. Des couvercles de réservoir étaient ensevelis dans le sol pentu, des canalisations déversaient des litres d'eau qui serpentaient jusqu'à la rivière du Cady.

Les pieds de Bérengère s'enfoncèrent dans la fange.

— Vincent ? fit-elle d'une voix sourde.

Elle descendit, aidée par Yumi. Les ronces griffaient son jean, les fougères fouettaient ses hanches. La peur chevillée au corps, elle traversa la cuvette marécageuse et inspecta l'habitacle. Vide. Selon elle, il n'y avait qu'une seule explication plausible : quelqu'un avait poussé la voiture depuis le sentier et elle avait terminé sa course emplafonnée contre un tronc.

— Vincent !

Yumi l'imita.

— Vincent ! Vincent !

Bérengère ouvrit la portière dans un couinement lugubre. Passa la tête à l'intérieur en se tenant à la carrosserie. Remarqua les clés qui pendaient sur le contact. Un pincement au cœur. Une vague de nostalgie. La petite photo plastifiée de Vincent, Zoé, Lucas et elle, accrochée au porte-clés, vacillait dans la pénombre.

Soudain elle sentit un mouvement. Le sol était gorgé d'eau, instable, et le poids qu'elle exerçait sur la voiture avait fait glisser la Citroën. Elle se hâta de fouiller les sièges avant, la banquette arrière. Il n'y avait rien de suspect. Rien *en plus*.

— Alors ? s'enquit Yumi.

— Les clés sont dessus. C'est bizarre, non ?

Bérengère tira sur ses vêtements, prisonniers des ronces, et se dirigea vers le coffre. La voiture grinça en se déportant de quelques centimètres. Comprenant que la C3 était retenue contre un simple pin dans un équilibre précaire, Bérengère posa la main sur le hayon et l'ouvrit avec délicatesse.

Sa mâchoire manqua de se démantibuler.

Derrière elle, Yumi lâcha un cri de surprise.

Posée sur les *poches* Leclerc, au milieu du coffre, il y avait une tronçonneuse.

32

Dimanche 31 octobre, 11 h 45

La douleur. Intense. Diffuse. Des lames invisibles lacérant son bas-ventre. Comme des coups de poignard. L'impression d'avoir les chairs à vif.

En boule sur le canapé, Clotilde se contorsionnait, percluse de souffrance. Sa pression artérielle avait chuté, des points noirs parsemaient sa vision. Elle posa ses jambes en hauteur, sur le dossier, pour aider sa circulation sanguine à rejoindre son cerveau. La gravité ferait le reste.

Le visage hâve, elle se redressa au prix d'un effort surhumain. Les deux comprimés de Spasfon qu'elle avait gobés quinze minutes plus tôt ne la soulageaient pas. Elle tituba, courbée, jusqu'à la salle de bains. Fouilla dans sa trousse de toilette. Avala un Tramadol.

Clotilde avait cessé de prendre la pilule le mois précédent. Elle traversait un désert sexuel depuis la naissance de Nina. Mais le petit comprimé qu'elle avait absorbé jusque-là tous les soirs supprimait ses règles. Et plus de règles signifiait plus de douleurs. Alors qu'elle était recluse dans le tréfonds des Pyrénées, ses menstruations étaient revenues, charriant leur lot de souffrances insoutenables. Après l'opération, on lui avait dit qu'elle serait débarrassée une bonne fois pour toutes de sa maladie, mais *l'ennemi invisible* était resté tapi dans l'ombre de sa matrice. Et il avait fallu que son retour se fasse justement durant ce week-end de la Toussaint…

Des gouttes mouchetaient la fenêtre embuée. Clotilde l'essuya de la tranche de la main.

De l'autre côté de la clairière, elle aperçut Charles Ciron qui détalait. Comme s'il avait le diable à ses trousses. Quel danger fuyait-il ?

Clotilde était incapable de réfléchir correctement, la douleur accaparait toute son attention. Elle s'aspergea le visage d'eau fraîche avant de retourner dans le salon.

Juchée sur son rehausseur, Nina n'avait pas touché à sa purée de potimarron et observait, le regard empreint d'un calme étrange, le triste spectacle de sa mère luttant contre la douleur. Clotilde n'insista pas. Son état devait déteindre sur celui de sa fille. Pouvait-on s'inquiéter pour sa maman à l'âge de onze mois ? Elle pariait que oui.

Tentant de maîtriser ses spasmes, qui diminuaient un peu, elle prit Nina dans ses bras et l'allongea. La nausée annihilait son appétit. Pas faim. Besoin d'air. Clotilde enfila sa veste de sport et s'assit sur une des chaises en rotin de la terrasse. Une vue panoramique de la clairière s'offrait à elle. Le vent ébouriffa ses cheveux ; elle replaça les deux mèches qui encadraient son visage, les yeux fermés, la tête projetée en arrière. Ça allait mieux. Quand ses paupières s'ouvrirent, elle assista à un étrange ballet aérien. Elle se pencha pour y voir davantage ; le toit tronquait une partie du ciel.

Des oiseaux volaient en spirale sous le plafond nuageux.

Une dizaine de rapaces aux ailes immenses, aux tons brun foncé, qui tournoyaient au-dessus de la clairière. Des charognards.

Des vautours fauves.

Clotilde comprit ce que cela signifiait : un cadavre reposait dans le secteur.

33

Dimanche 31 octobre, 12 h 45

Yumi recula, horrifiée, comme si elle avait vu une araignée géante. Son pied ripa dans la boue ; elle perdit l'équilibre et atterrit dans la gadoue.

— Ça va ? fit Bérengère en lui tendant la main pour l'aider à se relever.

— Ne m'approche pas.

Bérengère demeura interloquée.

Yumi se remit debout en râlant, épousseta ses fesses mouillées.

— Qu'est-ce que cette tronçonneuse fout dans ton coffre ? Tu peux me l'expliquer ? C'est ton mec qui est derrière tout ça ?

Abasourdie, Bérengère ne savait pas quoi répondre. Yumi enchaîna :

— Ça rimait à quoi, tout à l'heure, notre escapade à Saint-Martin ? Très convaincant, au fait, le numéro de la mère éplorée.

Elle beuglait pour se faire entendre à cause des canalisations qui éructaient des litres de flotte.

— Vous êtes de mèche, tous les deux ? C'est quoi le plan ? Nous empêcher de sortir et nous éliminer l'un après l'autre ?

Elle reculait toujours, dérapant sur le terrain incliné.

— Qu'est-ce que vous avez fait d'Ingrid ?

Les synapses de Bérengère se reconnectèrent.

— Non, attends, j'y suis pour rien, dit-elle en avançant.

Yumi hurla :

— Ne m'approche pas !

Les mains tendues en signe d'apaisement, Bérengère garda ses distances.

— Je suis aussi sidérée que toi. Je n'y comprends rien, je t'assure ! Cette tronçonneuse n'est pas à moi !

— Qu'est-ce qu'elle fait dans ta caisse, alors ? Hein ? Tu crois que je ne t'ai pas vue en train de taper des messages en scred ? À qui tu écris, comme ça ? À ton mec ? C'est ça ? Où est-ce qu'il se planque, cet enfoiré ?

— Non, c'est pas ce que tu crois.

— Où est Ingrid ? Qu'est-ce que vous en avez fait ? Ingrid ! Ingrid !

Bérengère tombait des nues.

— Attends-moi, bredouilla-t-elle enfin. Je te jure que je n'y suis pour rien.

— Fous-moi la paix ! Je vais avertir les gendarmes !

Yumi gravit le fossé à quatre pattes, les mains tartinées de boue. L'escalade s'avéra périlleuse en raison des glissements de terre, mais elle parvint à se hisser sur le chemin, au prix de quelques écorchures, avant de s'arrêter, essoufflée, sur les fougères écrasées.

À travers un rideau de pluie, sur le quai de chargement, Camille Puech patientait à côté du camion, les bras croisés, le visage dissimulé sous sa casquette noire. Une gendarme se tenait à ses côtés.

— C'est quoi tout ce raffut ? cria cette dernière.

Yumi était décontenancée. Les forces de l'ordre étaient déjà sur place. *Bizarre.* Était-ce à cause de l'évasion de l'Ogre catalan ? Ou y avait-il un lien avec son intrusion de la veille ?

Elle les visualisa, Ingrid et elle, sur la table, sous le dôme en chaume, faisant l'amour, picolant et fumant, vivant pleinement leur week-end, puis elle se hâta de refouler ce souvenir tandis que la militaire avançait vers elle. Bérengère atteignit elle aussi le chemin.

Accoutrée d'un ciré bleu marine, les poings posés sur sa ceinture munie de son équipement, son arme et un chargeur supplémentaire, la gendarme les scruta à tour de rôle.

— Qu'est-ce que vous faites ici ?

Yumi et Bérengère s'observèrent, un peu déconcertées. Par où commencer ? Comment résumer un tel marasme ?

— Je les connais, intervint Camille en bravant la pluie. Elles logent dans les chalets de la clairière.

Elle se tourna vers les locataires.

— Je croyais vous avoir dit de rester là-haut.

— Il y a du nouveau, lâcha Bérengère, le souffle court après la montée. La compagne de mon amie a disparu elle aussi. Et on a retrouvé ma voiture. Elle est dans le ravin, juste en bas.

— Je sais.

— Vous savez, répéta Bérengère, sur la défensive.

— C'est Anaïs, la soigneuse que vous avez rencontrée tout à l'heure, qui vient de m'en informer.

Les yeux de Bérengère se plissèrent. L'effet de surprise passé, Yumi se décala de quelques mètres en pointant du doigt sa voisine de chalet. Écumant de rage, elle expliqua d'un ton volcanique :

— Ce qu'elle ne vous dit pas, c'est qu'il y a une putain de tronçonneuse dans son coffre. C'est son taré de mari qui nous a bloqués là-haut.

— On n'est pas mariés !

— On s'en fout !

Yumi et Bérengère se dévisagèrent. Prêtes à se sauter à la gorge.

— OK, on se calme ! fit la gendarme. Je suis au courant pour cet arbre. Une des locataires m'a prévenue un peu plus tôt.

Elle avança jusqu'au bord du chemin, coula un regard en contrebas vers la voiture encastrée.

— C'est votre véhicule ? demanda-t-elle à Bérengère.

Celle-ci opina.

— Et vous possédez une tronçonneuse ?

— Bien sûr que non !

— Elle ment, ça se voit ! s'écria Yumi, offusquée.

— Stop !

La militaire avait crié. D'un geste empli de lassitude, elle passa une main sur son visage.

— Vous ne pouvez pas rester ici. Vous devez regagner vos logements. Les recherches se poursuivent, la battue arrivera dans ce secteur en fin d'après-midi. D'ici là, vous ne sortez sous aucun prétexte.

— Et vous ? Qu'est-ce que vous allez faire ? s'insurgea Yumi. Mon chalet a été retourné. Mon amie Ingrid a lutté, elle s'est débattue, c'est évident. Quelqu'un l'a enlevée !

— Vous avez relevé des signes d'effraction ?

— Le salon est sens dessus dessous, vous appelez ça comment ?

— Est-on entré dans votre logement par effraction ?

— Euh… non.

— Avez-vous trouvé du sang ?

— Non plus… Mais il faut que vous veniez voir !

Le flegme de la gendarme était déroutant. Elle demanda d'un ton calme :

— Y a-t-il une raison qui aurait pu pousser votre amie à partir ? Est-ce que vous vous êtes disputées, par exemple ?

Yumi était médusée. L'interrogatoire prenait un virage inattendu. Indignée, elle se retrouva à court d'arguments, eut envie de hurler, au lieu de quoi elle baissa la tête. Mentir à la militaire nécessitait un courage, une force de caractère qu'elle ne possédait pas. Sentant le poids du regard de Bérengère – qui avait assisté aux échanges véhéments de la matinée –, elle baragouina :

— Oui, on s'est un peu pris la tête, c'est vrai, mais Ingrid ne se serait jamais enfuie à cause de ça.

La gendarme soupira sans cacher son scepticisme.

— Je vois. Voilà ce qu'on va faire. Vous, vous allez retourner dans vos chalets, sans vous éviscérer de préférence, et vous y restez jusqu'à ce que mes collègues viennent vous dire que la zone est sûre. Est-ce que je me suis bien fait comprendre ?

De vagues grommellements firent écho à son injonction.

— Je n'ai pas bien entendu.

— Oui, articulèrent Yumi et Bérengère.

— Bien. De mon côté, je vais m'occuper de vos amis disparus. Donnez-moi leurs noms, leurs signalements et leurs numéros de téléphone. Je les transmettrai aux collègues qui passent la vallée au peigne fin. S'ils sont dans les environs, ils les retrouveront, je vous le garantis.

Elles coururent s'abriter sous l'auvent du quai. La gendarme sortit un petit calepin et un stylo puis, à tour de rôle, Yumi et Bérengère décrivirent leur moitié respective.

Yumi fulminait. Suivant les recommandations de la militaire, elle patienta le temps que Bérengère prenne de la distance avant de s'engager à son tour vers la clairière. Et elle qui pensait avoir tissé une nouvelle amitié… Hors de question d'attendre que les autorités ramènent Ingrid. Bérengère savait quelque chose, elle en était certaine. Elle lui avait menti. Elle l'avait trahie.

Alors qu'elle dépassait les enclos des félins, elle réfléchit à un moyen de lui faire cracher la vérité.

Car, d'une façon ou d'une autre, Bérengère allait parler.

34

Dimanche 31 octobre, 12 h 45

Charles n'osait plus bouger.

Assis sous la fenêtre du séjour de son chalet, il attendait en silence depuis près d'une heure dans le noir complet. À la seconde où il avait reconnu l'Ogre catalan, il avait décampé aussi vite que possible vers son habitation et s'était barricadé à l'intérieur. Volets fermés. Lumières éteintes. Porte verrouillée. Il avait même coincé une chaise sous la poignée, comme il l'avait vu faire des centaines de fois dans les films. Son premier réflexe avait été de prévenir les gendarmes, mais l'absence de réseau l'en avait empêché et il n'avait pas le courage de ressortir.

Le mobilier se découpait dans la pénombre. Charles avait rabattu l'écran de son ordinateur pour qu'il n'y ait aucune lueur dans la pièce. Pour ne pas trahir sa présence. Il pouvait entendre son pouls à travers la friture de la pluie contre le toit. La peur. La *vraie*. Une peur primale. Celle qu'il s'échinait à faire éprouver à ses lecteurs. Elle le paralysait. N'en déplaise à son ego.

De toute façon, Charles n'avait pas d'autre option. Il fallait qu'il reste calfeutré ici. Attendre. Prier pour ne pas essuyer les représailles du fugitif. Qu'il poursuive sa cavale. Charles s'était documenté avant de venir à Saint-Martin-du-Canigou. Il avait étudié l'histoire de la région, ses faits divers, ses horreurs. Le portrait de l'Ogre catalan était apparu régulièrement durant ses recherches ; et si c'était une chose de le contempler à travers un écran d'ordinateur, c'en était une autre de le voir en chair et en os.

Soudain, un craquement.

Charles se plaqua contre le mur. La sueur dégoulinait de son front et lui piquait les yeux.

Nouveau bruit. En provenance de la terrasse.

Charles aurait voulu se dissoudre entre les lattes du parquet. Se volatiliser. Disparaître. Son cœur s'apparentait à une boule de flipper valdinguant aux quatre coins de sa cage thoracique.

Quelque chose heurta une des chaises à l'extérieur, qui crissa sur le plancher humide en un son lugubre. Charles expirait le plus doucement possible. Tremblant comme une des feuilles mortes qui parsemaient la lisière de la forêt, il tendit l'oreille. Les lattes grinçaient : on se déplaçait sur la terrasse.

Un autre craquement résonna, plus fort, celui-ci, et Charles manqua de hurler de frayeur. Il plaça une main devant sa bouche pour atténuer sa respiration, persuadé qu'on pouvait entendre son souffle depuis l'abbaye de Saint-Martin.

La luminosité fluctua, imperceptiblement. Une légère variation dans le maelström d'ombres qui emplissait le salon. Il y avait quelqu'un devant la porte.

Et puis il y eut un choc terrible. Le chalet entier trembla et Charles eut l'impression que la bâtisse allait s'effondrer. Il n'avait plus aucun doute. Cette force. Cette carrure. L'Ogre catalan se tenait sur le paillasson ; sa silhouette barrait les lueurs ternes du jour et affadissait l'intérieur de l'habitation.

Charles se liquéfiait sur le plancher. Incapable de refréner les tremblements de ses membres, les claquements de sa mâchoire.

À l'extérieur, les pas faisaient couiner les planches de bois à chaque appui, autant de sons agissant comme des épines dans le cœur de Charles, blotti contre le mur en position fœtale. L'Ogre catalan paraissait indécis.

Les yeux injectés de sang de Charles captèrent alors un mouvement dans l'obscurité. La poignée ! La poignée de la porte d'entrée s'abaissait.

Il rampa derrière le canapé, tout en fixant la tige de métal scintillant dans les ténèbres à mesure qu'elle s'orientait vers le parquet. La poignée descendit au maximum puis il y eut un nouveau choc qui secoua le pan entier de l'édifice et renversa la chaise. Silence. Poussée. Silence. Poussée. Le verrou tenait bon.

Brusquement, une secousse ébranla l'ensemble du chalet. Des cascades de poussière s'écoulèrent des poutres apparentes, semblant flotter en suspension dans les rais de lumière blafarde qui filtraient à travers les interstices des volets fermés. L'Ogre catalan possédait-il la force nécessaire pour détruire l'habitation ?

Peut-être que Dieu existe, finalement, se dit le romancier pétri de trouille. Se considérant comme athée, il remercia et supplia n'importe quelle divinité de lui venir en aide, de faire tenir le verrou.

Puis les chocs cessèrent. Les pas s'éloignèrent de la porte et se dirigèrent vers la fenêtre. La pénombre s'accentua, coula à l'intérieur du chalet comme une marée noire.

De nouveaux coups heurtèrent le volet, qui heureusement résista. Charles sentit un liquide chaud perler sur ses lèvres, un goût métallique : ses dents avaient foré la chair jusqu'au sang.

Un souffle rauque pulsait à l'extérieur, et Charles plaqua ses mains baguées contre ses oreilles pour réduire ce bruit qui se distillait dans ses cellules comme un virus. Les genoux ramenés contre le torse, il se balançait d'avant en arrière tel un métronome humain. Ou un psychotique.

Les pas effectuèrent des va-et-vient – la peur succédait à l'espoir à chaque retour en arrière –, puis, au bout de quelques minutes supplémentaires insoutenables, ils finirent par s'éloigner. Les marches de la terrasse couinèrent une dernière fois et ce fut le silence.

35

Dimanche 31 octobre, 13 h 15

— Mais qu'est-ce qui leur fait péter les plombs dans cette foutue clairière ?

Camille Puech haussa les épaules en accrochant son ciré et sa casquette au portemanteau.

— Tu veux t'asseoir ?

La gendarme déclina la proposition.

— Café ?

— C'est pas de refus.

Camille se dirigea vers un guéridon sur lequel trônait une machine à café. Situé au premier étage d'un bâtiment lambrissé, le bureau de la directrice du zoo était tapissé de photos représentant toutes les naissances qui avaient eu lieu dans le parc depuis sa création, trente ans auparavant. Il y en avait une cinquantaine, toutes espèces confondues, du rapace au reptile en passant par les félins et les deux oursons. Camille inséra une dosette. Appuya sur le bouton. Un boucan d'enfer emplit la pièce.

— C'est curieux, le progrès, fit la gendarme d'un air pensif. De nos jours, on n'entend plus une voiture qui nous frôle dans la rue, mais on a l'impression qu'un avion décolle quand on se fait couler un café.

Un sourire se dessina sur le visage grave de Camille, qui tendit une tasse à son invitée.

— Tu penses que c'est elles qui ont pénétré dans le parc hier soir ?

La gendarme trempa les lèvres dans son breuvage.

— Elles ou peut-être d'autres locataires des chalets. Tu m'as dit que vous aviez aperçu deux jeunes femmes. Donc c'est possible, oui. Il n'y a pas pléthore de touristes ce week-end.

— Tu vas faire quoi ?

— Pas de signes d'effraction. Pas de vol. Pas de dégradation. Je ne peux pas faire grand-chose. Tu ne souhaites toujours pas porter plainte ?

— Tu sais bien que non.

— Dans ce cas, ça va être vite réglé. Augmente la sécurité ce soir si tu veux dormir sur tes deux oreilles.

Nouveau bruit d'Airbus dans la pièce. Nouveau café. Camille se cala dans le fauteuil de son bureau, poussa le fatras de chemises cartonnées et posa sa tasse.

— Comment je pourrais trouver le sommeil avec tout ce qui se passe ?

La gendarme opina, compréhensive. Sirota une gorgée en se déplaçant vers la fenêtre. Elle souleva une des lames du store et embrassa du regard l'extérieur. La pluie dégoulinait contre la vitre, troublant la vue sur le vaste enclos des loups.

Camille bougea la souris de son ordinateur et consulta ses mails, les sourcils froncés. Même un dimanche, les problèmes s'amoncelaient, le zoo ne laissait aucun répit. Inquiétude du vétérinaire, du capacitaire du parc. Modification de planning. Retard de livraison de nourriture. Soucis d'acheminement. Elle souffla, releva les manches de son T-shirt, avala une rasade de café et rédigea une réponse laconique à ses expéditeurs.

— Tu me donnes le tournis à force de rester debout, dit-elle en se rencognant dans son siège. Tu es sûre que tu ne veux pas t'asseoir ?

— Toujours pas depuis tout à l'heure, merci. De toute façon je bois mon café et je file.

— Des nouvelles de...

— L'Ogre catalan ?

Il y avait une pointe de sarcasme dans la voix de la gendarme ; Camille grinça des dents.

— Non. On pense qu'il se dirige vers ici. Peut-être même qu'il est déjà là.

— Tu penses à ce que je pense ?

— Oui. Et la réponse est « je n'en sais rien ». Ça pourrait être lui qui a surgi dans la clairière. Ou ça pourrait être tout simplement les locataires qui débloquent. Leur histoire est truffée d'incohérences. En ce qui concerne *tu sais qui*, les collègues quadrillent le secteur par étapes, les drones survoleront bientôt la zone. On repère. On balise. Ça prend du temps, Camille. Mais c'est en procédant ainsi que l'on sera sûrs et certains de ne pas le rater.

Un silence s'installa, durant lequel on n'entendit que la mélodie de l'eau pilonnant le bâtiment.

— T'en penses quoi de cette histoire d'arbre tronçonné ? s'enquit finalement Camille.

— J'avoue que je ne sais pas trop. Mais c'est louche, je te l'accorde. Comme cette voiture que l'on a poussée dans le ravin. Si tu veux mon avis, ça pue.

— Tu comptes faire quelque chose ?

La gendarme termina son café. Elle avait l'air dépitée.

— Il a plu l'équivalent d'un mois en douze heures. Les dégâts sont considérables. La rivière du Cady est en crue un peu partout, il y a des inondations, des éboulements, des glissements de terrain.

La D116 entre Vernet-les-Bains et Villefranche-de-Conflent est coupée, des habitations sont inaccessibles, privées d'électricité. Les pompiers et les collègues sont débordés. C'est un bordel incommensurable. Je suis pieds et poings liés. Mais j'en reviens à ce que je te disais quand on est entrées : qu'est-ce qui se passe dans cette fichue clairière pendant le week-end de la Toussaint ?

La directrice demeura muette. La gendarme embraya :

— Dans tous les cas, je ne peux rien faire dans l'immédiat.

— Tu n'as pas peur que ça dégénère comme l'autre fois ? Les intrusions répétées. Les manifestations. Le déferlement médiatique. Tu ne crains pas que l'on revive ce qui s'est passé il y a deux ans ?

— Je suis démunie, Camille, il faut me croire. J'ai des ordres. Gardons-les sous contrôle dans cette clairière. Avec cet arbre qui bloque le chemin, ils ne vont pas se sauver.

Camille n'était pas rassurée. Elle avala le reste de son café d'un trait.

— Et s'ils reviennent ?

— Appelle du renfort. Un vigile supplémentaire. Des soigneurs. Je ne sais pas quoi te dire de plus, désolée.

La gendarme, gênée, reposa sa tasse sur le guéridon. La directrice la fusilla d'un regard glacial.

— Il ne faut pas qu'ils découvrent ce qui se passe ici, Gaëlle. Personne ne doit être au courant de ce qu'on fait.

36

Dimanche 31 octobre, 13 h 20

Yumi fonçait à travers la clairière.

Une lumière émanait des chalets de Clotilde et Bérengère, les volets de celui de Charles étaient fermés. Ce dernier était parti à la recherche d'Ingrid, du côté du pont de singe, aussi, elle bifurqua vers l'habitation du romancier et tambourina contre la porte. Pas de réponse. Elle insista. Toujours rien. Elle colla son oreille contre le bois. Aucun son ne provenait du chalet, comme s'il était inoccupé. Charles était-il toujours en vadrouille ? Avait-il continué le chemin au-delà de la rivière du Cady ?

Ivre de colère, Yumi fit demi-tour et entra dans son logement resté ouvert.

Et là, elle fondit en larmes. La vision du salon ravagé. Les affaires d'Ingrid éparpillées. La tristesse évinça toute trace de fureur. Instantanément. Comme si on avait appuyé sur un bouton « arrêt d'urgence ». Le sentiment de solitude siphonna son acrimonie et elle se laissa tomber à genoux sur le parquet en sanglotant.

Elle resta un moment ainsi, dans la pénombre, en proie à la culpabilité. Pourquoi Ingrid ? Ce genre de choses n'arrivait qu'aux autres, n'est-ce pas ? Alors pourquoi à elle ? Qu'avait-elle fait pour mériter un tel châtiment ? Elle se demanda s'il existait un lien avec leur intrusion, les problèmes ayant débuté à la suite de leur escapade nocturne dans le zoo. Les remords lui grignotaient les entrailles : il était inconcevable qu'Ingrid et elle se séparent sur une dispute. Qu'elles n'aient pas l'occasion de se réconcilier. De se dire au revoir.

Adossée contre la porte d'entrée, elle se redressa, sortit le tabac et les feuilles de son sac à dos et roula une cigarette. Briquet. Inspiration. Délicieuse agression de la trachée. En expulsant un nuage de fumée, elle revint peu à peu à la raison. Elle avait réagi de façon impulsive après la découverte de la tronçonneuse. La peur avait influé sur son comportement, ses paroles, son jugement ; elle l'avait privée de tout discernement. À présent, elle doutait de l'implication de Bérengère et regrettait de l'avoir ainsi soupçonnée. De l'avoir insultée, mortifiée. Sa surprise avait semblé réelle quand elle avait vu l'engin dans le coffre de la C3. Soit la mère de famille était une excellente comédienne, soit son désarroi était authentique. Mais alors que s'était-il passé ? Où était Vincent ? Avait-il piégé tous les locataires dans l'unique but de faire souffrir Bérengère ? Et Ingrid, dans tout ça ? Était-elle un « dommage collatéral » ? Yumi n'y comprenait rien.

Toutes ces conjectures lui donnaient la migraine. La clope calée entre les doigts, elle se massa les tempes. En observant le chalet, elle avait l'impression de voir Ingrid. Assise à table, dévorant les burritos. Sur le canapé, lovée dans le plaid devant le film d'horreur. Ingrid était partout. Cesser de s'apitoyer. Réagir. Elle allait la retrouver ! Ingrid était coriace, elle saurait se débrouiller, trouver le moyen de survivre à son tortionnaire ; Yumi s'autorisa même un sourire en coin en plaignant ce dernier.

Elle considéra tout ce bazar et décida de faire un peu de rangement : ça avait le don de la calmer et de clarifier ses pensées. Elle se leva, éteignit sa cigarette dans l'évier, troqua ses vêtements trempés contre un bas de jogging et un débardeur noir, puis ouvrit grand les fenêtres. Munie d'un sac-poubelle, elle jeta la vaisselle fêlée, les restes de nourriture, les bibelots cassés, les coussins déchirés, le lecteur DVD éclaté. Elle posa la télé brisée sur la terrasse. Les conteneurs se situant sur le parking du zoo, elle était dans l'incapacité de se débarrasser des ordures. Elle dénicha un seau, une éponge et une serpillière dans le placard de la salle de bains et nettoya le sol et les surfaces.

Après une trentaine de minutes de récurage intensif, elle replaça le canapé dans l'angle de la pièce, versa de l'eau dans le seau et s'apprêtait à passer la serpillière quand elle remarqua l'horloge en bois vintage fracturée derrière le meuble télé. Contrairement à ce qu'on voyait dans les polars, les aiguilles avaient poursuivi leur rotation, elles ne s'étaient pas figées à l'heure du crime.

Yumi se pencha pour la ramasser. Un objet noir saillait du bas du cadran, dans le cercle du « 6 ». Intriguée, elle le délogea. Il s'agissait d'un petit cylindre de quatre centimètres de diamètre sur deux de profondeur, aimanté sur une surface métallique vissée à l'intérieur de l'horloge. Elle le déposa dans la paume de sa main, le fit rouler avec son pouce. Une minicaméra.

Les yeux rouges de Yumi s'arrondirent. Sa tête s'enfonça dans ses épaules et elle examina les murs de l'habitation.

Le chalet était sous surveillance.

37

Dimanche 31 octobre, 15 h 15

Bérengère musardait devant *Le Journal de Bridget Jones,* un plateau-repas posé sur les genoux. Elle avait apporté le DVD au cas où les choses tourneraient mal. Cette comédie qui avait marqué le début des années 2000 avait toujours eu le pouvoir de l'extirper de ses peines. Ce week-end cauchemardesque lui confirmait qu'elle avait bien fait. Mais pour la première fois depuis près de vingt ans la magie du film n'opérait pas ; au contraire, l'héroïne loufoque exacerbait son énervement, lui renvoyant sans cesse au visage son incapacité à se défendre, à clamer son innocence. Fini de passer pour la comique de service, la naïve, la gaffeuse. Bérengère en avait marre. Elle était en colère contre Yumi. Contre Vincent. Contre ce coin paumé des Pyrénées. Mais surtout elle était en colère contre elle-même. Son manque de confiance en elle la muselait dans les situations difficiles, et elle s'en voulait de n'avoir su s'affirmer. Conserver sa dignité. Tenir tête à ses accusatrices. Désormais la rage l'aveuglait. Yumi l'accusait d'être la complice de Vincent, d'avoir fomenté un plan visant à confiner des touristes dans cette clairière pour les éliminer les uns après les autres, façon Agatha Christie. Bérengère, elle, avait une autre cible dans son viseur : Camille

Puech. Ses soupçons se portaient sur la propriétaire du zoo et de l'auberge – voire des chalets, allez savoir –, elle échafaudait des scénarios dans lesquels la blonde en salopette aidait l'Ogre catalan à s'évader pour, ensemble, zigouiller tous les locataires. Une histoire abracadabrante, certes, mais efficace.

Une omelette au jambon fumait au milieu de l'assiette. Bérengère n'y avait pas touché. Ses enfants lui manquaient. Sa maison lui manquait. Incapable d'avaler quoi que ce soit, elle se perdait en conjectures, se demandait sans cesse d'où sortait cette fichue tronçonneuse. Elle connaissait bien Vincent. Du moins elle *croyait* bien le connaître. Cependant elle était certaine d'une chose : il ne savait pas se servir d'un tel engin. Alors quoi ? Comment ce truc avait-il atterri dans le coffre de sa voiture ? Triturant l'omelette baveuse du bout de sa fourchette, Bérengère ne voyait qu'une seule explication possible : on avait placé cette tronçonneuse pour faire accuser Vincent.

Elle abandonna l'idée de manger son plat. Se leva, évita les débris de porcelaine qui jonchaient le sol depuis son réveil et attrapa un pot de fromage blanc avec un bocal de confiture à l'abricot. Une bière reposait dans le bac à légumes. Bérengère s'en empara, la décapsula et en descendit la moitié d'un trait. Un rot bruyant plus tard, elle se rasseyait sur le canapé quand on frappa à la porte. Quelqu'un cognait comme un flic lors d'une perquisition à 6 heures du mat'.

Bérengère resta immobile.

On insista avec davantage de véhémence.

Prudente, elle posa son fromage blanc puis se dirigea à pas de velours vers la fenêtre la plus proche. L'épais rideau tiré masquait la vue. Elle le décala.

Le tonnerre gronda dans sa poitrine : l'autre garce revenait à la charge. Elle ne manquait pas de culot ! La Bérengère 2.0 souffla plusieurs fois pour se donner une contenance, arbora son expression la plus menaçante et ouvrit la porte, prête à en découdre.

Son attitude belliqueuse s'effrita immédiatement ; Yumi avait l'index tendu devant la bouche. Elle lui fit signe de sortir. Déroutée, Bérengère obtempéra.

— Ferme la porte, recommanda Yumi.

De plus en plus déconcertée, Bérengère s'exécuta.

— Qu'est-ce qui…

— Moins fort. Viens.

Encouragée par Yumi, Bérengère se déporta à l'angle de la structure, éclaboussée par les gouttes ricochant contre la charpente et la balustrade.

— Qu'est-ce qui te prend ?

En guise de réponse, Yumi ouvrit son poing gauche. Trois caméras miniatures roulèrent dans sa paume.

— C'est quoi, ça ?

— C'était dans mon chalet.

Elle scruta la clairière silencieuse, nébuleuse, avant d'ajouter :

— On nous surveille.

Bérengère se pinça l'arête du nez en secouant la tête.

— Et tu penses que je vais avaler tes salades après toutes les horreurs que tu m'as balancées à la tronche ? Qu'est-ce qui me prouve que ces trucs viennent de ton chalet ?

Yumi baissa le menton, confuse.

— Je… suis désolée. Ingrid me manque. J'ai peur. J'ai réagi sous le coup de la colère. Excuse-moi. En même temps, mets-toi à ma place. Qu'est-ce que tu aurais pensé, toi ?

Bérengère croisa ses bras replets contre sa poitrine, attendant la suite.

— Je ne crois pas vraiment que tu sois impliquée dans ce qui nous arrive, poursuivit Yumi.

— Ah, merci ! Parce que tu m'imaginais assez cruche pour laisser la tronçonneuse dans le coffre de ma voiture et t'y emmener, si j'avais été dans la combine ? Je n'y suis pour rien. Et Vincent non plus.

— Je te crois. J'ai été impulsive. Je n'ai pas réfléchi. Désolée.

L'adrénaline se dilua dans les veines de Bérengère. Elle n'était pas rancunière. Touchée par l'honnêteté de Yumi, elle accepta ses excuses. Il lui avait fallu du courage pour revenir ainsi. Au fond, elle était surtout soulagée de ne plus avoir à endurer son calvaire seule. Portée par un élan de sincérité, elle se confia à son tour, estimant qu'elle devait elle aussi des explications.

— Les messages que j'écrivais discrètement, ils n'étaient pas destinés à Vincent.

Un long soupir s'échappa de sa bouche.

— Il s'appelle Mathias. C'est un collègue de promotion avec qui je m'entends bien. Il a à peu près mon âge, divorcé, deux enfants. Il est gentil. Et je crois que je lui plais. En fait, je sais que je lui plais.

Elle se justifia aussitôt :

— Je ne suis pas ce genre de fille, j'ai un mec, des enfants. Mais, quand tout est parti en vrille hier avec Vincent, j'ai eu un moment d'égarement. Je lui ai écrit sur WhatsApp. On a échangé quelques messages. On a flirté un peu.

Yumi l'observait d'un air bienveillant. Sans se départir du sentiment de honte qui l'enveloppait, Bérengère continua :

— J'ai cru… Je ne sais pas ce que j'ai cru. Rien, sans doute. Ça n'aurait jamais été plus loin, j'en suis certaine.

— Mais pourquoi me l'avoir caché ? J'aurais pu comprendre, tu sais.

Bérengère ricana.

— Je sais que je suis parfois un peu bête, mais il y a des limites. Si j'avais avoué entretenir une sorte de liaison avec un autre homme alors que Vincent avait disparu, comment l'aurais-tu interprété ?

Yumi conserva le silence.

Les nuages sombres s'épaississaient dans le ciel, bombardant la clairière de projectiles liquides qui explosaient contre les rondins des toits et la carrosserie des voitures.

Le regard de Bérengère se posa sur les caméras, emprisonnées dans la main de Yumi.

— C'était dans ton chalet, tu dis ?

— Ouais.

— Ben merde.

Un blanc. Yumi fixa Bérengère, qui tout à coup s'alarma.

— Oh ! et tu penses qu'il y en a aussi dans le mien ?

— C'est un peu pour ça que je suis là.

Elle rectifia aussitôt :

— Et pour te présenter mes excuses. J'ai retourné tout mon chalet. Viens, si elles sont planquées au même endroit, on va vite les dénicher.

Yumi sourit en reconnaissant la comédie qui passait sur l'écran ; Bérengère, elle, resta plantée au milieu du séjour. Ses yeux furetaient dans les quatre coins de la pièce. Elle proposa d'une voix anormalement forte, sans une once de naturel :

— Dis-moi, Yumi, voudrais-tu quelque chose à boire ?

Cette dernière se retint de pouffer face à ce piètre numéro où tout sonnait faux. Elle se dirigea vers l'horloge, un modèle en bois identique à celui de son chalet. Le temps de la prudence était révolu. Il était l'heure d'agir. Sans tergiverser, elle bazarda le cadran contre le plancher, faisant bondir Bérengère de surprise. Elle fourragea au milieu des débris ; une minicaméra était logée dans le rond du « 6 ».

Direction la salle de bains.

Yumi fouilla dans le placard similaire au sien. Récupéra un tournevis cruciforme. Elle attrapa la chaise de la chambre, la positionna face au lavabo et grimpa dessus. Bérengère la regardait, effarée.

Un plafonnier circulaire était vissé dans le bois. L'une après l'autre, Yumi ôta les quatre vis. Bérengère remarqua un orifice taraudé dans le luminaire. À l'intérieur, une caméra était scotchée à la paroi, l'objectif dépassait discrètement du trou de l'applique.

— Et de deux, fit Yumi. La dernière est dans la chambre.

Elle déplaça la chaise sous la tringle des rideaux. Se hissa dessus. Entre la poutre et le lambris, encastrée dans une rainure de quelques centimètres colmatée avec un enduit de rebouchage marron, la dernière caméra filmait la pièce.

— Et merde, lâcha Bérengère. Tu crois que…

Yumi posa l'index sur les lèvres de sa voisine. D'un mouvement de tête, elle l'incita à retourner à l'extérieur.

— Il y a peut-être des micros, dit-elle une fois dehors. Je n'en ai pas trouvé dans mon chalet, mais il vaut mieux rester prudentes. On ne sait jamais. Ils sont peut-être en train de nous écouter.

— Qui ça, « ils » ?

— J'en sais rien. Ceux qui nous observent. Certainement ceux qui nous retiennent ici.

Bérengère s'empara des minicaméras que lui présentait Yumi. Les cylindres se heurtèrent dans sa main moite. Soudain, elle s'écria :

— Et si tout ça n'était qu'un jeu !

— Moins fort.

Avec le boucan de l'eau contre le toit, Bérengère doutait que quelqu'un puisse les entendre. Néanmoins elle baissa le ton :

— Et si on était dans une sorte d'*escape game* télévisé ? Si tout était scénarisé ?

— Tu déconnes ?

— Non. C'est logique, en fait. L'arbre tronçonné. Vincent qui disparaît. Ensuite Ingrid. Et si tout ça n'était pas vrai ? Et si tout ça n'était pas *réel* ?

Bérengère se gorgeait d'espoir. Si c'était un jeu, alors il y avait des règles. Et s'il y avait des règles, si tous ces événements étaient une mise en scène, cela signifiait que Vincent et Ingrid se portaient bien. Ils devaient être cachés quelque part, entourés d'une équipe de production, un cocktail à la main, en train de les espionner. Bérengère se raccrochait à cette théorie optimiste, à l'issue heureuse.

— Tu oublies ta voiture, lui fit remarquer Yumi, dubitative. Ta C3 a pris cher. Et le capot défoncé, ça, ce n'était pas du cinoche. Il était vraiment encastré dans cet arbre.

— Vincent doit être dans le coup. Forcément. Il a dû signer un contrat. Une assurance. Il a peut-être même négocié une nouvelle voiture à la fin du jeu.

Yumi soupira ostensiblement.

— Tu penses à quoi, concrètement ? Vincent et Ingrid nous auraient fait participer à notre insu à un genre de téléréalité ? Et tu vas me dire aussi que l'évasion de l'Ogre catalan est un des tournants de l'intrigue, tant qu'on y est ?

— Et pourquoi pas ?

— Tu mates trop la télé. Et je sais de quoi je parle. Pourtant, je n'imagine pas une seule seconde que nos amis nous aient inscrites sans nous prévenir dans un genre nouveau d'*escape game*, ou je ne sais quelle *murder party* pionnière. C'est du grand n'importe quoi.

— Pourquoi on nous filme, dans ce cas ?

Une goutte atterrit sur la joue creuse de Yumi, qui l'essuya d'un geste nerveux.

— Aucune idée. Mais ton idée de jeu télévisé, c'est du délire.

— Mais ça voudrait dire qu'Ingrid et Vincent sont en bonne santé.

Des trémolos parasitèrent la voix de Bérengère. Yumi, émue, lui posa la main sur l'épaule.

— Je sais, Bérengère. Moi non plus je ne veux pas perdre espoir. Mais procédons par ordre. Concentrons-nous sur les faits. Uniquement les faits. Assurons-nous que les autres chalets sont également sous surveillance. Car tout ce que ces caméras prouvent, pour l'instant, c'est que ce qui nous arrive a été prémédité.

38

Dimanche 31 octobre, 16 heures

Pas de cadavre, pas d'enquête.

Pas d'effraction ni de vol, pas d'investigation. Camille contournait l'île aux singes, les mains dans les poches de son ciré. Ce zoo, c'était son héritage, sa fierté. Irréductible célibataire, elle consacrait sa vie à ses animaux. Par vocation, certes, mais également par dépit. Après plusieurs aventures désastreuses, elle avait abandonné les applications de rencontre, les soirées à Prades ou à Perpignan pour dénicher la perle rare : le mec qui la supporterait. C'était tout ce qu'elle demandait. Et si possible avec des jolies fesses. Lassée de tant de désillusions, elle avait décidé de faire un break et de se concentrer exclusivement sur son parc.

Trente ans plus tôt, un ami de la famille Puech avait offert un ara à son père, qui avait aussitôt succombé au charme du perroquet. Il en avait acquis un deuxième, un troisième. Puis un hibou. Une chouette. Un vautour fauve. Et ainsi de suite jusqu'à ce que, moins d'une demi-décennie plus tard, l'établissement accueille une cinquantaine d'espèces provenant des quatre coins du globe. Camille pouvait lire l'admiration dans les yeux de son père lorsqu'elle poussait son fauteuil roulant à travers le circuit du zoo, qu'elle lui relatait les programmes sur lesquels elle travaillait. Sa mère, elle, partie trop tôt, aurait été fière. Elle le savait.

Elle ne pouvait se permettre d'attirer les projecteurs sur le parc animalier à nouveau. Pas maintenant. Pas avec ce qui se tramait en coulisses. Elle devait conserver le secret. Son *trésor.* Coûte que coûte. La révélation serait pour bientôt ; il fallait encore patienter. C'était la raison pour laquelle elle n'avait pas souhaité porter plainte. L'inertie des forces de l'ordre l'arrangeait, pour l'instant, même si elle aurait aimé que Gaëlle fouine çà et là à la recherche d'un indice. À titre officieux. Juste comme ça, par amitié. Acte de délinquance spontané et irréfléchi sous l'emprise d'alcool et de stupéfiants – un « cul » de joint avait été retrouvé près d'un des bancs du snack ; ou action de repérage préméditée laissant présager de plus vastes desseins criminels. C'était les deux hypothèses auxquelles les gendarmes étaient parvenus.

Les flaques d'eau éparses, mitraillées de pluie, semblaient en ébullition. Camille se présenta devant l'enclos des lions. La harde était composée d'un lion, de trois sœurs lionnes et de deux lionceaux, un mâle et une femelle. La petite famille était terrée à l'intérieur du bâtiment contigu, allongée en grappe de poils beiges. Ça se léchait tous azimuts. La propriétaire les observa à travers la vitre en plexiglas puis continua son chemin. Grillage suivant. Selina, une femelle tigre, faisait des allers-retours incessants, la fourrure imbibée d'eau, plaquée contre son corps musculeux. Le parc possédait deux tigres de Sumatra, un couple ; le mâle, Kyle, quant à lui, était resté à l'abri dans l'édifice cimenté accolé à l'immense enclos, se prélassant sur le dos.

Camille longea les grilles jusqu'à la paroi vitrée destinée à apercevoir au plus près les animaux. Le félidé s'approcha, reconnaissant la directrice. Camille s'évertuait à créer un lien particulier avec chaque individu – autant que faire se pouvait –, une relation fondée sur le respect, la confiance. Cela demandait du temps et de l'investissement, mais elle aimait ses moments de complicité avec les résidents de son parc, surtout – comme c'était le cas avec la femelle tigre – lorsqu'ils étaient réceptifs. Malgré tout elle veillait à rester vigilante, sans la surface vitrée qui les séparait, confiance ou pas, Selina était capable de l'engloutir en deux bouchées.

Le félin prit appui sur ses pattes arrière et posa celles de devant contre la cloison transparente. Camille appliqua ses mains de l'autre côté, exactement en face des coussinets taille XXL, en une sorte de câlin à distance. Selina ouvrit une gueule hérissée de crocs acérés ; Camille prononça des paroles apaisantes et poursuivit vers l'entrée du parc. Là où les deux intruses s'étaient échappées.

Indifférente aux macaques de Barbarie qui se chamaillaient dans son dos, elle dépassa le lac assailli par des lances d'eau ; les cygnes, les oies et les canards étaient réfugiés sous des cabanes de bois, en tas ; seul le paon scandait ses « Léon » orgueilleux sur la berge, insensible au déluge.

Elle atteignit la cahute de l'accueil, bifurqua sur le sentier boueux du « grand tour » qui s'élevait entre les conifères. Une dizaine de mètres plus loin, la végétation bordant l'enceinte était écrasée. Des empreintes de pas étaient imprimées dans le sol. Camille s'accroupit, les examina. On aurait dit des traces laissées par des baskets. Elle inspecta ensuite la palissade : il y avait des projections de boue, des traînées causées par des chaussures ayant pris appui contre les planches. Les visiteuses étaient ressorties par ici.

Pataugeant dans la gadoue, Camille se redressait quand elle aperçut le coin d'un rectangle bleu, partiellement dissimulé sous une touffe d'herbe et contrastant avec la verdure alentour. Elle se pencha, se saisit de l'objet et l'essuya contre sa salopette pour épousseter les résidus de terre. C'était une carte Pastel, utilisée par les usagers des transports en commun toulousains. Elle la retourna, intriguée. Le portrait de la jeune femme d'origine japonaise apparut. Elle lut le nom indiqué à droite de la photo : Yumi Muto. Camille rangea la carte dans la poche de son ciré. Une petite visite s'imposait.

Elle rebroussa chemin, attrapa le gros trousseau de clés accroché à un mousqueton fixé à sa salopette et sortit par l'entrée principale du parc. Tout en cogitant sur les intentions de cette Yumi, elle monta la sente en direction des chalets.

L'effet de surprise quant à son *trésor* était indispensable, rien ne devait s'ébruiter, rien ne devait fuiter. L'avenir du zoo en dépendait. Elle allait rendre la carte de transport en gage de sa bonne volonté, faire preuve d'indulgence, tout en sondant ses motivations. S'immiscer chez elle pour mieux enquêter. Que savait-elle ? Qu'avait-elle vu ?

Camille échoua dans la clairière. Cela faisait près de deux ans qu'elle n'avait pas grimpé là-haut. À l'exception de ces étranges gravures sur le chêne, rien n'avait changé. Elle avait l'impression que sa dernière venue ici datait de la semaine précédente.

Elle avançait au milieu du cirque végétal lorsqu'un mouvement attira son attention, à la lisière des bois. Une silhouette furtive se faufilait entre les troncs obscurs. Camille plissa les yeux.

Échange de regards.

Augmentation du rythme cardiaque, de la fréquence respiratoire. Vague de sueur. Camille connaissait cette personne. Une personne resurgie du passé. Un fantôme. Tentant de juguler la frayeur qui l'enveloppait, elle fit demi-tour et s'enfuit vers le zoo.

39

Dimanche 31 octobre, 16 h 20

Bérengère et Yumi sprintèrent sous le déluge jusqu'à l'habitation de Clotilde.

Le calibre des gouttes avait augmenté, l'air était lourd, saturé des miasmes d'un orage en approche.

Yumi toqua. Une longue minute s'écoula avant que la mère célibataire daigne leur ouvrir.

— Oh ! salut. Alors, des nouvelles de vos amis ? demanda-t-elle, l'air exsangue.

— On peut entrer ? fit Yumi sans répondre.

Clotilde parut embarrassée.

— Ma fille fait la sieste. Faut pas faire de bruit.

Bérengère et Yumi s'installèrent sur le canapé, leur hôte sur une chaise. La porte de la chambre était entrebâillée, une lueur bleutée de veilleuse filtrait par l'ouverture. Un tapis de yoga était enroulé près de la télévision. Un rien mesquine, Bérengère se demanda d'où sortait cette nana pour trimballer ses affaires de sport jusqu'à un chalet paumé dans les Pyrénées. Elle se recentra et résuma la situation d'une voix presque inaudible pour ne pas réveiller la fillette qui dormait à côté. La découverte de la voiture, la présence de la tronçonneuse dans le coffre. Les gendarmes avertis. Le comportement étrange de la directrice du zoo.

— Mais il y a plus inquiétant, l'interrompit Yumi.

Elle présenta les caméras sous les yeux écarquillés de Clotilde.

Bérengère croisa les jambes et chuchota :

— On pense qu'on est dans un genre nouveau de téléréalité. Un *escape game* ou une *murder party* à grande échelle.

Yumi soupira.

— Non. Bérengère pense ça. Et elle se trompe.

Elle adressa un regard incendiaire à l'intéressée puis murmura :

— Il y a trois caméras par chalet. Une dans la chambre, au-dessus de la tringle à rideaux. Une dans la lumière de la salle de bains. Et la dernière planquée dans l'horloge du salon. Tu permets que je jette un œil ?

Pas de temps à perdre en formules de politesse. Elle avait tutoyé spontanément la maman célibataire. Avec un moment de retard, Clotilde, interdite, accepta. Yumi se leva, décrocha l'horloge. Ses yeux captèrent la couverture sombre et macabre du roman posé en équilibre sur l'accoudoir, les lettres brillantes, en relief, du nom de l'auteur. L'identité du romancier agit sur elle comme un défibrillateur.

— Yumi, ça va ? s'enquit Bérengère.

— Euh, oui. Dis, ça t'embête si…

— Non. Tu peux la casser. De toute façon, ça m'étonnerait que le proprio nous le reproche… Mais sors, s'il te plaît, pour ne pas faire de bruit.

Bérengère regarda Yumi disparaître sur la terrasse. Ses jambes se mirent subitement à la démanger. Un malaise inexplicable l'étreignit. Les deux mères de famille se retrouvaient seules pour la première fois et, même si les dernières péripéties avaient dissipé les petites jalousies puériles, Bérengère se sentait bizarre en compagnie de Clotilde.

— Tu veux boire quelque chose ? proposa cette dernière. De l'eau ?

— Tu n'as pas quelque chose de plus fort ?

— J'ai du vin blanc.

Clotilde se leva, ouvrit le réfrigérateur et servit deux verres au moment où Yumi faisait irruption dans le chalet en brandissant la caméra.

— Oh ! bordel de merde ! jura Clotilde entre ses dents. C'est quoi, ce merdier ?

— Je veux bien un verre aussi, s'il te plaît, fit Yumi en lorgnant la bouteille de chardonnay.

— Il s'agit d'un jeu de rôle grandeur nature, rabâcha Bérengère, rassurée par la présence de son amie. Vincent a voulu me faire une surprise. Il sait que je raffole des polars.

— Je te le dis et je te le répète : Ingrid ne m'aurait jamais embarquée dans un *escape game.*

— Moins fort, s'il vous plaît.

Bérengère persista en sourdine :

— Ça me semble être un cadeau idéal, au contraire. Sur la route de Saint-Martin, tu m'as expliqué que vous étiez venues ici justement pour frissonner. Pour fêter Halloween dans un cadre angoissant. Quoi de mieux qu'une *murder party* perdue au fond des Pyrénées pour avoir les jetons ?

Une moue songeuse tordit le visage de Yumi. Le doute semblait germer en elle, l'argumentation de Bérengère la chamboulait. Elle avala une gorgée de vin.

— Personne ne m'a accompagnée, moi, intervint Clotilde, d'une voix teintée de frayeur. Pourquoi me faire participer à un jeu d'enquête avec une fillette de onze mois ? Ça n'a pas de sens.

Une pause glaciale s'étira, durant laquelle les trois jeunes femmes méditèrent en silence. Ce fut finalement Clotilde qui le brisa.

— Pourquoi êtes-vous ici ce week-end ? Je veux dire : comment avez-vous choisi cet endroit ?

Bérengère et Yumi réfléchirent. Curieusement, cette question leur avait échappé jusqu'à présent.

— J'ai été invitée par le CGOS, le comité d'entreprise du CHU de Toulouse, expliqua Bérengère. Tout a été pris en charge. On m'a proposé cette destination, j'ai accepté. Une semaine après je recevais le mail de confirmation, sur lequel figuraient le numéro du proprio mystère et l'emplacement des clés. Et vous ?

— C'est mes collègues pompiers qui m'ont offert ce séjour, révéla à son tour Clotilde. Je ne suis pas partie depuis la naissance de Nina. Ils ont voulu me faire un cadeau. Et, comme toi, j'ai uniquement reçu ce mail. Je n'ai eu aucun autre contact avec le propriétaire.

— Ça pourrait être un coup de tes collègues, alors ? lança Bérengère avec enthousiasme, grisée par l'idée que l'explication de Clotilde corroborait sa théorie.

— Avec ma fille ? J'ai des collègues pas très malins, mais pas à ce point…

Raclement de gorge. Les mains jointes entre les cuisses, Yumi argua d'un ton sec :

— Désolée de te décevoir, Bérengère, mais tes délires audiovisuels s'arrêtent là. Personne ne m'a invitée ici. C'est moi, et moi seule, qui ai choisi cet endroit.

Bérengère ne semblait pas pour autant convaincue.

— Peut-être que ton choix a été influencé. Peut-être que c'est Ingrid qui t'a suggéré de…

— Non. Tu fais fausse route.

— Moins fort, les filles, s'il vous plaît.

— Tu te plantes, Bérengère. J'ai choisi cette destination toute seule, précisément pour faire plaisir à Ingrid. Elle n'était pas au courant de l'endroit où on allait. Ton hypothèse grotesque tombe à l'eau.

— Allons voir le dernier locataire, proposa Bérengère.

— Charles ? fit Clotilde d'un ton empreint de dégoût, en croisant ses jambes fines.

— Oui. On doit savoir s'il y a des caméras dans son chalet. Et pourquoi il est venu ici.

Clotilde lapa le contenu de son verre. Gratta le lobe de son oreille.

— Ce type est bizarre. Si vous voyiez la façon qu'il a de me regarder…

— Raison de plus pour aller lui poser la question.

Yumi attrapa *Market Terror.*

— Je reconnais que, s'il y a quelqu'un qui est capable d'imaginer un scénario pareil, c'est bien lui.

Clotilde avala de travers.

— C'est lui qui a écrit ce bouquin ?

Yumi acquiesça. Elle consulta sa montre.

— Il est 17 heures. On…

Des pleurs jaillirent de la chambre.

— Oh non… pas déjà, se lamenta Clotilde, désabusée.

— Occupe-toi de ta fille. On va y aller avec Bérengère. Je ne crois pas à cette histoire de jeu. Mais je ne crois pas non plus aux coïncidences. Et je trouve curieux qu'un auteur d'épouvante soit justement présent ce week-end avec tout ce qui nous arrive.

Tandis que Clotilde s'éclipsait dans la chambre pour apaiser Nina, Bérengère et Yumi terminèrent leur verre cul sec puis sortirent du chalet.

La clairière paraissait plus menaçante que jamais. Plus oppressante. Comme si le rempart d'arbres gagnait du terrain, sournoisement, silencieusement, tels les anneaux d'un serpent se resserrant autour de sa proie pour l'asphyxier. Mais c'était impossible, n'est-ce pas ?

Elles atteignirent le logement de Charles, trempées jusqu'aux os.

Ni l'une ni l'autre ne remarquèrent le deuxième personnage taillé dans le tronc du chêne.

Une femme. Barrée d'un trait diagonal.

Une bourrasque souleva un tapis de feuilles jusqu'à la terrasse ; Yumi cogna contre le bois.

Le temps sembla se déliter ; l'attente fut longue, angoissante.

La porte s'ouvrit enfin. Une bande de ténèbres dans laquelle le visage livide de Charles apparut.

Yumi recula. Assommée.

— Vous ? C'est vous, Charles Ciron ? Mais je vous reconnais !

2019

« Radio VINCI Autoroutes, l'info trafic : Sébastien Drey. Bientôt 8 h 30. Vos conditions de circulation dans le Sud du pays. Peu d'évolutions si vous nous avez suivis un peu plus tôt, à noter qu'un poids lourd est toujours sur la bande d'arrêt d'urgence, du côté de… »

— Vous pourriez changer de station ?

Charlie3131 adressa un regard en coin à sa voisine. Le ton autoritaire de cette dernière l'avait extrait de sa torpeur. Néanmoins il lui en était reconnaissant : il évitait ainsi de se coltiner à nouveau le bulletin d'informations.

Il ôta sa casquette, passa une main dans ses cheveux plaqués en arrière, les yeux perdus dans la brume phagocytant l'A61. Une barbe de sept jours rongeait sa mâchoire crispée. Style mal rasé. Style fainéant. Il n'avait pas envie de parler – il l'avait d'ailleurs spécifié sur l'application de covoiturage –, mais en réalité c'était le stress qui le bâillonnait.

Pourtant, *Charlie3131* avait toutes les raisons d'être heureux. Son dernier manuscrit avait été accepté, son éditrice n'avait pas tari d'éloges sur le texte, aussi enthousiasmée qu'impatiente de l'éditer. Il restait quelques détails à retravailler, notamment le titre. Parmi le panel de propositions, *Charlie3131* aimait bien *Market Terror*. Sa maison d'édition lui prédisait un certain succès. De nature prudente, il préférait attendre de voir avant de s'enflammer.

En plus de ces nouvelles réjouissantes, le Cultura de Perpignan l'avait invité pour une séance de dédicace ce samedi après-midi. *Charlie3131* peinait à trouver des librairies et des salons où être reçu, aussi avait-il accepté sans cacher son exaltation. Il supposait que cette invitation résultait de la chronique dithyrambique de son deuxième livre par le célèbre Bruno Lamarque, un *booktuber* spécialisé en polar. Ces rencontres le plongeaient toujours dans un état d'angoisse irrationnel ; sa timidité, son sentiment d'imposture annihilaient systématiquement la joie d'y participer.

Les lacets de *Lotus M* tintaient contre la portière dans un cliquetis insupportable, mais *Charlie3131* n'osait lui faire la moindre remarque. Il n'écoutait pas les monologues soporifiques de *Coccinelle*, dont *Bébé31* avait du mal à se dépêtrer sans paraître grossière ; il préférait rester dans sa bulle. Et il avait envie d'une clope. Une mauvaise habitude dont il s'évertuait à se débarrasser. Un jour, il tenterait la vapoteuse.

La voie d'accès à l'aire de Gignac se profila dans le brouillard.

Parking désert enclavé par des nappes grises. Suffocantes. Une voiture, garée près des sanitaires, portières ouvertes.

Cet endroit inspirait *Charlie3131*. Le décor. La météo. L'isolement. L'atmosphère poisseuse. Ce véhicule laissé à l'abandon. Et les paroles de *I Heard It Through the Grapevine* qui ajoutaient à l'ambiance, la rendant un peu plus décalée, surréaliste.

Charlie3131 effaça le sourire niais que ce lieu amenait sur ses lèvres. Les autres devaient le prendre pour un fou. C'est la réflexion qu'il se fit en ouvrant la fermeture éclair de sa sacoche pour y piocher une Marlboro et en palpant les poches de son jean noir à la recherche de son briquet. Tout en reluquant les fesses de *Coccinelle* et *Lotus M*, qui rebondissaient en direction des toilettes, il alluma sa cigarette.

Soudain, des hurlements.

La bouche de *Charlie3131* s'arrondit ; sa clope tomba par terre. Il tournait la tête vers les sanitaires quand un nouveau cri retentit. *Coccinelle* surgit à l'angle du bâtiment, beuglant comme une actrice de série B : celle qui meurt au début du film. La seconde suivante, *Lotus M* apparut à son tour, un être préhistorique à ses trousses. Immense et souillé de sang. Elle frappa le type avec son sac à dos avant de détaler vers la voiture.

Charlie3131 était épouvanté.

— Dans la bagnole ! hurla *Lotus M.*

Il suivit des yeux *Coccinelle* qui le dépassait et prenait place sur le siège passager.

— Restez pas planté là ! Grouillez-vous ! On se tire ! glapit *Lotus M* en arrivant à son niveau.

L'individu avançait vers lui d'une démarche désordonnée, manquant de trébucher à chaque foulée. Il y avait une forme de détresse dans son regard, de la supplication aussi. De la folie, surtout.

Charlie3131 demeurait immobile, incrédule, presque fasciné. Aspiré dans un flou mental avec les notes de Creedence en fond sonore. Les portières claquèrent, mais il ne les entendit pas.

Des coups intempestifs contre la carrosserie le ramenèrent à la réalité. C'était *Bébé31.* Elle cognait contre le toit.

— Magnez-vous ! On se casse !

Le golem ensanglanté se rapprochait de la voiture. C'est seulement à cet instant que *Charlie3131* prit peur. Son visage s'allongea en une expression de frayeur absolue, et il bondit dans l'habitacle. Attrapa la poignée de la portière et la claqua.

Il y eut une résistance et un craquement d'os, aussitôt suivi par un gémissement guttural. La porte ne fermait pas. *Merde ! Charlie3131* se décala sur la banquette arrière, leva la tête et découvrit la main de l'homme à l'intérieur de l'encadrement.

Ses doigts œdématiés, rouges et probablement brisés faisaient obstacle, empêchant le verrouillage centralisé.

Des hurlements emplirent la voiture. Les trois filles gueulaient à gorge déployée dans les oreilles de *Charlie3131*, qui tendit le bras, attrapa la poignée et tira de toutes ses forces. Nouveau grognement. Il récidiva. Une fois, deux fois, trois fois. Jusqu'à ce que l'homme lâche enfin prise et que la portière claque une bonne fois pour toutes.

2021

40

Dimanche 31 octobre, 17 h 05

Yumi était hallucinée.

Un incendie embrasa sa poitrine ; la température augmenta d'un coup, brûlant son front qui se recouvrit de sueur. Les muscles de son visage se relâchèrent. Sa figure s'affaissa comme un masque de cire dégoulinant sous la flamme d'un chalumeau ; sa bouche s'ouvrit sur un cri muet, comme dans un tableau de Munch. Les images qui la hantaient depuis deux ans défilèrent dans sa tête à toute vitesse ; les angoisses, les insomnies, les cauchemars, tout remonta à la surface, tel un raz-de-marée qui manqua de la faire défaillir. Ses jambes flageolèrent et elle se retint à la rambarde cerclant la terrasse. Ses pires craintes se cristallisaient à la vue de Charles Ciron.

— Vous vous connaissez ? fit Bérengère d'un air candide.

Les yeux du romancier devinrent deux fentes noires brillant dans la pénombre du chalet.

— Foutez le camp !

Il referma la porte.

Les idées de Yumi se remirent en place. Elle introduisit sa chaussure dans l'embrasure, au dernier moment.

— Vous êtes folle ou quoi ? la tança Charles.

— On doit vous parler ! insista Yumi.

— Foutez-moi la paix !

La main plaquée contre le bois humide, Yumi parvint à refréner le trouble qui grandissait en elle.

— C'est important, Charles.

L'auteur renâcla. Il examina la clairière, comme pour s'assurer qu'elles n'avaient pas été suivies, puis, après quelques secondes de réflexion, il s'effaça pour les laisser entrer. Il vérifia à nouveau que personne ne rôdait dans les parages. Le verrou coulissa. Le chalet était plongé dans l'obscurité. Sur le canapé, deux valises ouvertes attendaient qu'on les remplisse. Une odeur de gel douche trop parfumé embaumait les lieux ; ça sentait le mâle, la testostérone.

— Vous partez ? demanda Bérengère, intriguée.

— Je me casse, oui. Je descends au zoo et j'appelle un taxi. Hors de question que je reste plus longtemps dans ce traquenard.

Les mains dans les poches d'un sweat noir à capuche, les cheveux détachés et mouillés, Charles marqua un temps d'arrêt, toisant Bérengère, puis ses yeux se déportèrent lentement vers la fenêtre aux volets fermés donnant sur la forêt.

— Il est ici…

— Qui est ici ? demanda Yumi en fronçant les sourcils.

— L'Ogre catalan. Je l'ai vu…

Des picotements cheminèrent le long de l'échine de Yumi, qui grelotta. Bérengère, quant à elle, porta les mains à sa figure.

— Alors c'est lui ! C'est lui qui a enlevé Vincent et Ingrid !

Ignorant la réplique de Bérengère, Yumi scrutait Charles avec sévérité tandis qu'il s'attelait à préparer ses affaires.

— Qu'est-ce que vous faites ici ?

— Comment ça ?

Il avait répondu avec mépris, sans lever la tête. L'empressement hachait ses gestes ; il semblait au bord de l'attaque de panique.

Il jeta des carnets de notes en vrac dans une des valises, rangea un ordinateur portable dans sa housse.

— Pourquoi vous êtes ici ce week-end ? reprit Yumi d'un ton plus acariâtre.

— Et en quoi ça vous regarde ?

Agacée, Yumi plongea la main dans la poche de son K-Way et lui colla les caméras miniatures sous le nez.

— Voilà pourquoi. Les chalets sont sous surveillance. On nous filme.

Charles consentit enfin à arrêter de faire ses bagages.

Bérengère s'apprêtait à intervenir – sans doute pour répéter son histoire d'*escape game* télévisé –, mais Yumi la musela d'un simple regard.

— C'est quoi, ces conneries ? demanda Charles en les dévisageant à tour de rôle.

— Je peux vous le prouver. Vous permettez ?

Elle fit un signe du menton vers l'horloge laquée accrochée au mur, au-dessus de la télévision. Charles acquiesça en croisant les bras.

— D'où vous vous connaissez ? s'enquit Bérengère, feignant la désinvolture, tandis que Yumi saisissait le cadran de bois.

Charles ne daigna pas répondre. Ses yeux étaient aimantés à ceux de Bérengère, qui, gênée, s'empourpra.

Fracas de l'horloge contre le plancher. Sursaut de Charles. Une minicaméra logée dans le « 6 ».

Yumi se redressa en brandissant l'objet d'un air victorieux. Elle se tourna vers Charles, qui, curieusement, ne paraissait pas intéressé par la présence de la caméra. Il observait Bérengère. Comme hypnotisé.

Un silence glaçant écrasa les occupants du chalet. La luminosité déclinait au gré des nuages noirs qui s'amoncelaient, faisant glisser un jeu d'ombres sur les lattes bourbeuses du parquet.

Interdite face à cette scène étrange, Yumi détailla Charles. Puis Bérengère. Charles. Bérengère. Et soudain l'évidence lui sauta aux yeux. Étant visiblement arrivé à la même conclusion, le romancier la devança et apostropha Bérengère :

— Vous y étiez aussi. C'était vous qui conduisiez.

Bérengère arbora un sourire niais, tourna la tête vers Yumi pour chercher de l'aide auprès de sa partenaire, mais réalisa que celle-ci la dévisageait avec autant d'intensité, de méfiance.

— De quoi vous parlez ? Je conduisais quoi ?

Charles attrapa la caméra que lui tendait Yumi, l'inspecta puis vint se placer à ses côtés. Deux contre un. On changeait de camp comme de chemise dans cette foutue clairière. Les yeux noirs, abyssaux, du romancier examinaient Bérengère, ils semblaient capables de sonder son âme, de découvrir quel secret elle recelait.

— Vous aviez les cheveux plus foncés. Quelques kilos en moins. Mais c'était vous.

— Non mais je ne vous permets pas ! De quel droit vous…

Elle s'arrêta, sidérée : Yumi lui adressait le même regard désabusé.

— Yumi, je ne sais pas de quoi…

— C'était toi qui conduisais, Bérengère ?

— Mais qui conduisais quoi, bordel ? Vous déraillez, tous les deux. Regardez, Charles ! Une caméra miniature. On nous espionne. On est les personnages d'un jeu grandeur nature dans lequel…

— Ferme-la ! vociféra Yumi. Si tu répètes ton histoire de jeu, je te jure que je t'en colle une.

Elle inspira calmement avant de poursuivre :

— Il y a deux ans, Charles et moi avons vécu quelque chose… d'étrange. Et ça paraît incroyable que, sur les locataires des chalets, deux aient été présents dans cette bagnole sur cette aire d'autoroute. Ça serait une putain de coïncidence. Tu y étais, oui ou non ?

Bérengère était abasourdie, choquée par la violence des propos de Yumi. Elle ne comprenait rien.

— Mais quelle aire d'autoroute ? De quoi vous parlez, enfin ?

Yumi changea de stratégie. Adopta un ton conciliant :

— Tu as peut-être refoulé cet événement. Il paraît que ça arrive dans certains cas. Le cerveau occulte les traumatismes. Pour se protéger. C'est un mécanisme de défense. Si je te dis un covoiturage au mois de juin 2019. Un type immense et plein de sang sur une aire d'autoroute, en direction de Perpignan. On s'était fait une promesse, une sorte de pacte. On ne devait en parler à personne. Ça ne te rappelle rien ?

Bérengère secouait la tête, incrédule. Son index fit l'essuie-glace entre Yumi et Charles.

— Oh ! mais je vois très bien ce qui se passe. Vous êtes complices, tous les deux ! C'est ça ! C'est pas possible, c'est un cauchemar. Je vais me réveiller.

— Tu n'as pas pu oublier un truc pareil ! s'écria Yumi. On ne peut pas oublier un truc pareil !

— Avouez que vous y étiez ! éructa Charles en avançant d'un pas.

Bérengère recula, scandalisée.

— Vous êtes tous devenus fous ! Je me tire !

Elle se cogna à une chaise, s'énerva sur la clé avant de claquer la porte en sortant.

Yumi et Charles se regardèrent, un peu penauds.

— Vous pensez que c'est elle ? demanda Yumi.

— Évidemment que c'est elle. Notre présence dans cette clairière a un rapport avec ce qui s'est passé il y a deux ans. Je l'ai compris dès que je vous ai reconnue. On nous a attirés ici. Raison de plus pour se tirer fissa.

— Mais je suis venue dans ce chalet de mon plein gré, protesta Yumi. Personne ne m'a attirée ici.

— Votre décision a peut-être été influencée sans que vous vous en rendiez compte. Aujourd'hui, les algorithmes sont très efficaces pour vous bombarder de publicités susceptibles de vous intéresser.

Yumi croisa les bras. Elle n'adhérait pas à cette hypothèse un tantinet complotiste, néanmoins le doute cheminait dans son esprit. Charles poursuivit :

— Tout a été méticuleusement planifié, et ces caméras le prouvent. Vous avez aperçu les bonshommes gravés dans le chêne ? Ces personnages, c'est nous. Un deuxième a été rayé tout à l'heure.

— Et il y a eu deux disparitions…

— Exact. Mais ce qui me chiffonne, c'est qu'il y a cinq personnages dessinés sur l'écorce. Or nous sommes six dans cette clairière.

— Peut-être que quelqu'un s'est incrusté à la dernière minute. Et ce nom, à quoi il correspond, à votre avis ?

— Si tout ça est bien lié à ce qui s'est passé il y a deux ans, je parie que c'est le nom de l'aire d'autoroute. Cette inscription me turlupine depuis mon arrivée, mais impossible de me souvenir où je l'ai vue. Et je n'ai pas pu vérifier à cause de l'absence de réseau. Mais à présent ça me semble logique. Vous ne vous en souvenez pas ?

Yumi fouilla dans sa mémoire.

— Non.

Les lèvres de Charles s'ourlèrent en une moue déçue.

— Moi non plus. En même temps, qui se souvient du nom d'une aire d'autoroute…

Les petites cellules grises de Yumi turbinaient à plein régime.

— Alors vous pensez que c'est lui ? Qu'il est revenu pour se venger ? Dans la catégorie « histoire vue et revue », on ne peut pas faire plus cliché.

— Avouez que ça tiendrait la route. Ou alors l'un d'entre nous a parlé…

— Cette histoire me hante depuis deux ans, mais je ne me suis jamais confiée à personne, pas même à ma copine.

— Moi non plus.

Le silence s'étira. Yumi secoua la tête, niant l'évidence.

— Selon Bérengère, il s'agit d'une *murder party* géante filmée à notre insu, une sorte de téléréalité organisée à nos dépens.

Charles ricana.

— Même moi je n'oserais pas écrire un truc pareil. Peut-être que c'est elle qui a parlé. Et elle dit ça pour brouiller les pistes.

— Surtout qu'on a retrouvé sa voiture, près du zoo, cachée dans un fossé. Et devinez quoi : il y avait une tronçonneuse dans le coffre.

Le visage de Charles se fendit d'un sourire énigmatique.

— Ça, c'est intéressant…

Son ego inébranlable résistant à tous les écueils, il annonça en tendant la main :

— Charles Ciron.

— Je sais, Ingrid m'a un peu parlé de vous. Moi, c'est Yumi. On se tutoie ?

Le prénom « Ingrid » gela les protagonistes.

— Je suis désolé, pour votre… ton amie. J'ai suivi le sentier qui mène au pont de singe. La structure était détruite. J'ai dû rebrousser chemin et c'est là que j'ai vu l'Ogre catalan.

Yumi encaissa la nouvelle. Après un temps de réflexion, elle demanda :

— Tu l'as vraiment vu ?

— Oui… Il rôde dans le coin. On n'est plus en sécurité ici. L'étau se resserre.

— Quelle histoire de dingue… Tu vas essayer de partir, alors ?

— Oui, je vais commander un taxi. Je l'attendrai au zoo, c'est plus prudent. Au moins, là-bas, il y aura du monde. Et surtout du réseau. Je suis sincèrement désolé pour ta copine.

Il baissa son menton rasé de frais, semblant chercher ses mots.

— C'est vraiment une chouette nana.

La remarque fit éclore un sourire sur le visage de Yumi ; ses yeux se gorgèrent de larmes, sa gorge s'atrophia.

— Vous avez passé une bonne soirée, apparemment.

— Ça faisait longtemps que je n'avais pas ri autant, confia Charles.

Ils restèrent silencieux quelques secondes. Une sorte de recueillement incongru qui horripila Yumi. Elle refusait d'abandonner, de s'avouer vaincue. Ingrid était vivante. Elle pouvait le sentir. Elle se mit à tourner en rond au milieu du chalet, semant de la boue dans son sillage, alors que Charles retournait à ses valises.

— Si notre théorie est correcte, pensa-t-elle à voix haute, alors ça voudrait dire que Clotilde était la dernière passagère. C'était elle qui était assise à l'avant, à côté de Bérengère. Pourquoi on ne l'a pas reconnue ? Est-ce que les gens changent à ce point en deux ans ? Nous, on était à côté. Mais les autres ? Est-il possible qu'elles aient oublié ce choc ? Qu'elles aient refoulé ces souvenirs, et en particulier nos visages ?

La mine de Charles s'assombrit. Avec son teint blême et ses vêtements noirs, on aurait dit un mangemort.

— Clotilde pourrait être la quatrième passagère, oui. Il y a de fortes chances. Je ne suis pas physionomiste, mais on peut imaginer qu'avec une nouvelle coupe de cheveux, une couleur, et surtout après une grossesse, une femme change… Ce souvenir est un peu flou, j'ai du mal à me rappeler tous les détails. Mais en ce qui concerne Clotilde, j'ai…

— Attends ! J'avais zappé. Je vais enlever les autres caméras pour qu'on puisse discuter tranquillement.

Elle se dirigea vers la chambre.

— Non ! N'entre pas !

Trop tard. La porte était déjà ouverte.

Yumi se décomposa. Elle contempla avec effroi le plan du site épinglé au mur, les portraits photographiés, les post-it, les punaises représentant chaque locataire.

La cagoule pliée sur le lit.

Elle recula, ahurie. Ce type était un manipulateur. Le duvet recouvrant sa nuque se hérissa. Elle sentit une présence dans son dos : la haute silhouette de Charles se dressait dans le chambranle, forme noire et menaçante lui barrant le passage.

— Tu n'aurais jamais dû voir ça.

41

Dimanche 31 octobre, 17 h 50

Du sang séché maculait ses doigts. L'hémoglobine s'était incrustée si profondément dans les espaces interdigitaux que même un lavage à l'eau de pluie avait échoué à faire disparaître les traces du massacre.

Edgar se frotta le visage et s'assit sur son lit de fortune. La douleur pulsait dans sa mâchoire béante. Il s'était confectionné un matelas spartiate, un caillebotis de branches tapissé de mousse plutôt agréable. Il avait connu des couches moins confortables. L'orri commençait à avoir un certain charme – pour peu qu'on ait des goûts simples –, il y faisait bon vivre.

Des traits de pluie striaient l'entrée de la construction de pierre. L'orage était imminent, Edgar le sentait.

Il avait pris des risques. De gros risques. *On* l'avait vu. *On* l'avait reconnu. Il devrait se montrer plus prudent à l'avenir. Tout cela était plus facile à dire qu'à faire. Car Edgar n'avait pas la force de résister à l'appel de son *appétit.* Il n'était qu'un prisonnier enfermé dans son propre corps. Esclave de ses pulsions.

Debout devant l'entrée de l'orri, il se balança d'avant en arrière, semblable à un pendule. Il s'adossa au mur de pierres fraîches et gratta son visage avec frénésie, férocité, comme possédé par un démon. Ces stéréotypies apparaissaient lorsque la nervosité l'envahissait, des gestes répétitifs et incontrôlés imaginés par son cerveau pour lutter contre un état de stress omnipotent.

Il faisait presque nuit. Le tonnerre gronda au loin, un craquement terrible qui se répercuta au cœur de la couronne de montagnes comme dans une caisse de résonance. Les Pyrénées tremblaient. Un éclair zébra le ciel de goudron au moment où Edgar quittait son repaire. Il descendit le coteau à travers l'épaisse forêt ; les ronces et les épines griffaient ses pieds nus. Il contourna l'épaule de roche qui dominait le val et bifurqua avant la clairière, vers le sentier menant au mirador. Garder ses distances avec les locataires des chalets. Être précautionneux. Attendre le moment opportun. Comme ce matin.

Sa silhouette disparaissait derrière les troncs des hêtres, des chênes, des érables, forme robuste avançant en pointillé dans les ténèbres. Déambulant sous les frondaisons martelées de gouttes, d'où s'écoulaient des filets d'eau qui crépitaient contre les feuillages, il retrouva rapidement l'emplacement.

Derrière un tronc d'arbre couché recouvert de mousse et de champignons, dans un renfoncement du sol hérissé d'une haie naturelle de fougères, un corps était étalé sur le dos, baignant dans une fange de boue, de viscères et de liquides organiques. Les plumes disséminées autour du cadavre en charpie témoignaient du passage des vautours fauves. Les charognards s'étaient sustentés sans vergogne. Une odeur faisandée flottait dans l'air orageux.

Edgar, captivé par le spectacle, s'approcha.

Il s'agissait d'une jeune femme. Sa peau était exsangue, lacérée de dizaines d'entailles plus ou moins profondes, auréolées de sang coagulé. Une plaie déchirait son cou en un sourire répugnant, une corolle noirâtre s'épanchait des berges boursouflées.

Edgar dégaina son sexe.

Quand il eut terminé, il fit demi-tour et longea la clairière, tout en conservant une certaine distance avec la lisière des arbres.

Il progressait à pas feutrés, invisible parmi les ombres de la végétation, quand un cri l'immobilisa.

Un hurlement de bébé.

Il se fondit dans le décor, gagna le chalet de Clotilde avant de continuer sa route vers le zoo.

42

Dimanche 31 octobre, 18 heures

Des pleurs. Encore des pleurs.

Écrasée de fatigue, Clotilde prit Nina dans ses bras et fredonna une berceuse.

— Jamais on n'a vu, jamais on ne verra...

La tête de la fillette était posée contre sa poitrine luisante de transpiration. Son T-shirt échancré collait à sa peau poisseuse, la sueur ruisselait de tous ses pores, symptôme d'une angoisse dévorante. On suffoquait dans le chalet. L'air était chargé d'électricité, l'orage mugissait, impétueux ; les déflagrations tonitruantes du tonnerre la faisaient bondir à chaque détonation.

— La famille tortue courir après les rats...

Déambulant dans le séjour, la petite bouillotte plaquée contre son décolleté, Clotilde était déboussolée. Après le départ de Bérengère et Yumi, elle avait épié la clairière, telle une vieille aigrie planquée derrière le rideau de sa maison de campagne. Elle les avait vues investir le logement de Charles Ciron. Puis Bérengère était ressortie, dans tous ses états. Clotilde avait attendu, au cas où la mère de famille serait venue lui faire un topo de leur échange avec le romancier. Les minutes s'égrenant, elle avait hésité à la rejoindre, avec Nina emmaillotée dans le porte-bébé, mais Yumi était réapparue sur la terrasse de Charles, d'une blancheur spectrale. Que s'étaient-ils dit ? Avait-elle glané des infos sur la logistique du séjour de Charles ? L'anxiété tordait les boyaux de Clotilde, telle une manivelle invisible. Elle ne savait pas quoi faire. L'horreur montait crescendo et elle se sentait impuissante. Dire que rien ne se passait comme prévu était un euphémisme. C'était un putain de fiasco !

— Le papa tortue, et la maman tortue, et les enfants tortues…

Merde ! C'était quoi la suite des paroles ? Immergée dans un labyrinthe de pensées, Clotilde avait perdu le fil. Réalisant seulement alors que Nina s'était calmée, elle allongea la fillette et se gratta nerveusement le lobe de l'oreille.

Les caméras miniatures siégeaient dans une coupelle, sur la table ronde. Yumi lui avait expliqué comment les éteindre d'une simple pression sur un petit bouton. Il s'agissait d'un modèle de surveillance standard fonctionnant par wi-fi, les images pouvaient être retransmises en temps réel sur un smartphone ou un ordinateur. La faible distance d'émission impliquait un constat simple : la personne qui visionnait ces vidéos devait se trouver dans un périmètre restreint. Elle pouvait être établie dans le zoo. Ou, plus inquiétant encore, dans la clairière…

Le stress lui broyait l'abdomen et lui provoquait des « petites contrariétés » d'ordre digestif, additionnées à la résurgence de sa maladie – qui lui causait parfois des vomissements ; elle s'était précipitée trois fois aux toilettes depuis sa crise. Gagnée par la nausée, Clotilde se rua dans la salle de bains. Son estomac ayant déjà été siphonné, elle rendit un filet de bile qui lui laissa un goût âpre dans la bouche. À présent ça gargouillait dans son ventre. Elle baissa son pantalon de jogging, sa culotte, s'installa sur le trône en s'assurant que la porte était entrouverte pour pouvoir entendre Nina dans le salon.

Et puis ce fut le noir complet.

Clotilde lâcha un cri de surprise.

Elle se courba vers l'avant dans une position improbable : les fesses au-dessus des toilettes, le bras tendu. Ses doigts tâtèrent le lambris jusqu'à la plinthe encadrant la porte, trouvèrent l'interrupteur. Elle l'actionna. Rien.

Le disjoncteur avait sauté ; il n'y avait plus d'électricité.

— Tout va bien, Nina, maman arrive.

Elle tâtonna sur la faïence à la recherche du papier toilette, s'essuya en toute hâte puis remonta ses vêtements. Elle se leva, aveugle. Il faisait aussi noir que dans une cheminée tapissée de suie. Ses doigts glissèrent sur le lavabo et rencontrèrent le mitigeur. Elle se rinça la bouche, se lava les mains en quatrième vitesse.

— Je me dépêche !

Son smartphone reposait sur le guéridon de l'entrée, à l'autre bout du chalet. Dans l'obscurité la plus totale, Clotilde progressa telle une funambule, palpant les murs de la chambre, ouvrit l'armoire, fouilla parmi les étagères. Des objets hétéroclites en tombèrent. Elle parvint à trouver sa lampe torche.

Un pinceau de lumière crue trancha la pénombre de la pièce. Clotilde fit le tour du lit et regagna le salon, guidée par le halo blanchâtre qui furetait dans l'opacité.

— Je suis là, mon cœur.

Le faisceau de la lampe balaya le canapé, les coussins, le plaid en boule, le bouquin *Market Terror* posé sur l'accoudoir, la table basse, la télévision éteinte – exempte de son voyant rouge –, la porte d'entrée ouverte qui dégueulait des trombes d'eau sur le parquet souillé de boue.

Clotilde pointa aussitôt sa torche sur le lit parapluie.

Vide.

43

Dimanche 31 octobre, 18 h 10

Tout devint noir. Le chalet. Ses idées.

Yumi bascula vers l'avant, les coudes posés sur les genoux. Un joint se consumait entre ses phalanges, embaumant la pièce d'une odeur capiteuse. Assise au bord du canapé, auréolée d'un nuage de fumée, elle sonda d'un air inquiet les ténèbres qui la drapaient. Les plombs avaient sauté.

Après la vision du plan et des photos épinglés dans la chambre de Charles, Yumi l'avait bousculé, galvanisée par son instinct de survie, sourde aux velléités du romancier de se justifier. Ce type était malade. Ses fictions lui avaient retourné le cerveau.

Le contrecoup passé, elle s'était mise à trembler comme une épileptique. Elle avait ensuite fermé les volets, barricadé la porte d'entrée dans l'éventualité où Charles voudrait la réduire au silence. Elle avait attendu des minutes interminables, en proie à une panique grandissante, avant de rouler un joint ; le cannabis l'avait un peu soustraite à l'agitation qui l'habitait.

Plongée dans la pénombre, elle alluma son briquet et, guidée par la flamme vacillante qui lui brûlait déjà les doigts, elle embrasa la bougie parfumée aux fleurs d'agrumes qu'elle avait apportée pour atténuer l'odeur du tabac. Un halo orangé, tamisé, perfora l'obscurité : un zeste de lumière bienvenu.

Où était le disjoncteur ? Yumi n'en avait pas la moindre idée. C'était Ingrid qui gérait ce genre de choses d'habitude. C'était elle la rationnelle du couple, la méthodique, l'organisée. Cette pensée charria son lot d'anecdotes et elle se laissa choir sur le canapé, fauchée par la tristesse.

Entre deux films d'épouvante, Yumi regardait des thrillers. Elle connaissait la chanson. Elle savait que plus le temps passe, plus les chances de retrouver une personne disparue s'amenuisent. Ce week-end prolongé allait-il suivre les « codes » du *slasher* ? Son destin était-il tout tracé ? Puisqu'elle s'était envoyée en l'air en étant soûle et défoncée, sa mort serait-elle forcément atroce ? Était-elle la prochaine sur la liste d'un mystérieux tueur masqué ? Ou allait-elle perdre la raison et se jeter dans la fosse aux ours ? *Foutaises !* Elle ralluma son cône d'herbe en se demandant si Ingrid allait resurgir plus tard dans l'histoire ; le genre de rebondissement prévisible, mais qui produit malgré tout son petit effet. Pouvait-elle être impliquée dans ces événements ? Lui aurait-elle menti ? Yumi n'arrivait pas à concevoir un tel scénario. Elle…

On tambourina contre la porte d'entrée.

Elle retint son souffle. Entre les interstices des volets clos, une lumière fugace arrosait la façade du chalet.

— Yumi ! C'est Clotilde ! Ouvre-moi !

Yumi hésita à révéler sa présence. À rester tapie dans son cocon obscur. En sécurité. Puis elle s'interrogea sur la raison qui avait pu inciter Clotilde à sortir sous l'orage avec sa fille et, intriguée, elle s'essuya le visage en avançant tout doucement vers l'entrée.

La porte s'entrebâilla, révélant une Clotilde aux abois, proche de l'hystérie, engoncée dans un K-Way noir.

— Mon bébé ! Nina !

Le joint s'échappa des doigts de Yumi, heurta le parquet dans une gerbe d'étincelles. Elle invita Clotilde à entrer. La mère célibataire était dans un état de nervosité extrême qui l'empêchait de trouver ses mots, de construire des phrases ; ses paroles sortaient de sa bouche par bribes, de façon complètement désordonnée. Elle s'avérait impossible à calmer, à consoler, à comprendre. Tournant en rond comme une furie, elle bégayait en boucle :

— Nina ! Le... le zoo ! Nina ! Le... le zoo !

Yumi commençait à cerner le problème – même si la vue de Clotilde *seule* l'avait déjà alertée. Elle lui proposa de s'asseoir, en vain.

— On l'a kidnappée et on l'a emmenée dans le zoo, parvint enfin à lâcher Clotilde. Et j'ai trouvé ça dans son lit parapluie.

Elle tendit un plan du parc avant d'éclater en sanglots, anéantie. Yumi déplia la brochure et découvrit la fosse aux ours entourée de rouge. Comment ne pas compatir ? Ne pas se montrer solidaire ? Sans tergiverser, elle enfila ses baskets et son K-Way.

— Tu es allée voir chez les autres ?

— Je viens de chez Bérengère. Il n'y a personne !

Un nom clignota dans le cerveau de Yumi : Ciron. Ce détraqué avait-il pu commettre un acte aussi ignoble ? Il fallait en avoir le cœur net avant de s'aventurer dans le zoo. Comme Ingrid la veille, elle s'empara du couteau de cuisine, l'enroula dans une serviette et le fourra dans son sac à dos avec son téléphone et les affaires restées dedans, puis elles sprintèrent vers le chalet du romancier.

Arrivée sur la terrasse, à l'abri, Clotilde ôta la bretelle de son sac, coinça la lampe dans sa bouche et éclaira l'intérieur. Yumi aperçut une tétine reliée à un attache-sucette, un doudou, une coccinelle en peluche – cette nature morte l'emplit de tristesse ; la mère éplorée farfouilla entre les objets orphelins, puis sortit un couteau de cuisine similaire au sien : elles avaient eu le même réflexe.

Yumi souffla pour se donner du courage. Frappa. Recula d'un pas. Attendit. En position de combat, la lame pointée devant elle. Aucun bruit. Rien. Elle retenta sa chance, sans plus de succès. Les volets étant fermés, Clotilde ne put explorer le salon avec sa lampe torche.

— Tu penses qu'il est là ?

La mine sévère, Yumi la toisa :

— On dirait qu'il n'y a personne. Mais ça ne m'étonnerait pas que ce soit lui qui ait fait le coup.

Clotilde hurla de rage, tambourinant contre la porte. Yumi lui raconta brièvement la découverte du mur : la carte, les profils, les photos.

— Mais pourquoi vouloir enlever ma fille ? demanda Clotilde, sidérée, entre deux hoquets.

Un coup de tonnerre les fit s'immobiliser.

— Je ne sais pas, avoua Yumi. Il m'a dit aussi qu'il allait commander un taxi. Qu'il l'attendrait au zoo.

— Nina doit être là-bas. Il faut y aller !

— Viens, je connais un autre chemin !

Clotilde hocha la tête en signe d'assentiment. Elle tira sur les cordelettes de sa capuche et, accompagnées par les grondements de l'orage, toutes deux cavalèrent à travers la clairière, jusqu'à l'étau de végétation lugubre menant au mirador. La déclivité, le sol glissant, l'obscurité, les déflagrations du tonnerre qui manquaient de dérégler leur rythme cardiaque ; il fallait faire preuve de vigilance pour ne pas s'écrouler par terre. Le faisceau de la lampe de Clotilde balayait la sente boueuse, les troncs sinistres, les branches agitées par le vent, la chaîne qui barrait le passage, émaillée de panneaux d'avertissement. Dopées par l'adrénaline qui fusait dans leurs veines, elles franchirent l'obstacle, traversèrent la seconde clairière et continuèrent à toute vitesse sur le chemin carrossable descendant en pente raide. Les pierres dégringolaient dans leur sillage, créant des mini-éboulements qui les dépassaient par moments. Elles atteignirent enfin l'imposant portail monté sur un rail.

— Nina ! beugla Clotilde, le visage ruisselant.

Essoufflée, Yumi repéra un espace ténu entre le battant coulissant et le montant. Le cadenas oxydé était béant, le verrou, ôté. Elle tira. Ouvert.

Elles s'introduisirent dans le zoo.

Yumi repensa à son excursion de la veille avec amertume. Ce souvenir l'emplit de nostalgie et, enivrée de colère devant l'injustice qui frappait Clotilde, elle tourna sur l'allée du « grand tour ». Un éclair cingla l'entrée principale, projetant, depuis la cahute de l'accueil, une ombre qui s'allongea sur le sol marécageux.

Les ténèbres s'abattirent aussitôt, effaçant cette vision éphémère effrayante.

44

Dimanche 31 octobre, 18 h 20

Gaëlle battait une mesure inaudible avec le bout de son stylo-bille contre le bureau surchargé de dossiers. Le bruit agaçait son supérieur, François, l'adjudant-chef de la brigade de proximité de Vernet-les-Bains, qui terminait la rédaction d'un procès-verbal dans le cadre d'une histoire d'arnaque à l'assurance. Seuls les écrans des ordinateurs diffusaient une lueur pâle dans la pénombre de la caserne.

— Bon Dieu, Gaëlle, tu peux arrêter ?

Le stylo se figea en l'air. Le regard de la gendarme se déporta vers la fenêtre. Le village thermal disparaissait dans une ouate nébuleuse qui croulait sous le déluge. De rares lumières perçaient l'obscurité çà et là.

Il se passait *quelque chose* dans cette clairière, dans le zoo de Saint-Martin-du-Canigou. Gaëlle n'avait rien qui lui permettait d'ouvrir une enquête et de prévenir un juge d'instruction, néanmoins elle décelait un *truc* dans l'atmosphère, dans le comportement des résidents des chalets. Une intuition. Elle avait déjà eu une expérience avec le Mal, le vrai, l'horreur absolue inhérente aux êtres humains, et au regard des quelques éléments glanés dans la journée elle craignait qu'un drame ne survienne.

Aurait-elle dû aller constater les prétendus signes de lutte dans le logement de cette Yumi ? Mais quand bien même elle aurait observé des meubles renversés, cela ne constituait pas une preuve. N'importe qui aurait pu mettre le bazar dans le chalet. Ce n'était pas probant. De plus, Yumi avait avoué avoir eu une dispute avec sa compagne, elle paraissait nerveuse ; Gaëlle doutait de la véracité de ses propos.

Les deux personnes manquant à l'appel, Vincent Augier et Ingrid Pommerolle, pouvaient être considérées comme des disparitions inquiétantes, la présence de la voiture encastrée étant un facteur aggravant ; cependant, avec les efforts pour retrouver l'Ogre catalan, la route bloquée et les dégâts liés aux pluies diluviennes, il n'était pas dans les priorités des forces de l'ordre d'enquêter sur deux hypothétiques disparitions. Du moins pas pour l'instant. L'adjudant-chef le lui avait stipulé.

Les recherches avaient été suspendues à cause des intempéries. Il fallait attendre que la météo soit clémente, des éclaircies étaient prévues pour le lendemain matin. Cette histoire dépassait l'entendement. Comment un tel accident avait-il pu survenir ? La thèse du complice était même envisagée, il paraissait étrange que l'individu soit parvenu aussi facilement à s'extraire de ses entraves et à échapper aux radars des gendarmes depuis plus de vingt-quatre heures. Gaëlle avait déjà effectué une battue, lors d'une affaire sinistre dans les tréfonds de l'Aveyron, mais cette fois-ci c'était différent. De nombreuses personnes participaient à la traque diligentée par la gendarmerie, y compris certaines avec lesquelles Gaëlle n'avait jamais collaboré et dont elle ignorait jusqu'à l'existence… Les moyens mis en œuvre étaient considérables tant le prédateur s'avérait dangereux ; le préfet lui-même exigeait des points réguliers sur la situation.

Installé à l'autre bureau, l'adjudant-chef terminait son procès-verbal. Les touches heurtées du clavier hachaient le silence austère. Gaëlle, elle, était tracassée pour Camille Puech ; des pattes-d'oie ravinaient la peau fine aux coins de ses yeux.

Gaëlle avait posé ses valises dans les Pyrénées-Orientales en novembre 2019. Il ne s'agissait pas d'une mutation disciplinaire, comme elle l'avait craint au départ, on lui avait simplement ordonné de demander une autre affectation. Elle n'avait pas eu le choix. Mais la vraie sanction, elle, était sournoise. En partant ainsi de son plein gré, officiellement, après seulement quatre années de service à la brigade de proximité de Buzac – où elle avait été habilitée à exercer en tant qu'officier de police judiciaire –, elle savait qu'elle renonçait à monter en grade, à intégrer une section de recherches. Ses choix dans l'Enclave avaient anéanti sa carrière.

Dès son arrivée, Gaëlle avait sympathisé avec la directrice du parc animalier. Elles avaient été amenées à se côtoyer fréquemment : les conséquences du suicide de ce type dans la fosse aux ours, les manifestations, les heurts, les actes de vandalisme, les intrusions. Elles étaient devenues proches.

Personne n'attendait la gendarme dans son appartement de fonction. Son compagnon, Maxime, infirmier à domicile, était mobilisé dans la salle polyvalente de Vernet-les-Bains pour venir en aide aux sinistrés, ainsi qu'à tous ceux qui étaient coincés dans cette partie de la vallée et ne pouvaient plus regagner leur logement à cause de la départementale obstruée. L'interruption des recherches avait fourni à Gaëlle l'occasion de boucler sa paperasse. Le front ridé d'inquiétude, elle ressassa les éléments en sa possession. Une intrusion dans le zoo. Un arbre coupé. Deux disparitions. Une voiture maladroitement dissimulée. Et puis surtout cette date, fatidique, du 31 octobre. Cela faisait deux ans que ce type s'était jeté dans la fosse aux ours, après avoir séjourné dans cette maudite clairière. Existait-il un lien ?

— Bon sang, Gaëlle, arrête avec ce fichu stylo !

La gendarme leva la main en signe d'excuse, se rencogna dans son fauteuil et pivota de gauche à droite comme une gamine incapable de tenir en place.

Son téléphone portable dansa sur le bureau, les vibrations sonores firent soupirer d'énervement son supérieur. Gaëlle s'éclipsa vers l'accueil et le sas d'entrée fermé. Le nom du contact la troubla.

— Allô, Camille ?

La transmission était mauvaise, parasitée par la friture. L'orage, encore.

— Moins vite, je comprends rien… Quoi ? Tu… Quoi ?

Des crépitements sur la ligne.

— Camille ? Tu m'entends ?

La communication fut coupée.

La gendarme essaya de rappeler la directrice, sans succès.

— L'orage a dû endommager l'antenne relais la plus proche. Je file au zoo.

François ôta ses lunettes, les sourcils arqués.

— Un problème ?

— Possible. Je ne sais pas encore. J'évalue et je te dis. Je peux prendre le Kangoo ?

L'adjudant-chef souffla de lassitude.

— Vas-y. Je reste ici sur ordre du préfet. Au cas où quelqu'un apercevrait notre fugitif. Appelle-moi si t'as besoin et fais attention.

Gaëlle attrapa les clés du véhicule, un ciré, puis traversa les bureaux en direction du parking de la caserne.

45

Dimanche 31 octobre, 18 h 25

— Bérengère ? Qu'est-ce que tu fous là ?

Yumi s'était arrêtée à quelques mètres de la cahute de l'accueil. Les baskets enracinées dans le sol fangeux. Les poings serrés. La peau roulant sur ses mâchoires contractées. L'obscurité encadrait son visage empreint de stupeur. Son bras se tendit à l'équerre pour empêcher Clotilde d'approcher, telle une mère qui voudrait protéger son enfant à l'avant d'une voiture lors d'un freinage d'urgence. Clotilde fixait Bérengère sans ciller. Cette dernière, affublée d'un K-Way violet, se tortillait d'un pied sur l'autre. Elle paraissait embarrassée.

Clotilde bouscula Yumi et attrapa Bérengère par les pans de sa capuche.

— Où est ma fille ?

Elle la plaqua contre le rideau métallique de l'accueil, expectorant toute sa haine contre Bérengère, qui, déboussolée, lui lançait un regard chargé d'incompréhension. Clotilde la secoua, ivre de colère. Le crâne de Bérengère cogna contre les mailles d'acier, elle tourna la tête dans tous les sens, comme pour vérifier que la fillette n'était pas dans les parages, avant de s'exclamer :

— Mais arrête ! J'en sais rien !

Elle se dégagea.

— Arrêtez de me hurler dessus !

Clotilde repartit à la charge, les doigts agrippés au nylon.

— Dis-moi où est ma fille ! lui cracha-t-elle au visage.

Bérengère se débattait.

— Laissez-moi tranquille ! Je ne veux plus rien avoir à faire avec vous ! Vous êtes tous fêlés !

Clotilde la gifla.

— Où est mon bébé ?

— J'en sais rien !

Alors Clotilde lui sauta à la gorge. Ses doigts s'enroulèrent autour du cou de Bérengère, qui tentait de se libérer. Elles dégringolèrent le long du rideau métallique.

La trachée de Bérengère émit un chuintement ; la poigne se resserrait, implacable ; étau de phalanges la privant d'oxygène. Ses yeux s'écarquillèrent. Des vaisseaux sanguins éclatèrent, des points noirs mouchetèrent sa vision. L'air lui manquait.

Yumi décida qu'il était temps d'intervenir. Cette garce de Bérengère mentait, certes, néanmoins elle avait du mal à l'imaginer impliquée dans un rapt d'enfant.

— Ça suffit ! s'écria-t-elle.

Elle ceintura Clotilde, à califourchon sur Bérengère qui suffoquait, et, après quelques secondes de lutte acharnée, elle parvint à lui faire lâcher prise.

Yumi se releva, un genou au sol et les mains à plat devant elle.

— On se calme !

Clotilde épousseta ses vêtements et pointa un doigt accusateur vers Bérengère, qui peinait à reprendre son souffle, semblable à un phoque agonisant sur la banquise.

— Qu'est-ce qu'elle fait ici ?

Yumi aida Bérengère à s'adosser contre le rideau de fer. Les sourcils froncés, elle demanda à son tour :

— Qu'est-ce que tu fais là ?

Bérengère ahanait. Sa gorge sifflait à chaque inspiration.

— Ne m'approchez pas…, articula-t-elle avec difficulté.

Yumi s'accroupit à son niveau.

— Le bébé de Clotilde a été enlevé.

Les yeux injectés de sang de Bérengère se posèrent sur Clotilde, survoltée, qui se grattait le lobe de l'oreille en la foudroyant du regard.

— Qu'est-ce que tu fais là, Bérengère ?

— Mes enfants. Je voulais entendre mes enfants.

Elle s'exprimait d'une voix enrouée.

— Cette folle a failli m'étrangler.

— Cette folle, comme tu dis, a perdu son enfant. Et on te trouve ici, dans le noir. Mets-toi à sa place. Comment tu es entrée ?

— La barrière était ouverte.

Elle inspira profondément ; on aurait dit le bruit d'un ballon de baudruche qui se dégonflait.

— Je me suis abritée là-dessous, dit-elle en désignant le dôme en chaume. C'est ici qu'on capte le mieux.

Ses yeux s'emplirent de larmes.

— Je voulais entendre la voix de mes enfants. C'est tout.

Derrière, Clotilde sanglotait, la main plaquée contre sa bouche tordue en une mine épouvantée. Bérengère poursuivit :

— Et puis il s'est mis à tomber des cordes. J'attendais que ça se calme. S'il vous plaît, ne me faites plus de mal.

Elle fondit en larmes. Un peu ébranlée par cet épanchement de vulnérabilité, Yumi se surprit à lui frotter l'épaule en signe de réconfort.

Dans son dos, Clotilde, accroupie, fouillait à l'intérieur de son sac. Elle s'empara de son smartphone. Yumi l'entendit jurer à voix basse, s'énerver ; elle en déduisit que les forces de l'ordre étaient injoignables.

— Vous avez du réseau ? demanda Clotilde, catastrophée.

Bérengère se dandina pour extraire son téléphone de sa poche. Elle afficha aussitôt un air accablé. Yumi vérifia à son tour : aucun signal. Au comble de l'affolement, Clotilde s'exclama :

— Vite ! Il faut continuer vers la fosse aux ours.

Yumi interrompit son geste et aida Bérengère à se relever.

— Ça va aller ?

L'aide-soignante opina en s'essuyant le visage.

— Je viens avec vous, déclara-t-elle soudain.

— Alors ne perdons pas de temps, dit Yumi, soupçonneuse.

Elles s'engagèrent dans l'allée centrale, dépassèrent le lac, l'amphithéâtre, les volières, puis débouchèrent sous le toit géant du snack, d'où s'écoulait un rideau de pluie circulaire.

— Dépêchez-vous, les pressa Clotilde.

Elle courut vers le parapet ceignant la fosse aux ours. Les séquoias se dressaient, majestueux : arborescence obscure dans un décor de ténèbres. Le vent agitait les branches des conifères, projetant des myriades d'aiguilles dans le vaste enclos boueux, scindé par le ruisseau déchaîné, en crue, qui inondait les berges. Le tonnerre retentit, suivi la seconde suivante d'un éclair qui illumina les lieux d'un flash aveuglant, presque fantastique. Dévorée par le chagrin, Clotilde longea le muret dans un sens, jusqu'à la tanière des loups, puis dans l'autre, aux abords de la serre australienne en travaux. Il n'y avait personne. De leur côté, Yumi et Bérengère avaient fouillé l'aire de jeux, les environs du restaurant fermé par un rideau métallique, les sanitaires. Elles se rejoignirent sous le dôme. Bredouilles.

— Elle devrait être ici ! s'écria Clotilde.

Gagnée par une panique grandissante, elle se mit à tourner en rond.

— On se sépare, proposa-t-elle soudain.

Yumi grimaça, saisie d'un mauvais pressentiment. C'était une erreur classique de débutant. *La* connerie à ne surtout pas faire dans toute histoire d'horreur qui se respecte. Rester ensemble. Toujours. Quoi qu'il arrive. Ne jamais se séparer.

— On devrait rester toutes les trois.

— On couvrira une plus grande surface si l'on se sépare, objecta Clotilde.

Yumi peinait à masquer sa réticence. Bérengère, taciturne, la fixait d'un air étrange, comme si elle attendait son approbation.

— Entendu, concéda Yumi, refusant de faner les espoirs de la maman affligée.

Cette dernière trépignait, au bord de l'implosion.

— OK. Bérengère, tu vas inspecter les infrastructures, tout ce coin-là. Yumi, toi... tu vas voir du côté des bâtiments des félins. Il y a peut-être encore des soigneurs. Moi, je m'occupe de la tanière de l'ours qui hiberne. Nina est forcément dans les parages ! Sinon pourquoi avoir entouré cette fosse au marqueur ? Je vais couper par la serre en travaux pour aller plus vite. Impossible qu'on ne croise pas quelqu'un. Rendez-vous dans quinze minutes ici.

Yumi, perplexe, nota l'heure sur sa montre. Elle acquiesça, imitée par Bérengère.

L'orage gronda, et elles partirent chacune de son côté.

46

Dimanche 31 octobre, 18 h 30

Abrité sous les tôles du quai de chargement, Charles guettait le parking réservé au personnel.

La sacoche de son ordinateur portable sur une épaule, une valise à roulettes à ses pieds, il avait emporté le strict nécessaire pour se sauver le plus vite possible de cet endroit. Le reste de ses affaires était demeuré dans son chalet – notamment sa chère et tendre bouilloire ; il reviendrait les chercher un jour prochain, ainsi que sa voiture, quand on ne le considérerait plus comme un psychopathe. Quand l'Ogre catalan serait écroué ; cette histoire absurde de vendetta, terminée. Car Charles en était persuadé, tous ces événements étaient liés à ce qui s'était passé deux ans plus tôt. Il avait inventorié sur son smartphone les aires d'autoroute émaillant l'A61, entre Toulouse et Narbonne. Son hypothèse s'était confirmée : il y avait bien une aire de repos qui s'appelait Gignac, située à une heure et quinze minutes de la Ville rose, en direction de la Méditerranée.

Charles consulta l'heure sur son téléphone, avisa le faible niveau de la batterie et décida d'arrêter la musique ; le tambourinement de la pluie contre le toit supplanta les riffs effrénés de *Fear of the Dark* d'Iron Maiden.

Que foutent les employés ? se demanda-t-il en ôtant ses écouteurs sans fil.

Il patientait depuis près d'une heure, cherchant un moyen de se barrer de ce cloaque. Dans les histoires qu'il écrivait, comme dans les films qu'il regardait, d'ailleurs, les protagonistes ne décidaient jamais de fuir dès que les choses dérapaient. Une force délétère semblait les inciter à rester et, inévitablement, à finir les tripes à l'air. Charles, lui, ne commettrait pas cette erreur stupide, il comptait bien dégoter un moyen de transport pour se tailler le plus vite possible.

Il avait tenté de joindre les taxis de la région. Le plus proche, établi à Prades, lui avait expliqué que la départementale 116 était bloquée à cause des intempéries. Par conséquent, le village de Saint-Martin-du-Canigou était inaccessible. Coupé du monde. Depuis, Charles épiait d'un air dépité le parking pour pouvoir interpeller un soigneur qui regagnerait sa voiture, mû par l'espoir qu'on le véhicule loin de ce cauchemar.

De plus, il répugnait à se trouver ici. Les zoos étaient des abominations. Les êtres humains délogeaient les animaux de leur habitat naturel et, croyant se donner bonne conscience, ils les parquaient dans des enclos ridicules, se targuant d'agir au nom de la survie des espèces, sous couvert de réintroduction, de reproduction, de sensibilisation, d'éducation. Conneries. Un zoo, c'était une entreprise, et comme n'importe quelle entreprise elle se devait d'être rentable. Un parc animalier, c'était du fric. Et uniquement du fric. Un business sur le dos de bêtes qui devenaient folles à force de tourner en rond toute la journée. Derrière lui, la série de portes sectionnelles étanches était fermée. Un camion immatriculé en Loir-et-Cher stationnait devant l'une d'elles, le hayon couché sur la plate-forme. Des palettes vides et des diables reposaient à l'intérieur.

Charles tira une dernière bouffée sur sa vapoteuse, puis posa ses affaires près d'un chariot élévateur. Il était temps de passer à l'action. Il glissa une mèche récalcitrante sous son bonnet, rabattit sa capuche et descendit sur le parking. Trois véhicules étaient garés. Il courut jusqu'au premier : une vieille Opel Corsa datant des années 2000. Portières verrouillées. Avec la manche de son caban, il essuya la vitre du côté conducteur et inspecta l'intérieur. *Il n'y a qu'au cinéma que les clés restent sur le contact ou sont cachées dans le pare-soleil.* Il hésita à s'emparer d'une des pierres jonchant le bord du ravin pour défoncer la fenêtre. Bien qu'il n'eût aucun scrupule à voler le véhicule d'un tortionnaire animalier, il se ravisa au dernier moment. De toute manière, si les clés n'étaient pas à l'intérieur, il n'avait pas les compétences pour démarrer une voiture en trifouillant les fils. Fendant la pluie battante, il se dirigea vers un pick-up Toyota blanc sale. Fermé lui aussi. Il inspecta le dernier véhicule : une Dacia Logan. *Idem.*

Il coula un regard vers le portail du parc. L'accès était entrebâillé ; il s'y faufila en poussant sur le battant.

Le zoo était noyé dans une obscurité poisseuse.

Charles s'essuya les yeux puis courut vers le premier édifice sur sa gauche, un long rectangle lugubre, escamoté à la vue des visiteurs par une palissade en bois. Trois véhicules rappelant des voiturettes de golf stationnaient devant.

Ce bâtiment donnait sur le quai de chargement. C'était ici qu'on préparait la nourriture des animaux. Charles marcha dans les flaques d'eau éparses, les muscles bandés. Il traversa le rideau de pluie qui dégoulinait du toit pointu et se dirigea vers la première porte. Ses doigts s'enroulèrent autour de la poignée. Il poussa. Et les ténèbres l'absorbèrent.

Des paillasses carrelées couvertes de bassines, de seaux et de récipients en tout genre se dessinaient dans la pénombre. Charles n'y voyait rien, seulement des nuances de noir créées par les surfaces en inox et en faïence, le mobilier et les allées. Il attrapa son smartphone puis sélectionna l'application lampe torche. Il avançait dans le dédale de plans de travail, d'éviers, quand il distingua une lueur rouge qui trouait l'obscurité. Il s'approcha, précautionneux. Les lattes de bois grinçaient sous ses pieds, les poutres craquaient par moments, assiégées par les bourrasques. Charles rejoignit la faible lumière diffusée par des petits bâtons formant l'indication « 3 °C ». Il projeta le faisceau de sa lampe tactile sur le grand panneau sombre qui jouxtait cette mention. Une chambre froide.

— Il y a quelqu'un ?

Envahi d'un mélange de soulagement et de peur, il rebroussa chemin ; il traversait l'édifice sous les craquements de l'architecture quand il aperçut par la fenêtre une ombre qui jaillissait de la palissade et décampait vers le bâtiment à étage. Il éteignit sa lampe tactile. Se baissa derrière une paillasse. Accroupi, il alla se positionner sous une vitre perlée de gouttes. À l'extérieur, la silhouette pivota sur elle-même, sondant les ténèbres, avant de pénétrer dans ce qu'il supposait être les bureaux. C'était Bérengère.

Charles s'en méfiait. Elle niait avoir participé au covoiturage en 2019. Avait-elle profité de ce week-end de la Toussaint pour assassiner son mec ? Et Ingrid l'avait-elle vue ? La compagne de Yumi n'était-elle qu'une victime collatérale ? Craignant de croiser Bérengère, il sortit par la porte du fond. La pluie le doucha une fois le toit dépassé. Il trotta vers la palissade et la contournait, lorsqu'un éclair fissura le ciel et illumina le parc, révélant une forme humaine, au loin, se sauvant vers l'enclos des tigres. Cette fois-ci, Charles reconnut la silhouette efflanquée de Yumi. Les drôles de dames avaient-elles investi le zoo à la recherche de leur Charlie ?

La présence de la compagne d'Ingrid dans le parc le désarçonnait, lui renvoyait au visage sa passivité, sa culpabilité. Il ne voulait pas que ça se finisse comme ça. Pas avec elle.

Il la suivit.

Les falaises des lions se déployaient dans le ciel chaotique. Charles dépassa les hautes clôtures électrifiées puis, au bout d'une centaine de mètres, il arriva devant l'enclos des tigres. Un point de côté foudroya son flanc gauche. Il vit Yumi disparaître dans l'édifice. Essoufflé, il la héla, mais elle ne l'entendit pas. Il lui emboîta le pas, pénétra à son tour dans le bâtiment cimenté. L'odeur de ménagerie lui agressa immédiatement les narines.

La construction formait un rectangle découpé en trois parties. Il y avait deux immenses cages sur la droite, la première pour le mâle, Kyle, la seconde pour la femelle, Selina. Les félidés dormaient dans des enclos distincts. Le dernier compartiment était un large couloir, scindé en deux par une grille ; on accédait à l'autre moitié de l'édifice grâce à une porte. Des trappes métalliques, cadenassées et verrouillées, permettaient aux tigres de passer d'une partie à l'autre, ainsi que d'accéder à l'extérieur.

Des pas effrénés claquaient contre le ciment ; Yumi s'enfuyait à l'extrémité du bâtiment.

— Hé !

Charles se précipita à sa poursuite.

— Attends ! Je veux juste te parler !

Yumi s'arrêta, invisible dans la pénombre. Charles devinait sa présence. Un feulement sur sa droite l'incita à se plaquer contre le mur opposé.

— Garde tes distances ! le supplia-t-elle, affolée.

— OK. Viens, on ressort.

Il faisait un pas en arrière quand Yumi poussa un hurlement.

Le cœur tressautant dans sa poitrine, Charles se retourna.

Une silhouette se tenait dans l'encadrement de la porte. Vêtue d'un ciré sombre et d'une capuche sur une cagoule noire. Méconnaissable. Ses yeux étaient maquillés de peinture noire, lui conférant un regard charbonneux. Les pupilles dilatées par l'obscurité phagocytaient les iris, ne laissant que deux fentes blanches serties dans un visage noyé d'ombre.

Elle pointa son arme vers Charles et, sans sommation, sans une once d'hésitation, elle appuya sur la détente.

47

Dimanche 31 octobre, 18 h 40

Bérengère courait à perdre haleine.

Pour elle qui ne raffolait déjà pas des zoos de jour, il était invraisemblable de cavaler ainsi sous l'orage, de nuit, au beau milieu d'un parc grouillant d'animaux sauvages. Les éclairages étaient éteints, plongeant les allées dans la pénombre. Les serres des singes, dans son dos, avaient des allures de hangars sordides. Dans l'espace extérieur, les cordages et les pneus accrochés aux arbres battaient l'air chargé de pluie en une danse anarchique. Des cris aigus provenaient des bâtiments. Excités par les coups de tonnerre, les singes hurlaient depuis leur enclos ; les orangs-outans, notamment, produisaient de puissantes vocalises qui déchiraient le vacarme des rafales.

Bérengère avait l'impression d'évoluer dans un service de psychiatrie.

D'un regard en biais, elle aperçut Yumi qui se dirigeait vers la maison de nuit des félins. Son visage se froissa en une expression hostile, rancunière.

La respiration rauque, elle continua vers les bureaux avant de s'arrêter brusquement. Une lueur, furtive, était apparue dans le bâtiment rectangulaire qui flanquait le quai de chargement. Les baskets pataugeant dans la gadoue, elle plaça ses mains contre ses sourcils pour faire barrage aux trombes d'eau qui s'abattaient sur sa capuche, puis scruta les fenêtres de la bâtisse, parallélogrammes sombres renvoyant son reflet. Rien. Elle se retourna et entra dans l'édifice à étage.

Elle dégaina son smartphone pour avoir de la lumière. Ses doigts mouillés glissèrent sur l'écran tactile ; elle jura à voix basse, essuya ses mains contre son pull, sous son K-Way, et parvint finalement à éclairer la pièce dans laquelle elle se trouvait.

Les locaux étaient déserts, silencieux. Bérengère entama son inspection. À la lumière de son écran, elle traversa un espace rempli de bureaux, un couloir flanqué de casiers étiquetés au nom des membres du personnel, dépassa un vestiaire, entra dans une salle de repos équipée d'une table, de quelques chaises, d'un réfrigérateur, d'une cafetière, d'un four à micro-ondes et d'un futon. Un grand tableau détaillant le planning des employés était accroché sur un mur, près d'une fenêtre.

Bérengère regagnait le corridor quand une déflagration la surprit. Le portable lui échappa des mains, les ténèbres envahirent le couloir, noyant un escalier en colimaçon dans l'obscurité. *Curieux, ce coup de tonnerre.* Elle se baissa pour ramasser son portable, sans relever l'accès qui s'enroulait vers l'étage, puis traversa la pièce principale avant de débouler à l'extérieur.

Elle fonçait vers les enclos des félins quand deux formes noires se détachèrent de la pénombre environnante.

Les yeux de Bérengère s'ouvrirent en grand. Elle ralentit peu à peu, jusqu'à s'immobiliser complètement.

Au milieu de l'allée, deux lionnes la toisaient avec une avidité ostentatoire.

48

Dimanche 31 octobre, 18 h 50

Le coup de feu la fit sursauter.

Elle aurait reconnu ce bruit entre mille, et ce malgré les déflagrations intempestives et assourdissantes du tonnerre. Car ce son, si caractéristique, Camille l'avait déjà entendu.

Des étendues sauvages de l'Amérique du Nord aux forêts tropicales d'Amérique du Sud, de la savane africaine aux jungles équatoriales d'Asie, en passant par les steppes et les régions subsahariennes, Camille avait parcouru la planète en long, en large et en travers. Le parc de Saint-Martin participait à de nombreux projets de réintroduction d'espèces menacées, partout sur le globe. En tant que propriétaire du zoo, elle s'impliquait dans ces objectifs ambitieux en se rendant sur le terrain, accompagnant les animaux dans leurs derniers instants de captivité, rencontrant les professionnels sur place, les ONG, les associations, les pouvoirs locaux, autant de partenaires avec qui elle travaillait pour réintroduire des spécimens dans leur environnement naturel. C'était une – si ce n'était la première – des fonctions principales du parc, avec la sauvegarde des espèces menacées et la reproduction. Durant ses voyages, Camille avait été confrontée aux affres du braconnage, de la déforestation, des exploitations intensives, de la chasse outrancière ; des populations entières d'individus délogées de leur habitat, où l'appât du gain l'emportait sur toute autre forme de vie. Elle avait déjà couru pour sauver sa peau, notamment sur l'île de Sumatra et en Guinée équatoriale, essuyant les salves de projectiles de trafiquants prêts à tout pour protéger un des business les plus lucratifs de l'économie parallèle – presque aussi rentable que la cocaïne –, qui pesait plusieurs milliards d'euros par an.

Plongée dans la pénombre du poste de contrôle, accolé à son bureau, elle se tétanisa dans le fauteuil à roulettes. Devant elle, une série d'écrans noirs. En temps normal, ils diffusaient les images des caméras disséminées dans le zoo : les bâtiments sécurisés des prédateurs, des singes, la clinique, la serre australienne. Andy, un ancien détenu incarcéré trois ans dans le centre pénitentiaire sur la route de Vernet-les-Bains pour vol avec agression, réhabilité en veilleur de nuit depuis cinq ans, n'était pas encore arrivé. Camille n'arrivait pas à le joindre, elle supposait qu'il était bloqué à cause des intempéries. La dernière personne qu'elle était parvenue à contacter était Gaëlle, vingt minutes plus tôt ; depuis les communications étaient coupées.

Ses doigts pianotèrent sur le bureau, près d'un talkie-walkie.

La première coupure de courant l'avait rendue aveugle durant quelques minutes, le temps que le générateur de secours se mette en marche, alimentant les clôtures électrifiées, les réfrigérateurs, les congélateurs, les couveuses, les locaux administratifs, la clinique. Pendant plus d'une heure, elle avait espionné les points stratégiques de son parc, dans l'attente insoutenable d'une visite aussi inévitable que prévisible. Mais le second *black-out*, lui, avait endommagé les systèmes d'alarme et avait dû griller le serveur informatique, car elle n'arrivait pas à redémarrer l'ordinateur. Les écrans alignés demeuraient figés sur un fond noir. Cette interruption d'électricité ne semblait pas inhérente au zoo – Camille avait essayé de réenclencher le disjoncteur –, la panne était a priori de grande ampleur. Depuis de longues minutes, elle n'avait donc aucune idée de ce qui se tramait dans son parc. Grâce à son talkie-walkie, elle parvenait à échanger avec les deux soigneurs, Anaïs et Luc ; des conversations brèves, hachées de parasites, mais qui avaient eu le mérite de la rassurer jusqu'à présent : aucun incident n'était à déclarer. Jusqu'à ce coup de feu.

Camille s'empara de son talkie-walkie, du fusil hypodermique GUT 50 qu'elle avait pris soin de sortir de l'armoire sécurisée, ainsi que d'une boîte de fléchettes tranquillisantes qu'elle enfonça dans la poche de son ciré. L'arme en bandoulière, elle quitta le poste de surveillance. Dévala l'escalier.

Une bourrasque la gifla au moment où elle sortait du bâtiment. Le fusil braqué devant elle, elle avança vers le centre du parc. La détonation paraissait provenir de là. Les falaises des lions se dessinèrent dans l'obscurité. Plus loin, les serres des singes masquaient le dôme du snack. Camille continua, sur ses gardes.

Une vision aussi irréelle que terrifiante pour tout professionnel d'un zoo lui apparut : une femme était acculée par deux lionnes en liberté.

— Restez calme, intima Camille d'un ton pondéré en arrivant à son niveau.

Elle baissa le canon de son fusil. Malgré la pénombre et la pluie battante, elle parvint à identifier les félins : il s'agissait des plus jeunes sœurs, âgées de cinq et huit ans.

— Anna ! Elsa ! *Don't move! Good girls!*

Les jambes de Bérengère flageolaient. On pouvait deviner ses genoux qui s'entrechoquaient.

— Essayez de rester calme, fit Camille, sans lâcher des yeux les deux lionnes. Ne bougez pas.

Les félins avançaient à pas de velours, tassés contre le sol, grappillant quelques centimètres sans qu'on le remarque. Elles décrivaient un arc de cercle qui se refermait inexorablement sur Bérengère, leurs grosses pattes s'enfonçant dans la boue.

— Je ne suis pas bonne à manger ! lâcha celle-ci, morte de trouille, entre deux claquements de dents.

— Taisez-vous, nom d'un chien. OK ! *Good girls! Don't move!*

— Elles vous obéissent d'habitude quand vous dites ça ?

— Ça dépend des jours. Maintenant vous la fermez et vous m'écoutez. Reculez tout doucement sans les regarder dans les yeux.

Bérengère s'exécuta.

— *Don't move!* répéta Camille.

Son arme pointée vers le bas, elle s'échinait à ne pas se montrer menaçante. Le sédatif mettait du temps à agir, elle le savait, par conséquent elle ne souhaitait utiliser son fusil qu'en dernier recours ; dès l'instant où elle appuierait sur la détente, la lionne aurait tout le loisir de les attaquer avant de s'endormir.

Bérengère recula sur la pointe des pieds. Tout en fixant les félidés qui s'approchaient subrepticement, Camille lui ordonna :

— Vous voyez la première serre sur l'île des singes ? C'est celle des orangs-outans et des chimpanzés. Allez-y doucement. Sans geste brusque.

Une lionne se plaqua contre le sol, sa fourrure balayée par la pluie, les crocs luisants, les griffes sorties.

Stoïque, Camille imposa son autorité :

— Elsa ! *No! Don't move!*

Les oreilles en arrière, l'animal agita la queue et lui répondit par un rugissement qui faillit faire hurler Bérengère.

— *Good girl.*

Trente mètres. Vingt mètres. Dix. Cinq. À une allure d'escargot, Camille et Bérengère se rapprochaient des bâtiments des singes, suivies par les lionnes maintenues à distance grâce aux ordres de la directrice. La pluie s'insinuait sous leurs vêtements, mais elles n'en avaient cure, focalisées sur la progression impitoyable des félins, dont les yeux jaunes, se résumant à deux fentes menaçantes, scintillaient dans l'obscurité.

Elles traversèrent le petit pont qui enjambait les douves ceignant l'île. Les cris des chimpanzés résonnaient dans la serre. Bérengère se cogna à la lourde porte.

— Ouvrez-la doucement, dit Camille.

Plaquée contre le pan métallique, Bérengère baissa la tête.

— Il y a un cadenas.

— Et merde.

Avec des gestes lents, Camille souleva son ciré et attrapa le trousseau fixé à la ceinture de sa salopette. Tout en lançant des directives d'un ton ferme aux lionnes qui se rapprochaient, elle jeta un œil à son mousqueton et tendit du bout des doigts une clé, sans se retourner.

— C'est celle-ci. Allez-y. Doucement.

Bérengère l'inséra dans la serrure. L'eau de pluie mélangée à la sueur gouttait de son nez. Elle tourna dans un sens, dans l'autre. Un cliquetis providentiel retentit. Le cadenas s'ouvrit. Elle baissa la poignée et poussa la porte. Un vent d'humidité, d'une chaleur asphyxiante, lui cingla instantanément le visage.

Elles s'introduisirent dans le sas du bâtiment alors qu'un hurlement d'une violence inouïe résonnait dans la serre en travaux, attirant l'attention des deux lionnes.

49

Dimanche 31 octobre, 18 h 55

Clotilde avait le sentiment d'avoir été téléportée dans une autre dimension, à quinze mille kilomètres des Pyrénées, dans la forêt tropicale du Queensland, dans le nord de l'Australie.

La moiteur de la serre australienne en travaux était saisissante. L'humidité la prenait à la gorge, l'air était lourd, chaud, presque irrespirable.

La pénombre régnait dans le bâtiment haut de plafond. Un lacet de planches sinuait au centre, semblable à un pont posé sur le sol, bordé d'une barrière de corde précédant les enclos vitrés. À la lumière de sa torche, Clotilde progressait dans un silence pesant, seul un écoulement d'eau lui parvenait du fond de la serre, un bruit ténu écornant le bourdonnement de la pluie contre l'édifice et les craquements impétueux du tonnerre. Par moments, elle avait l'impression de discerner les pleurs de Nina, que son bébé l'appelait au détour d'une allée. Mais ces espoirs se soldaient inévitablement par une désillusion.

Les lattes de bois grinçaient sous ses baskets. À mesure qu'elle avançait, ses déplacements provoquaient des bruits disparates, une myriade de raclements, de frottements. Cet endroit lui fichait les jetons. Une goutte de sueur coula dans le creux de ses reins. Partout autour d'elle, les branches s'agitaient, on remuait la terre, les feuillages. Clotilde imaginait une horde de bêtes invisibles, tapies dans l'obscurité, en train de la scruter.

Le faisceau de la lampe oscillait, balayant le ruban de bois, accrochant les cordages, les panneaux signalétiques, les bancs. Une silhouette.

Clotilde recula d'un bond. Pointa sa lumière sur la paroi vitrée à sa gauche. Une forme noire apparut sur le plexiglas, auréolée d'un halo éblouissant.

C'était seulement son reflet.

Elle secoua la tête puis souffla pour se donner du courage. *Vite !* Il n'y avait pas de temps à perdre. Elle pressait l'allure, opiniâtre, lorsqu'elle entendit du remue-ménage sur sa droite. Elle orienta sa torche, s'approcha de la vitre.

Perchée dans un arbre, de l'autre côté de la paroi, une créature au pelage brun clair, de la taille d'un gros lièvre, la toisait, ses yeux noirs brillant dans les ténèbres de la serre. La main plaquée contre sa poitrine palpitante, Clotilde braqua sa lampe sur la pancarte suspendue à la corde de démarcation. Cet animal était un dendrolague de Goodfellow, une sorte de kangourou muni de grandes griffes recourbées, qui aimait se prélasser dans les frondaisons.

Peu rassurée, Clotilde se remit en route. Dépassa des diables de Tasmanie, diverses variétés d'oiseaux, un vivarium infesté de serpents, longs tubes noirs enroulés à des branches, un aquarium de poissons-papillons. Le chemin forma un coude, derrière l'anfractuosité d'une roche qui s'élevait jusqu'au plafond, de laquelle s'écoulait un filet d'eau alimentant un bassin rempli de tortues. Concentrée sur sa respiration, Clotilde refusait d'anticiper un scénario catastrophe. Elle était comme ce type qui saute d'un immeuble et qui, à chaque étage, se dit « Jusqu'ici, tout va bien ». Elle devait tenir bon. Rester efficace. Ne pas imaginer le pire. Ne pas craquer.

À l'angle du renfoncement, elle découvrit un enclos dépourvu de vitrage, en face du sas de sortie. Répartis devant, des chevalets annonçaient les travaux en cours. Elle franchit avec précaution les panneaux signalétiques et éclaira l'intérieur. Trois échafaudages disposés en U flirtaient avec le plafond. Entre les structures recouvertes de bâches grises et les parois de roche, des câbles couraient sur le sol caillouteux, passant sous des planches surélevées grâce à des tréteaux. Une scie électrique et divers outils étaient posés dessus. Au centre, cerné par les échafaudages, il y avait un assemblage de troncs et de branchages inextricables, haut de plusieurs mètres, garni de touffes de feuilles vertes éparses.

Clotilde s'arrêta.

On aurait dit que quelqu'un respirait. Là. Tout près. Comme une variation dans l'atmosphère. Une anomalie dans l'air suffocant.

Elle enjamba l'encadrement exempt de vitre et entra dans l'enclos. Le pinceau de sa torche fourragea dans le dédale d'arborescences, le labyrinthe de bâches. Elle se pencha sous une branche pour examiner les lieux ; elle slalomait au milieu des troncs quand un mouvement attira son attention. Une forme humanoïde fusa derrière un échafaudage, silhouette grise, floue, filant vers le chemin de bois. Clotilde lâcha un cri. L'individu détalait vers la sortie.

— Hé ! Attendez !

Elle lui emboîta le pas. Déterminée, elle s'extirpa de l'enclos, évita les chevalets avant de se ruer vers le sas. Soudain, elle entendit un bruit qui la remplit d'effroi. Le verrou extérieur se refermait. Elle accéléra encore, les jambes en feu, poussa la première porte d'un coup d'épaule. Se retrouva bloquée à la seconde. *Fait chier !*

Elle fit demi-tour, traversa la serre à toute vitesse dans l'autre sens et atteignit le premier sas, celui par lequel elle était entrée quelques minutes auparavant.

Ses craintes se confirmèrent : ici aussi, les portes étaient verrouillées.

Elle hurla de rage.

50

Dimanche 31 octobre, 18 h 55

Deux fentes jaunes pourfendant la pénombre.

Une gueule ouverte. Des crocs luisants. Une haleine fétide.

Adossé contre le mur du couloir, les fesses clapotant dans une flaque de boue et de sang, Charles grimaça de douleur, hypnotisé par la vision du tigre qui se tenait de l'autre côté des barreaux. Son épaule droite l'élançait, il était dans l'incapacité de bouger son bras. Le teint pâle, il palpa sa blessure. Un frisson le parcourut lorsqu'il effleura le point d'entrée de la balle qui lui avait pulvérisé la clavicule. Une rivière d'hémoglobine suintait de l'orifice, une veine de gros calibre avait dû être touchée. Son pouls pulsait à un rythme frénétique, son cœur battait à tout rompre pour approvisionner ses organes vitaux en oxygène.

Charles devait comprimer la blessure. Il se redressa, ôta une manche de son manteau, puis gémit au moment de retirer l'autre ; chaque mouvement de son bras estropié lui déclenchait des éclairs de douleur. Il avait froid, pourtant la sueur suintait de tous ses pores.

Au prix d'un effort titanesque, il forma une boule avec son caban, le positionna contre la plaie et, les dents serrées, appuya avec le peu de force qu'il lui restait.

Après lui avoir tiré dessus, l'individu cagoulé avait fermé la grille centrale scindant le couloir, puis était ressorti par où il était entré, verrouillant la porte avec un cadenas. Depuis, Charles agonisait, au milieu des feulements des tigres et des pleurs de Yumi, prisonnière de l'autre côté du bâtiment.

Bien que ses yeux se soient accoutumés à l'obscurité, il ne percevait qu'une mélasse d'ombres contrastant avec la pénombre totale qui ensevelissait les lieux. Les formes noires des félins, campés sur leurs larges pattes, de l'autre côté des grilles. Celles des trappes, des manivelles, des boîtiers électriques, des portes. La silhouette de Yumi, recroquevillée au bout du couloir. Il n'avait pas la force de récupérer son smartphone pour éclairer les lieux, quand bien même il craignait la réaction des tigres qui, eux, n'éprouvaient aucune difficulté à voir dans le noir. Pour saliver face à cet être humain alléchant.

— Je suis désolé, dit-il dans un souffle.

De l'autre côté du couloir, les sanglots s'estompèrent.

— Je ne suis qu'un imbécile, continua Charles, la tête posée contre le mur, les yeux fixant un plafond invisible. Je m'en veux tellement.

Il entendit un raclement ; Yumi se décalait vers lui.

— En réalité je suis un imposteur. Un auteur dépourvu de talent.

Il s'exprimait comme s'il était seul.

— Je voulais venir ici pour écrire mon meilleur roman. Mon agent a reçu une invitation à passer le week-end dans cette clairière. Il savait que j'avais pour projet de faire un huis clos dans les Pyrénées, un *slasher.* On en avait beaucoup parlé tous les deux, et je l'avais dit dans plusieurs interviews. C'était de notoriété publique.

Il toussa, régula sa respiration tout en comprimant sa blessure. La transpiration coulait à grosses gouttes sur son front couturé de rides.

— Parce que la vérité, c'est que je n'y arrive plus. Je suis devenu incapable de créer des histoires. Ce succès inattendu, ce déferlement médiatique, l'attente des lecteurs, tout ça m'a mis une pression incommensurable. Le stress bride mon imagination.

Les frottements se rapprochaient ; Yumi se tenait près de la grille centrale.

— Le succès m'a détruit. Psychologiquement.

Il lâcha un gémissement de douleur en se réinstallant contre le mur. Une soif inextinguible lui asséchait la bouche ; il déglutit avec difficulté puis fixa les yeux étrécis du tigre, gueule béante, oreilles en arrière, dont les larges favoris blancs tranchaient sur l'obscurité.

— Alors j'ai trouvé une solution, reprit-il, comme s'il s'adressait au félidé. Comme je n'étais pas en mesure d'inventer ma propre histoire, j'ai décidé de décrire celle que j'allais vivre pendant ce week-end. Au moins au début. J'espérais que le processus se mettrait en route et que je pourrais terminer une fois de retour chez moi.

Nouvelle vague de douleur. Autre geignement.

— Je me suis servi de vous… Je vous ai espionnés, je vous ai fait peur, j'ai joué avec vos nerfs dans l'unique but d'étudier vos réactions pour les retranscrire ensuite dans mon roman. C'était bien moi que tu as vu hier soir à deux reprises par la fenêtre. Sans le savoir, vous étiez devenus les personnages de ma nouvelle histoire. J'ai placé un corbeau mort derrière les volets de Bérengère, je vous ai tous torturés mentalement ; notamment Clotilde, à qui j'ai laissé un message manuscrit. Je vous ai utilisés à votre insu par pur égoïsme, car je n'étais plus foutu d'écrire. C'est pathétique. Je sais. Et j'en suis désolé.

Une boule de remords enraya ses cordes vocales ; il enchaîna d'un timbre chevrotant en se tournant vers Yumi :

— Ce que tu as vu dans la chambre de mon chalet, c'était mon plan. Mes fiches de personnages. Le début de mon intrigue. J'en avais parlé à Ingrid, hier soir, quand on a fumé et picolé sur votre terrasse. Elle a trouvé l'idée aussi géniale que délirante.

La voix brisée, saturée de trémolos, il ajouta :

— Je serais incapable de faire du mal à qui que ce soit, Yumi. Je suis trop peureux, trop lâche pour ça. Je te prie de me croire.

Les tigres s'étaient allongés, las de lorgner un repas inaccessible. Charles fut pris d'un vertige. Sa tête heurta le mur. Il inspira à pleins poumons, les remugles rances d'urine et de déjections emplirent ses voies respiratoires. Le pansement compressif de fortune échouait à endiguer l'hémorragie, il perdait trop de sang.

Le murmure de Yumi sembla provenir d'outre-tombe.

— Alors Ingrid n'a pas disparu à cause de toi.

— Je n'y suis pour rien. Je te le jure.

— Tu penses qu'elle…

— Je suis désolé, Yumi. Mais j'ai bien peur que oui…

Il renifla en grimaçant. Puisa dans son courage pour terminer de libérer sa conscience.

— J'ai entendu du bruit dans votre chalet… Mais je n'ai rien fait. J'ai eu peur. J'étais incapable de bouger. Je suis terriblement désolé.

Les pleurs de Yumi lui déchirèrent le cœur. Un nouveau blanc s'installa.

Une lumière scintilla sur sa gauche. Un écran de smartphone. Les tigres, alertés, émirent un bruit de gorge en se relevant, sur le qui-vive.

— Je n'arrive pas à appeler les gendarmes, signala Yumi entre deux hoquets.

— L'orage a dû endommager la borne la plus proche.

Yumi se leva, se dirigea vers le fond du couloir.

— Au secours ! À l'aide ! hurla-t-elle en martelant la porte de ses poings rageurs.

Les tigres bondirent aussitôt contre les grillages, excités ; leurs crocs aiguisés limaient les barreaux en un son strident à vous hérisser les poils. Yumi glapit en se ratatinant contre le mur. Pétrifiée.

— Personne ne viendra nous libérer, dit Charles d'un ton lugubre. On a été piégés, c'est certain. J'ai vérifié : l'aire d'autoroute sur laquelle on s'est arrêtés s'appelle bien Gignac. Tout ça a un lien avec ce qui s'est passé il y a deux ans.

Une quinte de toux le plia en deux, l'inondant de douleur. Le manteau en boule n'exerçait plus aucune pression sur la plaie. Ses forces le quittaient. Il reprit son souffle avant de poursuivre :

— Sauve-toi dès que tu en auras l'occasion. Mais surtout méfie-toi de...

Un bruit métallique tinta à l'extérieur, brisant la cacophonie de l'orage. On retirait le cadenas.

La seconde suivante, la porte s'ouvrit sur la silhouette encapuchonnée, cagoulée ; forme noire dans un rectangle gris rayé de pluie. Un MAC 50 pendait au bout de son bras, le long de sa jambe droite. La vision de l'arme réveilla la blessure de Charles, qui, exténué, ne recula même pas, transi de peur. Attendant la sentence impitoyable d'un inconnu. Un châtiment radical pour un acte qu'il avait commis il y a deux ans, pour lequel il avait juré de garder le secret...

— Pitié. Arrêtez. Vous n'êtes pas obligé de faire ça.

En guise de réponse, le canon du pistolet pointa vers sa tête.

Les feulements des félins, combinés aux hurlements de supplication de Yumi, se transformèrent en un brouhaha inaudible.

Les yeux de Charles se fermèrent.

C'était son heure.

Il ne vit pas sa vie défiler, au contraire, il songea à tout ce qu'il n'avait pas pu réaliser. Puis il pensa à son père, à sa mère.

Un autre cliquetis métallique résonna dans le couloir, suivi d'un long couinement angoissant, désagréable, semblable à une fourchette raclant une assiette.

Les paupières de Charles se décollèrent.

La silhouette repartait.

Il crut d'abord que le choc hémorragique l'avait fait délirer, qu'il avait halluciné, quand il remarqua la trappe donnant sur l'enclos de Selina, la femelle tigre.

Elle était ouverte.

51

Dimanche 31 octobre, 19 heures

Bérengère n'y voyait rien.

Elle ôta sa capuche, le cœur au bord des lèvres, se pencha en avant et eut juste le temps d'écarter ses mèches blondes avant de vomir une flaque nauséabonde sur le chemin de bois. Après une brève accalmie, les cris des chimpanzés retentirent à nouveau en une cacophonie assourdissante. L'humidité étouffante du bâtiment lui déclencha un frisson. Elle grelotta, saisie de chaud, de froid, de nausées, de peur. Elle l'avait échappé belle.

Le contrecoup de la menace des lionnes lui scia les jambes. Étourdie, elle essuya sa bouche d'un revers de manche et s'assit sur le rebord en pierre qui encadrait les parois vitrées. De l'autre côté, les singes s'agitaient, déchaînés ; certains sautaient des branches ou des cordes, d'autres remuaient le sol tapissé de terre et de copeaux de bois en se déplaçant à quatre pattes, se pourchassaient, faisaient des roulades ; d'autres, encore, cognaient contre les vitres. Les dents brillantes luisaient dans l'obscurité, semblables à des sourires terrifiants, sporadiques, qui poinçonnaient les ténèbres çà et là.

Bérengère se prit la tête à pleines mains et inspira profondément. Les miasmes de la ménagerie envahirent ses narines. Un rayon de lumière balafra la pénombre ; elle distingua Camille au centre du chemin. Fusil en bandoulière, la directrice tenait une lampe torche dans sa main droite, la gauche se saisit du talkie-walkie.

— Anaïs. C'est Camille. Tu me reçois ?

Seuls des grésillements lui répondirent.

Elle coinça l'appareil dans sa salopette et fusilla Bérengère du regard.

— Vous pouvez m'expliquer tout ce bordel ?

Éblouie par le faisceau braqué sur son visage blême, Bérengère répliqua d'un ton indigné :

— Baissez votre machin. Et c'est à moi de vous poser la question. C'est normal que des lions se promènent en liberté dans votre zoo ?

— C'étaient des lionnes.

— On s'en fout, c'est pareil.

— Ne me prenez pas pour une conne. Qui êtes-vous ? Qu'est-ce que vous voulez ?

Ses yeux lançaient des éclairs aussi impitoyables que ceux qui zébraient le ciel.

Bérengère se leva, irritée. Elle entendait un mot sur deux à cause de ces putains de macaques qui gueulaient, et elle en avait marre qu'on doute systématiquement de son identité. Elle était Bérengère. Mère de famille. Aide-soignante et étudiante infirmière. La fille sympa, toujours de bonne humeur, malgré la charge mentale qui l'accablait. Celle qui collectionnait les gaffes, mais qui avait le cœur sur la main, constamment prête à dépanner ses collègues. Une jeune femme de trente-deux ans qui n'avait jamais fait de mal à une mouche…

D'instinct, Camille recula. Ses doigts s'enroulèrent autour de la crosse du fusil.

— Restez où vous êtes. Pourquoi êtes-vous ici ? Et ne me mentez pas.

Bérengère fit un pas en arrière, intimidée par la présence de l'arme.

— Le bébé d'une des locataires a été enlevé. Je suis venue apporter mon aide. Qu'est-ce que vous auriez fait, à ma place ? Si vous croyez que ça m'amuse de crapahuter dans ce foutu zoo sous le déluge.

— Qu'est-ce que vous racontez ? Un bébé ? Le bébé de qui ? Quelle locataire ?

— Elle s'appelle Clotilde. Je ne connais pas son nom de famille.

Camille paraissait incrédule, hallucinée. D'un geste rapide, elle empoigna le fusil.

— Ne me mentez pas !

Bérengère tendit les mains en signe de soumission.

— Je vous jure que c'est la vérité ! Ne tirez pas !

— C'est vous qui avez libéré les lionnes ?

— Pourquoi j'aurais fait une chose pareille ?

— Combien êtes-vous ?

— On est trois.

Le fusil tremblait entre les doigts de Camille. Visiblement la situation lui échappait.

— Et les autres, où sont-ils ?

— On s'est séparées pour chercher le bébé. Baissez votre arme, par pitié. J'ai des enfants…

La directrice abaissa le canon, leva la visière de sa casquette d'un air perplexe. Derrière elles, les cris des chimpanzés avaient diminué de volume. Certains singes s'étaient tus, curieux, comme au spectacle.

— Je ne sais pas qui a libéré les lionnes, reprit Bérengère d'un ton calme. L'Ogre catalan traîne dans les parages. Un des locataires l'a vu. C'est peut-être lui.

— Vous plaisantez, j'espère ?

— Non, c'est la vérité, je vous assure !

Camille secoua la tête comme si elle s'adressait à une demeurée.

Tout ça allait beaucoup trop loin. Bérengère ne croyait plus à l'hypothèse d'une *murder party* grandeur nature. Il était inenvisageable que les organisateurs n'aient pas arrêté la partie après le kidnapping de Nina et, quand bien même cela aurait été inclus dans le scénario – avec la complicité de Clotilde, allez savoir –, elle n'imaginait pas les créateurs du jeu capables de libérer des animaux sauvages et mettre ainsi en péril la vie des participants. La réalité la rattrapa, inexorable, charriant son lot de tragédies. Le mécanisme de défense qui l'avait préservée jusque-là de la panique n'opérait plus.

Le talkie-walkie crachota, interrompant ses réflexions.

— Camille. Ici Anaïs. Tu me reçois ?

La directrice hissa la bandoulière sur son épaule et répondit :

— Ici Camille. Je t'écoute.

— … vue…, fit une voix apeurée dans l'appareil.

L'orage hachait la communication. On ne comprenait que des bribes de la conversation.

Bérengère se raidit, suspicieuse.

— Répète, Anaïs. Je te reçois très mal.

— … enfermée…

— Où es-tu ? Anna et Elsa sont en liberté, près de l'île aux singes. Préviens tout de suite Luc. On a peu de temps devant nous. OK ?

— …

— OK ?

— …

— Anaïs ! Tu me reçois ?

L'appareil éructa un long crépitement avant de laisser place à un silence angoissant.

— Fait chier ! lâcha Camille.

Un grincement fit sursauter les deux femmes. Juste au-dessus de leur tête. Bérengère se tassa contre la vitre, avant de bondir, effrayée, à cause d'un chimpanzé qui tambourinait contre la paroi. Cet endroit était pire qu'un HP. Plus jamais elle n'emmènerait les petits dans un parc animalier. Camille, elle, conserva sa lucidité et pointa sa lampe torche vers le plafond. Dans un conduit grillagé reliant l'enclos à l'extérieur et qui enjambait le chemin de bois, un jeune singe retournait vers ses congénères. Elle baissa le faisceau et le braqua en direction de Bérengère.

— Maintenant répondez-moi. Qu'est-ce que vous trafiquez ? Vous n'avez rien trouvé hier soir, alors vous êtes revenues en plus grand nombre, c'est ça ?

— Hier soir ? De quoi vous parlez ?

— Ne faites pas l'innocente. J'ai trouvé la carte de transport de votre amie Yumi. Vous vous êtes introduites dans le zoo. On vous a surprises. Et comme vous n'avez rien trouvé, vous avez décidé de revenir avec cette Clotilde. Qu'est-ce que vous voulez, à la fin ?

— Je… rien, balbutia Bérengère, complètement déboussolée. Je cherche le bébé de Clotilde. Quelqu'un l'a kidnappé et l'a emmené dans le zoo.

Camille hurla :

— Arrêtez avec votre histoire d'enlèvement ! Qu'est-ce que vous complotez toutes les trois ?

Tout en parlant, elle s'était saisie du fusil hypodermique, la lampe coincée contre le canon. Bérengère était terrifiée. Elle repensa à Charles et Yumi. Ces deux-là se connaissaient, ils avaient effectué un covoiturage en 2019. Et il s'était passé un événement marquant sur une aire d'autoroute, d'après leurs insinuations. Disaient-ils vrai ? Les drames de ce week-end de la Toussaint étaient-ils liés à cet accident survenu deux ans plus tôt ? Les locataires étaient-ils présents dans cette vallée pour une raison précise ?

— Je ne les connais pas ! vociféra-t-elle. Aucun d'entre eux ! Je ne les avais jamais vus avant hier ! Je n'y étais pas, merde !

Un peu déroutée par cette réponse étrange, Camille rugit à son tour, couvrant les hurlements des singes qui s'agitaient à nouveau.

— Quel était votre but en venant ici ? Qu'est-ce que vous savez ? Parlez, nom d'un chien !

Elle reprit son souffle, le fusil pointé sur l'intruse.

— Les gendarmes sont prévenus, ils ne vont plus tarder. Quoi que vous ayez prévu, votre plan tombe à l'eau. Plus personne ne salira l'image de ce zoo. En attendant vous allez rester bien sagement ici jusqu'à…

Un nouveau raclement métallique les fit tressaillir. Camille éclaira derechef le conduit : un autre chimpanzé s'était faufilé à l'intérieur.

Plongée dans l'ombre une fraction de seconde, Bérengère en profita pour prendre la fuite. Elle suivit le lacet de planches. La pluie se fracassait contre la verrière du plafond, les nuages amoncelés au-dessus de la vallée la privaient de la lumière de la lune. Elle avança dans le noir, guidée par le bruit de ses baskets sur le bois, la main droite plaquée contre les vitres derrière lesquelles les singes se jetaient : formes sombres se catapultant contre les parois au fur et à mesure de sa progression. Ses hurlements s'ajoutèrent à ceux des chimpanzés.

Le pinceau de la lampe de Camille balaya tout à coup le chemin ; la directrice était à sa poursuite. Profitant de cet éclairage salutaire, elle traversa le bâtiment, indifférente aux injonctions de la propriétaire qui écumait de rage.

Les enclos suivants étaient plus silencieux, néanmoins les cris des chimpanzés résonnaient dans tout l'édifice. Bérengère discerna de longues silhouettes – la ressemblance avec des êtres humains était terrifiante ; certaines étaient suspendues aux branches, d'autres allongées sur des plates-formes en bois, paisibles ; d'autres, encore, se déplaçaient lentement, avec grâce, le long des cordages. Des orangs-outans.

Bérengère arriva au sas, le halo lumineux fouillait le chemin derrière elle. D'un coup d'épaule, elle envoya valdinguer la première porte, puis la seconde, et se retrouva à l'extérieur, fouettée par la fraîcheur soudaine. Elle courut sur quelques mètres, chahutée par les bourrasques, avant de pénétrer dans le second bâtiment : celui des gorilles. Par chance, les accès au sein de l'île n'étaient pas verrouillés.

Une fois le sas franchi, elle se retourna, assommée par la chaleur qui régnait en ce lieu. L'humidité était encore plus écrasante que dans l'autre édifice. Elle fit demi-tour et se jeta sur la première porte au moment où Camille tentait de l'ouvrir. L'impact surprit la directrice, qui tomba sur la coursive mouillée reliant les deux serres. Le tonnerre gronda, aussitôt suivi d'un éclair qui fissura le ciel et illumina le cadenas glissé dans son encoche. Bérengère le délogea, rentra s'abriter dans la maison de nuit des gorilles et l'inséra dans le battant intérieur. Le déclic lui procura un fugace sentiment de sécurité. Bien que Camille puisse toujours faire le tour du bâtiment, cela lui offrait quelques minutes de répit loin de cette folle paranoïaque.

Le front collé contre la porte, Bérengère reprenait son souffle quand elle entendit des bruits de pas dans son dos. Le plus discrètement possible, elle enjamba le cordage et se camoufla dans la végétation tropicale, en face de l'enclos des gorilles.

2019

« Radio VINCI Autoroutes, l'info trafic : Sébastien Drey. Bientôt 8 h 30. Vos conditions de circulation dans le Sud du pays. Peu d'évolutions si vous nous avez suivis un peu plus tôt, à noter qu'un poids lourd est toujours sur la bande d'arrêt d'urgence, du côté de… »

— Vous pourriez changer de station ?

Bébé31 leva un œil surpris vers le rétroviseur intérieur et la forme maigrelette avachie sur la banquette arrière, contre la portière. L'inflexion acerbe de *Lotus M* avait jeté un froid, mais avait eu le mérite de faire taire un instant les soliloques de *Coccinelle.* Rien que pour cela, *Bébé31* lui était reconnaissante. Elle interrogea les autres passagers, qui approuvèrent de concert, puis sélectionna la première station programmée sur la console centrale tactile : Virgin Radio.

La voiture roulait sur l'autoroute des Deux-Mers en direction de la Méditerranée, les phares ciselaient le brouillard qui masquait la garrigue, noyant les occupants dans un océan grisâtre.

Une main posée sur le volant, la tête appuyée nonchalamment sur son poignet plié, *Bébé31* conduisait en mode pilotage automatique. Son regard oscillait entre le régulateur de vitesse, la voie de gauche et celle de droite, congestionnée par les camions. Immergée dans sa bulle, elle répondait à sa voisine par monosyllabes. Les tracas du quotidien accaparaient son attention. Le stress permanent de penser à mille choses à la fois, de ne rien oublier. Les enfants. Les papiers pour l'inscription à l'école, à la cantine. La recherche d'une nounou. L'organisation des vacances du mois d'août. Le planning des repas pour nourrir sa tribu ainsi que son compagnon, pour qui l'implication dans les tâches journalières se résumait à un : « Qu'est-ce qu'on mange ce soir ? » Mais surtout *Bébé31* était angoissée à la perspective de reprendre des études après plus de dix années passées loin des bancs de l'école. Elle ignorait comment son homme se débrouillerait lorsqu'elle serait en stage ou en cours, éloignée de la maison durant une semaine entière. Penserait-il à s'occuper des enfants, à ne pas en oublier un à la garderie ou chez la nounou ? Arriverait-il à trouver seul le tiroir de ses caleçons propres ? Elle avait voulu partager ses craintes le temps d'une soirée chez sa sœur, avec qui elle entretenait une relation de complicité depuis l'enfance, malgré les écueils de la vie et les conflits familiaux. À présent elle rentrait chez elle à Argelès-sur-Mer, rassurée d'avoir le soutien indéfectible de sa frangine quant à son nouveau choix de carrière.

La rumeur d'une conversation l'extirpa de ses songes. Les autres passagers désiraient faire une pause. *Bébé31* acquiesça et, au bout d'une poignée de minutes, un panneau surgit de la brume, telle une intervention divine.

La conductrice mit son clignotant, et la voiture obliqua vers l'aire de Gignac.

Des sanitaires sordides. Un théâtre de brouillard.

Bébé31 éteignit le moteur. Passa les mains sur son visage. Un véhicule était garé à quelques mètres, de l'autre côté des conteneurs à déchets saillant du terre-plein. Elle sortit dans la grisaille tandis que *Coccinelle* et *Lotus M* se dirigeaient prestement vers les sanitaires. *Charlie3131,* quant à lui, alluma une cigarette. Une mélodie rock se répandait dans l'aire d'autoroute sinistre.

Bébé31 se massa les cervicales en expirant lentement. Elle fit un tour sur elle-même, se pencha dans la voiture et attrapa le smartphone, calé dans un support fixé au tableau de bord. Le GPS lui intimait de regagner l'itinéraire ; l'arrivée était prévue à 9 h 15 – soit dans quarante-cinq minutes. Elle quitta l'application de navigation et ouvrit Facebook avant de rouspéter en soufflant. *Quelle idiote !*

Des hurlements lui firent lâcher le portable, qui chuta sur le bitume.

Il y eut un autre cri, puis elle aperçut *Coccinelle* qui revenait en courant, suivie par *Lotus M* qui frappait un type gigantesque avec son sac à dos.

— Dans la bagnole ! hurla *Lotus M.*

Bébé31 se figea face à la vision de cet homme torse nu surgi de nulle part, maculé de sang.

— Restez pas planté là ! Grouillez-vous ! On se tire ! glapit *Lotus M.*

Les jeunes femmes se réfugièrent dans la voiture tandis que *Charlie3131* demeurait tétanisé sur le trottoir.

Bébé31 cogna du poing contre le toit.

— Magnez-vous ! On se casse !

Charlie3131 daigna enfin grimper dans l'auto. *Bébé31* sauta sur son siège, claqua la portière et alluma le contact. Des alarmes retentirent, des voyants illuminèrent son visage horrifié, peignant ses joues de couleurs criardes. Le pied gauche écrasant la pédale d'embrayage, elle démarra le moteur et enclencha la marche arrière. Au milieu des grognements, des hurlements et des coups portés contre la carrosserie, elle discerna un signal sonore qui bourdonnait toujours : le verrouillage centralisé. Une des portes n'était pas fermée. Elle tourna la tête et assista à une scène stupéfiante : *Charlie3131* tentait par tous les moyens de refermer sa portière. En vain. L'individu, malgré sa main qui enflait à vue d'œil, tenait bon.

Une hystérie collective contamina le véhicule, les secondes parurent durer des minutes, jusqu'à ce qu'enfin *Charlie3131* parvienne à fermer sa porte.

— On fonce ! ordonna *Lotus M.*

Bébé31 recula, braqua pour se positionner face à la voie d'accès à l'autoroute. Elle passa la première vitesse, relâcha l'embrayage et appuya sur la pédale d'accélérateur. Trop brutalement. Le moteur cala.

Des cris ricochèrent dans l'habitacle alors que l'individu contournait la voiture et se positionnait devant, les mains sur le capot. Il leur barrait la route.

Bébé31 l'observa à travers le pare-brise, sur lequel une fine pellicule de buée opacifiait l'extérieur. Elle distingua une silhouette musculeuse avoisinant les deux mètres, le torse recouvert de sang, un visage mangé par une barbe hirsute, une *gueule* étrange, asymétrique, comme si une partie était paralysée, l'autre non, déformant la bouche en un rictus oblique et hideux.

— Roule ! hurla *Coccinelle.*

L'homme se tenait courbé au-dessus du capot, déterminé à les empêcher de repartir. *Bébé31* se demanda s'il était capable de les stopper, au lieu de quoi elle commenta, effarée :

— Mais… il est devant nous !

— Écrase-le ! fit *Lotus M.*

— Roule dessus ! dit *Coccinelle.* On n'a pas le choix !

Les jambes tremblantes, *Bébé31* ralluma le contact. Son regard capta celui de l'homme devant elle. Elle avala sa salive, envahie d'un mauvais pressentiment. Ce qu'elle lisait dans les yeux de cet individu ne s'apparentait pas à de la démence ou à une folie meurtrière. Au contraire. Elle identifia dans ses prunelles noires une profonde tristesse, une détresse ostensible qui la déstabilisa.

— Vous attendez quoi, putain ? Foncez ! s'exclama *Charlie3131*.

Poussée par les autres voyageurs qui lui intimaient de foutre le camp, mais avec cet étrange malaise chevillé au corps, *Bébé31* relâcha l'embrayage et accéléra.

Le moteur rugit. Les pneus crissèrent sur le bitume. La voiture percuta l'inconnu, qui bascula sur le capot, glissa le long de la carrosserie avant de s'étaler sur la chaussée, inerte.

2021

52

Dimanche 31 octobre, 19 h 05

Cinq mètres. Peut-être six.

Clotilde tâchait de ne pas regarder en bas, mais c'était plus fort qu'elle. La gravité exerçait sur elle un pouvoir attractif, l'incitant malgré elle à jeter un œil vers le sol caillouteux qui s'éloignait un peu plus à chaque impulsion. Heureusement, elle n'était pas sujette au vertige. Être séparée de Nina lui insufflait une force qui la rendait capable de braver tous les dangers. C'était pour cela que, malgré le risque, elle escaladait l'échafaudage de la serre australienne, seul moyen de s'en évader. Sa détermination décuplait ses capacités. Il n'y avait rien de plus *redoutable* au monde qu'une mère cherchant à protéger son petit.

Elle avait arraché les bâches pour avoir une meilleure visibilité de la structure. La lampe était introduite dans sa bouche, lui permettant de repérer les échelons s'élevant au niveau supérieur.

Après deux minutes d'acrobaties, elle grimpa au dernier étage. Le plafond se situait à moins d'un mètre au-dessus de sa tête. Elle balaya la serre avec sa torche, les arcs en acier galvanisé, les panneaux de double vitrage, les déstratificateurs et les brumisateurs qui assuraient l'homogénéité de l'atmosphère. Des rigoles d'eau cascadaient le long de l'édifice cylindrique. Clotilde se positionna sous l'ouvrant qu'elle avait repéré avant son ascension. Il s'agissait d'un volet mobile qui garantissait le brassage de l'air lors des chaleurs estivales. Elle inséra la lampe dans sa bouche, posa son sac à dos à ses pieds, fouilla à l'intérieur et sortit les outils récupérés en bas sur les planches : des tournevis, une pince coupante, un marteau. Elle ôta les vis cruciformes de l'évent puis, à l'aide du marteau, elle parvint à introduire la lame de son couteau dans la rainure, en tapant dessus comme sur un burin, et à soulever l'ouvrant en faisant levier. Hurlant de hargne, moite de sueur, elle lacéra les mailles du volet, qui se déplièrent tel un accordéon. Elle rangea la lampe et les outils dans le sac puis bazarda celui-ci par l'ouverture. Illuminée par un éclair dévastateur, elle se hissa à la force des bras dans l'ouvrant ; sa silhouette svelte s'insinua difficilement dans l'espace exigu. À force de contorsions, elle avança, centimètre après centimètre, jusqu'à ce que ses doigts agrippent la rainure d'un panneau vitré. La pluie cognait fort contre la serre. Clotilde se désincarcéra de l'ouverture, se retint au faîtage et, après une longue expiration pour se donner du courage, se laissa glisser le long de la verrière. Ses pieds touchèrent le rebord, elle manqua de chuter, mais réussit à conserver l'équilibre avec ses bras. Elle sauta sur le sol bourbeux et récupéra son sac à dos.

Un rire s'échappa de sa bouche grande ouverte. Elle l'avait fait. *Putain !* Elle l'avait fait ! Elle évalua la hauteur de la serre australienne, pas peu fière de sa prouesse. La seconde suivante, cette euphorie se volatilisa. Clotilde se recentra, transpercée par la dure réalité. Que se passait-il dans ce zoo ? Qui était cette silhouette ? Pourquoi avait-on voulu l'enfermer ? Chaque minute passée loin de Nina l'enfonçait un peu plus dans les abîmes, elle avait l'impression d'être amputée d'un membre. D'un organe vital. Déterminée, elle courut droit devant elle, mue par la volonté animale, physique, de serrer sa fille dans ses bras.

Elle alla jusqu'à la maison de nuit de l'ours – verrouillée par un cadenas –, puis jusqu'à des bureaux, des bâtiments éteints ; elle retourna ensuite sur ses pas, dépassa l'île aux singes et se retrouva près de son point de départ : le snack. Il n'y avait personne dans les environs. Elle faisait le tour du restaurant quand elle remarqua une lueur qui filtrait à travers un bouquet d'arbres, en hauteur, à flanc de montagne. À une centaine de mètres à vol d'oiseau.

Clotilde s'abrita sous le dôme, sortit la lampe, le plan du site et le déplia sur une table. Éclairée par la torche posée sur le bois, elle passa son doigt sur la fosse aux ours cerclée de rouge, le snack, l'aire de jeux, la serre australienne, l'arrière de l'enclos des alpagas et essaya de visualiser d'où pouvait provenir cette source de lumière.

Son index pointa vers la clinique. Il n'y avait pas d'autres infrastructures dans le secteur.

53

Dimanche 31 octobre, 19 h 20

En matière d'horreur, le pouvoir de la suggestion est le plus efficace. C'est ce qu'on ne montre pas qui ancre profondément la peur en soi. C'était exactement ce que Yumi expérimentait, réfugiée dans l'angle du bâtiment de nuit des tigres, les bras encerclant ses jambes repliées.

Son esprit avait eu tout le loisir d'imaginer une scène que peu d'êtres humains pouvaient se targuer d'avoir vue. On était au-delà de l'insoutenable.

Charles Ciron s'était fait dévorer vivant par la femelle tigre.

Dans l'obscurité la plus totale, privée de la vue, Yumi avait tout entendu. Tout senti. Ses autres sens s'étaient aiguisés. Son cerveau avait fait les liens et lui avait proposé un panel d'images sordides. Les crocs du félin s'enfonçant dans le cou du romancier. L'artère carotide sectionnée, aspergeant les murs du couloir et ses vêtements. Les feulements crépitants du tigre, mélangés aux hurlements de Charles, qui s'étaient transformés peu à peu en une série de gargarismes ignobles, le sang inondant sa gorge, sa trachée, le noyant dans ses propres fluides. Puis les bruits immondes de succion, de craquements d'os, de déchirements de chair et de tendons, de mastication. De déglutition. Et il y avait eu les odeurs, aussi. Abjectes. Celle du fer. L'ammoniac lorsque la vessie de Charles s'était vidée. Les relents méphitiques des viscères lacérés, à l'air libre. Yumi avait assisté à cette exécution, impuissante et paralysée d'effroi, blottie près de la porte.

En état de choc, elle tremblait, assise sur le béton humide tapissé de projections de sang. De l'autre côté du grillage, le tigre mâle, Kyle, la dévisageait en se pourléchant les babines, comme s'il était jaloux de ne pas pouvoir goûter lui aussi à la chair humaine. La femelle, elle, était allongée dans le couloir derrière la grille centrale, repue, la fourrure gaufrée par le quadrillage métallique.

Un cliquetis. À l'extérieur. Suivi du grincement d'un verrou qui coulissait.

Yumi écarquilla les yeux en reculant sur les fesses vers le centre du couloir, pataugeant dans les flaques de boue et d'hémoglobine. *Non ! Pas comme ça ! Tout mais pas ça !* Elle supplierait la silhouette de lui coller une balle dans la tête plutôt que de subir une mort aussi violente. Personne ne méritait ça.

La porte s'ouvrit tandis qu'elle se positionnait à genoux, prête à implorer son bourreau pour qu'il abrège ses souffrances.

Le halo d'une lampe l'aveugla ; elle tourna aussitôt le visage pour se protéger de cette lumière crue. Le faisceau inspecta le bâtiment.

— Nom d'un chien, fit une voix. Vite, sortez de là !

Une main en visière, Yumi reconnut la directrice du zoo, accompagnée par la soigneuse animalière tatouée. Elles l'aidèrent à se lever et la portèrent à l'extérieur. Yumi passa un bras autour des épaules d'Anaïs. Ses jambes se dérobaient. Pendant ce temps, Camille referma le cadenas. Griffées par la pluie, elles partirent se réfugier dans les locaux administratifs.

— Vous êtes blessée ? demanda la directrice une fois installée dans la salle de repos.

Yumi demeurait immobile sur le futon, le regard vague. Catatonique. Elle était dans l'incapacité de répondre.

Anaïs attrapa une bougie dans un placard, qu'elle disposa ensuite sur la table avant de l'allumer. Les lampes torches s'éteignirent. Camille remplit un verre d'eau du robinet, puis le présenta à Yumi.

— Tenez, buvez.

Le gobelet resta dans sa main ; elle le posa sur la table.

— Elle est en état de choc, dit la soigneuse.

— Que s'est-il passé ? insista Camille en s'agenouillant devant la traumatisée.

Pas de réponse.

— Elle n'est pas en état de parler, fit Anaïs en ajustant la bretelle de son fusil hypodermique. Putain, c'était qui, ce type qui s'est fait dévorer ?

— Aucune idée...

— Je croyais qu'elles étaient que trois.

— Moi aussi...

Camille se releva. S'adressa à la soigneuse sans lâcher des yeux Yumi, qui fixait un point invisible.

— Des nouvelles de Luc ?

— RAS si j'ai bien tout saisi. Les communications passent très mal. Je n'ai presque rien compris quand tu m'as appelée, tout à l'heure. Si je n'avais pas reconnu les cris des chimpanzés, je serais encore en train de te chercher dans le parc. C'est grâce à ça que je t'ai retrouvée.

— T'as verrouillé l'île aux singes ?

— Les deux accès sont fermés, oui.

— OK. Maintenant il faut rentrer les lionnes.

— J'ai vu Elsa, elle est déjà retournée à l'intérieur. Elle ne doit pas aimer l'orage. Par contre j'ai aperçu Anna. Secteur sud, près des macaques.

— OK. Prépare-lui une « friandise ». Arrose quatre entrecôtes de sang de poulet. Elle en raffole. En plus aujourd'hui c'est jour de jeûne, elle ne résistera pas. On sort toute la harde dans l'enclos extérieur le temps de la rentrer. Comme lors des exercices. Tu penses que ça va aller avec ton poignet ou tu veux que je vienne avec toi ?

— Ça devrait le faire.

— Très bien. De mon côté, je vais rejoindre Luc à la clinique. Une des intruses s'est échappée et j'ai peur qu'elle voie la lumière et qu'elle s'y pointe.

Anaïs hocha la tête, désigna Yumi du menton.

— Qu'est-ce qu'on fait d'elle ?

Camille rabattit ses cheveux blonds sous sa casquette, tout en lançant un regard torve à la statue humaine assise sur le futon.

— On ne sait pas qui elle est ni ce qu'elle fait ici.

Puis elle ajouta d'un ton péremptoire :

— On l'enferme.

54

Dimanche 31 octobre, 19 h 20

Le Kangoo sérigraphié progressait lentement sous les frondaisons. La virulence de l'orage le contraignait à avancer en seconde. Des branches de gros calibre jonchaient le chemin, le vent avait fait tomber les dernières feuilles accrochées aux arbres, accélérant le processus automnal le temps d'une tempête. Un tapis aux tons verts et mordorés recouvrait la voie de terre boueuse, éclairée par les phares du véhicule.

Les essuie-glaces s'agitaient à une cadence frénétique sur le pare-brise. Le bourdonnement du désembuage emplissait l'habitacle.

Les doigts crispés autour du volant, Gaëlle roulait au pas. Elle avait mis le triple du temps nécessaire pour rejoindre la route reliant le zoo à Saint-Martin-du-Canigou. Depuis son départ de la caserne, elle s'était arrêtée à de nombreuses reprises pour déblayer le passage, perdant ainsi de précieuses minutes. L'appel de Camille l'avait inquiétée. Qu'avait fait la directrice du parc animalier ? Quel vent de folie avait contaminé les occupants de cette clairière ? Redoutant que l'histoire ne se répète, qu'un nouveau drame ne vienne entacher l'image du zoo, Gaëlle raffermit sa prise autour du volant, enclencha la troisième, et le Kangoo cahota sur le chemin miné de nids-de-poule.

Le ciel ténébreux se dévoila après le pont enjambant la rivière du Cady. Elle tourna à droite, avant le parking gravillonné, puis continua sur la sente attenante aux palissades du parc.

Concentrée, ses fins sourcils blonds froncés, elle longeait l'enceinte quand une silhouette massive apparut au dernier moment au milieu de la voie.

L'Ogre catalan se découpait dans la lueur des phares.

Gaëlle écrasa la pédale de frein ; le Kangoo dérapa sur le sol fangeux, en roue libre, avant de s'encastrer contre les hautes palissades précédant les falaises des lions.

Le fugitif s'approcha avec une vélocité stupéfiante, s'appuya lourdement sur le capot en dévisageant la gendarme, qui, apeurée, poussa un cri de surprise. Le poids du colosse fit s'abaisser les suspensions avant du Kangoo. Gaëlle ôta le bouton-pression de son holster, fixé à son flanc droit, dégaina son Sig Sauer puis le pointa en direction du pare-brise constellé de gouttes, mais l'Ogre catalan avait déjà déguerpi vers l'entrée principale du zoo.

Elle posa l'arme sur le siège passager, passa la marche arrière et appuya sur la pédale d'accélérateur. Le moteur vrombit, grimpa dans les tours. Les roues patinèrent sur le sol meuble. Gaëlle réessaya plus doucement. Rien à faire. Le Kangoo s'était enlisé. Elle tapa sur le volant en jurant, saisit la radio sur le tableau de bord et tenta de joindre des collègues via la fréquence de la gendarmerie. L'appareil cracha une flopée de grésillements. Elle attendit, réitéra son appel, attendit encore, insista. En vain.

— Merde !

Furieuse de se retrouver dans un tel merdier sans renforts, elle attrapa son smartphone, ouvrit la liste de ses contacts avant de verrouiller l'écran tactile d'un air résigné : il n'y avait aucun réseau.

Calfeutrée dans son cocon métallique, elle se prépara mentalement à sortir. À affronter un prédateur, un tueur dénué de pitié. Sa tête tournait dans toutes les directions, proche du torticolis, à la recherche de l'Ogre catalan. Profonde inspiration. Trois courtes expirations. Gaëlle ouvrit la portière d'une trentaine de centimètres, autant que la palissade le lui permettait. Le Sig dans une main, une Maglite dans l'autre. Une fois dégagée, elle inspecta les alentours avec sa lampe. Aucun signe du fugitif. La voie était libre.

La capuche de son ciré rabattue sur sa casquette, elle courut vers le quai, à l'affût du moindre mouvement, du moindre bruit suspect, continua sur le parking et bifurqua à l'intérieur du zoo par l'interstice du portail. Elle devait prévenir ses collègues, son supérieur. L'évadé avait été repéré. Il était dangereux. Imprévisible. Il fallait immédiatement contacter les autorités pour éviter qu'il y ait des victimes. Qu'il y ait *d'autres* victimes. Gaëlle espérait que le zoo disposait d'une ligne fixe fonctionnelle, d'un émetteur radio, un *Bat-Signal,* n'importe quel moyen de communication lui permettant de rameuter la cavalerie dans les plus brefs délais.

Avec ses infrastructures et ses enclos agressés par la pluie, ses allées désertes tantôt plongées dans l'obscurité, tantôt illuminées par les éclairs spasmodiques, le parc animalier ressemblait à un décor de film d'épouvante. Craintive, Gaëlle s'orienta vers le bâtiment à étage, en face d'une longue construction de bois. Elle poussa la porte, qui couina en s'ouvrant, puis appela la directrice du zoo. Une déflagration du tonnerre lui répondit. Elle entra, prudente, le pinceau de sa lampe papillonnant entre les bureaux. Un téléphone fixe était posé sur l'un d'entre eux. Elle se rua dessus. Décrocha. Aucune tonalité. Les bras à demi tendus, la main tenant l'arme appuyée sur celle qui agrippait la Maglite, elle s'engagea dans le couloir.

— Camille ? C'est moi, Gaëlle.

Sur sa gauche, un escalier se déroulait jusqu'à l'étage. Elle grimpa les marches en spirale à pas de loup, le pistolet et la lampe braqués en hauteur. Elle atterrit dans un autre corridor. Pénétra dans le poste de contrôle. Les écrans de surveillance étaient éteints, les chargeurs à talkie-walkie vides. Et pas l'ombre d'une radio. Cependant elle remarqua une boîte de fléchettes tranquillisantes sur le clavier de l'ordinateur. Un mauvais pressentiment l'étreignit. *Qu'est-ce que tu as fait, Camille ?* Elle continua son inspection jusqu'au bureau de la directrice. Il n'y avait personne. Où étaient passés les employés du zoo ? Arrivait-elle trop tard ? Elle retourna au rez-de-chaussée. Traversa le couloir. La porte de la salle de repos était fermée à clé.

— Gendarmerie ! Il y a quelqu'un ?

Gaëlle considéra le panneau de bois. Les matériaux renouvelables choisis pour bâtir les infrastructures du parc étaient jolis, certes, en revanche ils ne semblaient pas particulièrement solides. Elle fit un pas en arrière, puis expédia le talon de sa chaussure contre la porte. Le pêne fissura le bois en se décalant de quelques millimètres, mais il tint bon. Gaëlle poussa un petit cri et propulsa à nouveau son pied de toutes ses forces contre le panneau qui, cette fois-ci, s'ouvrit en grand.

Un parfum de bougie récemment éteinte embaumait la pièce. Quelqu'un s'était trouvé ici peu de temps avant son arrivée. La lampe de Gaëlle sonda l'obscurité, le verre d'eau posé sur la table, les coussins affaissés du canapé, la fenêtre brisée, les débris d'une chaise.

55

Dimanche 31 octobre, 19 h 25

Bérengère n'oublierait jamais le regard que lui avait lancé le gorille à dos argenté. Un regard d'hostilité, mêlée toutefois d'une profonde sagesse. Même à travers l'épaisse vitre, elle n'avait pu soutenir le contact visuel. Elle s'était sentie ridicule, vulnérable. Insignifiante. Veillant sur sa famille, le patriarche était doté d'une tranquillité combinée à une force prodigieuse qui avait tétanisé Bérengère, malgré la cloison vitrée et l'obscurité. Depuis qu'elles avaient investi le zoo à la recherche de Nina, les places dans la chaîne alimentaire semblaient bouleversées. Elles étaient devenues des proies. Si on décidait de l'enfermer avec ce gorille mâle, les siècles de civilisation n'auraient aucune incidence lorsque le primate, se sentant menacé, la réduirait en charpie, à mains nues, comme une vulgaire poupée.

Une fois qu'Anaïs avait eu franchi le sas, Bérengère était sortie de sa cachette et s'était enfuie par l'autre accès. En plus des gorilles, la serre accueillait des oiseaux, des poissons, ainsi qu'une flore tropicale luxuriante et variée. Avec plus de vingt minutes de retard sur l'horaire, elle avait rejoint le lieu de rendez-vous décidé par Clotilde, devant la fosse aux ours. Mais elle n'avait vu personne.

Bérengère hésitait à rentrer dans son chalet. Ce zoo était tenu par une bande de cinglées, elle craignait désormais de croiser la soigneuse ou Camille. Après réflexion, il était probable qu'elles aient kidnappé le bébé de Clotilde. Mais quel était le but de ce rapt ? Une image s'insinua dans son esprit : Nina jetée en pâture à des carnivores affamés. Elle chassa cette pensée abominable, qui, néanmoins, avait réveillé son instinct maternel. Elle ne pouvait décemment abandonner Clotilde et sa fille. Comment réagiraient ses propres enfants s'ils apprenaient qu'elle avait baissé les bras ? Victime de son empathie, elle décida de patienter quelques minutes de plus.

Cachée derrière le restaurant pour ne pas être exposée sous le dôme du snack, elle distingua une forme humaine qui avançait lentement dans sa direction. Elle se baissa, tapie à l'angle du bâtiment lambrissé.

La silhouette était indistincte tant l'averse était dense. On aurait dit une femme, mais sans certitude.

Bérengère reculait vers les sanitaires quand sa vision périphérique capta une lueur dans les hauteurs, étouffée par les feuillages. Cet éclairage salvateur lui permettrait de reconnaître l'individu. D'écarter toute menace. Et peut-être que les filles avaient vu cette lumière, auquel cas elle les rejoindrait là-bas.

Elle coupa à travers l'aire de jeux, se hissa par-dessus une barrière et grimpa en haut d'une butte herbeuse bordée de conifères, qui s'élevait derrière la serre australienne. Les vastes enclos des mammifères herbivores se déployaient à flanc de coteau, parcelles immenses compartimentant la montagne. Elle suivit le rempart de pins, monta un autre dénivelé, plus haut que le précédent, qui menait à la couronne boisée cerclant la clinique. D'ici, elle avait une vue dégagée sur la fosse aux ours et, plus loin encore, le terrain des loups. Une route longeait la palissade extérieure, sinuant à travers le relief accidenté, puis contournait le centre de soins vétérinaires, permettant, supposait-elle, d'acheminer les animaux malades. En face, sur l'autre versant de la vallée, on pouvait deviner la clairière des chalets.

Arc-boutée, les mains sur les genoux, Bérengère reprit son souffle. Un point de côté la pliait en deux. Devant elle, l'édifice de plain-pied lamellé, coiffé d'un toit pointu en chaume, mesurait une trentaine de mètres de longueur, sur une vingtaine de largeur. Une palissade ceignait le bâtiment, à l'exception du passage pour les véhicules.

Bérengère se retourna. L'individu l'avait suivie. Elle se réfugia derrière une haie, puis avança accroupie jusqu'à une grappe de bouleaux, à quelques mètres d'une porte en verre dépoli. La clinique disposait de trois accès, deux piétons et un condamné par un volet roulant motorisé, assez large pour introduire deux camionnettes. Au fond, une lumière criarde éclaboussait l'asphalte, sous la façade nord du bâtiment. Discrètement, Bérengère s'approcha de la porte vitrée.

Soudain, son cœur s'emballa. Des picotements fourmillèrent sur sa nuque.

Des pleurs émanaient de la clinique.

Clotilde se sentait revivre.

Son corps vibrait de soulagement.

Entendre Nina à nouveau la galvanisait. Encore quelques efforts à fournir et elle pourrait prendre son bébé dans ses bras. Bientôt cette histoire serait terminée. Cela ne pouvait pas mal finir, n'est-ce pas ? Pas pour elle. Elle était celle qui se bat pour son enfant. Celle qui a une raison légitime de s'en sortir. Elle s'imagina rentrer dans son chalet, inonder sa fille de câlins et de baisers, s'endormir à ses côtés.

Mais avant ce happy end elle devait trouver le moyen de pénétrer dans cette fichue clinique.

Dissimulée derrière la haie, elle observa le rideau électrique baissé. Supposant que les autres accès avaient plus de risques d'être surveillés, elle sprinta jusqu'au garage. Sur la pointe des pieds, elle jeta un œil par le hublot. Il faisait sombre. Les contours d'un utilitaire blanc, du plateau arrière d'un pick-up, d'un chariot élévateur et de cages de transport de tailles différentes se découpaient dans la pénombre. Clotilde attrapa la poignée avec ses deux mains et essaya de toutes ses forces de soulever le volet roulant. Le panneau ne bougea pas d'un iota. Elle évalua ses options, choisit de suivre le cordon d'asphalte disparaissant derrière le bâtiment.

Elle rasa les murs crépis de flotte. Les fenêtres de cette partie de la clinique étaient éteintes, contrairement à celles du fond, sur la façade nord. Elle avala la distance sans se baisser. Rapide, agile et silencieuse. Elle tourna à l'angle du bâtiment ; ses baskets effleuraient à peine le revêtement de la route.

Ici, une série de rectangles lumineux trouaient l'obscurité. Clotilde rangea sa lampe, attrapa son sac à dos et le plaqua contre son ventre pour éviter que les objets s'entrechoquent et trahissent sa position.

Elle rampa sous la première fenêtre. Se risquait à couler un regard à l'intérieur quand un bruit de moteur retentit.

Camille était rongée par la peur de tout perdre.

Après avoir remonté la pente, après avoir résisté aux confinements, aux polémiques, aux calomnies sur les conditions de vie de ses animaux, elle pensait que tout cela était derrière elle : jamais elle n'aurait imaginé ressentir à nouveau une telle inquiétude quant à l'avenir de son zoo. Or, en ce moment même, tout ce qu'elle s'était échinée à rebâtir depuis deux ans, tout ce pour quoi elle s'était battue, menaçait de voler en éclats. Si un nouveau scandale éclatait, le parc ne s'en remettrait pas. *Elle* ne s'en remettrait pas. Camille le savait. Dorénavant elle devait sauver son zoo et ses animaux. Rien d'autre n'avait d'importance.

Le vent faisait tanguer la voiturette qui roulait sur le lacet d'asphalte. Une main sur le volant, l'autre tenant le talkie-walkie, Camille tentait désespérément de joindre Luc, isolé dans la clinique. Le fusil hypodermique reposait sur le siège passager ; elle n'hésiterait pas à s'en servir. Elle en avait marre de tous ces gens qui nuisaient à son parc, ces citadins prétentieux qui s'indignaient qu'on enferme des animaux, eux qui, ironiquement, vivaient dans des clapiers, parqués dans des immeubles, les mêmes qui détalaient, terrorisés, devant une vache, ou qui se plaignaient du chant du coq quand ils séjournaient à la campagne. Que savaient-ils des animaux ? De la vie sauvage ? Camille exécrait ces pseudo-amoureux de la nature respirant les fumées des gaz d'échappement à longueur de journée. Comme toujours, c'étaient ceux qui s'y connaissaient le moins qui critiquaient le plus.

Enhardie par ses raisonnements, elle grimpa la côte jusqu'au plateau sur lequel était juchée la clinique. La voiturette dérapa devant l'entrée. Camille attrapa son arme et s'éjecta du siège. Elle s'arrêta net, pivota sur ses talons. On aurait dit que quelqu'un l'épiait, tapi dans l'ombre de la végétation. Immobile, elle scruta les environs. La pluie tambourinait contre la visière de sa casquette, auréolant sa capuche d'un brouillard de gouttelettes.

Elle empoigna son fusil et décida d'inspecter les alentours avant de pénétrer dans la clinique. Les cascades d'eau se déversant du toit et les clapotis des flaques éparses faisaient un raffut assourdissant.

Les mains moites, Camille longea le bâtiment, guidée par les lueurs émanant des fenêtres de la façade nord. Le fusil glissait entre ses doigts ; elle rajustait sa prise quand elle sentit un mouvement dans son dos.

Elle fit aussitôt volte-face.

Une silhouette avait surgi derrière elle, au centre de la voie. Son visage était dissimulé sous une cagoule intégrale qui ne laissait qu'un espace réduit pour les yeux, maquillés de noir, lui conférant un aspect terrifiant.

L'individu la tenait en joue avec un MAC 50.

Camille avala sa salive. Elle savait quand un combat était perdu d'avance. Une vague de tristesse infinie la submergea. En définitive, le sort de ses animaux lui importait plus que le sien, et c'est avec un sentiment d'inachevé qu'elle abdiqua. Les bras écartés, les mains bien en évidence, elle posa délicatement son fusil sur le sol. Tout était fini. Le zoo. Ses projets. Son *trésor*. Son challenge.

— Ne lui faites pas de mal, c'est tout ce que je vous demande.

La silhouette avança d'un pas, le pistolet tendu devant elle. Trois ou quatre mètres les séparaient.

— Qui êtes-vous ?

L'individu inclina la tête sur le côté, comme pour jauger sa proie. D'un geste rapide, il ôta sa cagoule.

— Encore vous, lâcha Camille dans un souffle.

La seconde suivante, une détonation lui explosa les tympans.

Son buste recula sous l'impact. Un geyser de sang jaillit de sa poitrine, tel un volcan d'hémoglobine maculant son ciré noir, cadencé par ses dernières pulsations cardiaques. La douille rebondit dans une flaque d'eau tandis qu'elle basculait sur le côté.

Son cœur cessa de battre avant qu'elle ne heurte le sol.

56

Dimanche 31 octobre, 19 h 30

Bérengère dévalait la pente aussi vite que ses jambes le lui permettaient. Il n'y avait plus à tergiverser : le danger était trop important pour qu'elle s'éternise dans les parages. Sa compassion avait atteint les limites du raisonnable ; quand bien même la fille de Clotilde se trouvait dans la clinique, elle craignait pour sa sécurité. Après le coup de feu, son instinct de survie lui avait intimé de déguerpir.

Les déflagrations de l'orage s'espaçaient, les éclairs se raréfiaient. Depuis quelques minutes, la puissance des rafales s'était amenuisée ; la pluie avait baissé en intensité. La tempête changeait de cible.

Le toit pointu du snack se rapprochait. Pour ne pas dégringoler dans l'herbe, Bérengère suivait la barrière de conifères, tout en se retenant à l'alignement de troncs rugueux, une main en appui contre les aspérités de l'écorce. Il y avait de l'agitation dans son dos, en hauteur, mais elle refusait de tourner la tête, concentrée sur ses foulées, déterminée à fuir cet endroit.

Arrivée en bas, elle enjamba la haie bordant l'aire de jeux, continua entre les balançoires et les tourniquets vers la sortie.

Soudain elle distingua une ombre projetée devant le restaurant. Quelqu'un l'attendait.

Elle bifurqua brusquement vers l'amphithéâtre mais, portée par son élan, sa basket ripa sur le revêtement et elle s'étala près d'un toboggan.

La silhouette, déformée avec ses membres oblongs, se déporta sur le sol.

Les cheveux devant les yeux, les fesses trempées, Bérengère peina à se relever. Elle aperçut, à travers un rideau de mèches blondes, l'ombre qui fondait sur elle ; un flash d'adrénaline claqua alors comme un coup de cravache dans ses veines et elle repartit au galop.

La silhouette la prit en chasse.

Bérengère s'époumona jusqu'aux premiers enclos des rapaces, où un constat implacable la frappa : avec son physique, elle n'avait aucune chance de semer l'individu de corpulence athlétique qui la talonnait et qui se rapprochait dangereusement. Elle renonça, ralentit progressivement l'allure puis s'arrêta à proximité d'une immense volière. À l'intérieur, dérangé par ces humains bruyants, un condor des Andes déploya ses ailes noires : près de trois mètres d'envergure qui fissurèrent la pénombre et lui arrachèrent un cri.

Elle s'éloigna du rapace, posa les poings sur ses hanches et essaya de calmer sa respiration en tournant en rond. La silhouette déboula la seconde suivante et l'agrippa avec hargne par l'encolure de son K-Way.

Bérengère ferma les yeux. Les rouvrit.

À quelques centimètres de son visage, Yumi la toisait avec animosité.

Clotilde profita de l'agitation provoquée par le coup de feu pour s'introduire dans la clinique. Électrisée par les pleurs de

Nina, elle fit abstraction du danger. Son abnégation la rendait inconsciente. Invincible. Rien ne pouvait se mettre en travers du chemin la séparant de son bébé.

Par chance, la porte de la façade ouest était ouverte. Mue par la volonté de retrouver son enfant, Clotilde suivit un couloir puis, au détour d'un virage, sur une table d'examen entourée de paillasses carrelées couvertes d'instruments de mesure, dans une couveuse, elle découvrit Nina et put – enfin – la serrer dans ses bras. Ce petit corps contre le sien. Ce parfum de vanille. Clotilde fondit en larmes, ivre de bonheur ; aucun mot ne suffisait à décrire le soulagement qu'elle ressentait. Passé ce moment d'extase, l'urgence de la situation la rattrapa et, aussi furtivement qu'elle était entrée, elle hissa sa fille sous son K-Way, dans le porte-bébé qu'elle avait rangé au fond du sac à dos, et prit la fuite.

Maintenant il fallait retrouver les autres.

Clotilde longeait la fosse aux ours quand un faisceau lumineux l'épingla. Sans trop savoir pourquoi, elle leva les mains.

— Je m'appelle Clotilde. Ne nous faites pas de mal. Je veux juste rentrer chez moi. S'il vous plaît.

Aveuglée par le halo de la lampe, elle ne pouvait pas identifier la personne qui approchait. Elle espérait qu'il ne s'agissait pas d'un membre du zoo… Tant d'efforts pour en arriver là…

Plaquée contre son corps sous tension, Nina se mit à pleurer. Resserrant les pans de son K-Way pour protéger la fillette de la pluie, Clotilde implora :

— Je ne veux pas d'ennuis. Laissez-nous tranquilles. S'il vous plaît !

Le rayon de la lampe éclaira le sol ; elle reconnut la gendarme, qui baissa instantanément son arme de service.

— Mais qu'est-ce que vous faites là ?

Clotilde se serait jetée dans ses bras si Nina n'avait pas été sanglée contre sa poitrine. Elle débita à toute vitesse :

— Il faut que vous m'aidiez, je vous en supplie ! Ils ont enlevé mon bébé !

Elle effectua des petits soubresauts pour calmer Nina, qui hurlait sous l'habit de pluie.

— De quoi vous parlez ? Vous dites qu'on a… kidnappé votre bébé ?

— Oui !

— Mais qui ? Pourquoi ?

— Les gens du parc !

— C'est impossible. Je connais bien la directrice. Elle n'aurait jamais fait une chose pareille.

— Vous devez me croire. Demandez aux autres locataires, elles vous le confirmeront. On était trois. Les autres ont disparu.

Gaëlle secoua la tête, ahurie.

— J'ai entendu un coup de feu. Vous savez d'où il venait ?

Ressasser le déroulement des événements chamboulait Clotilde. Elle expliqua d'une voix tremblante :

— De la clinique. J'y étais.

La gendarme semblait réfléchir à toute vitesse, dépassée par la situation.

— J'ai aperçu quelqu'un qui détalait vers l'entrée principale. Moins d'une minute avant que vous arriviez. Une silhouette plutôt menue. Vous voyez de qui il peut s'agir ?

Clotilde avait du mal à se concentrer.

— Ça doit être Yumi, dit-elle après réflexion. Une des locataires.

— Bon. Voilà ce qu'on va faire. Vous, vous vous mettez en lieu sûr avec votre bébé. Les bureaux sont ouverts. Vous y allez et vous m'attendez pendant que je jette un œil à la clinique.

Un masque de terreur recouvrit le visage de Clotilde. Elle gesticula dans tous les sens.

— Hors de question ! Je ne reste pas une minute de plus dans ce zoo. Ces tarés ont kidnappé mon bébé !

Elle avait hurlé la dernière phrase.

— Je dois aller vérifier là-haut qu'il n'y a pas de victimes, argua Gaëlle, qui commençait à s'impatienter. Et je ne pourrai pas y aller si je ne vous sais pas en sécurité.

Clotilde fit un signe de dénégation.

— J'ai trop peur de rester dans cet endroit. Et ma fille doit avoir froid, elle doit avoir faim. Il faut que je retourne au chalet.

— Non. C'est trop dangereux. L'Ogre est ici. Rejoignez les bureaux et attendez-moi. Je dois m'assurer qu'il n'y a pas de blessés.

Clotilde s'emporta :

— Vous n'êtes quand même pas sérieuse ? J'ignore ce qu'ils ont voulu faire à mon bébé, mais une chose est sûre, je ne vais pas poireauter bien sagement le temps qu'ils reviennent. Je m'en vais !

Gaëlle paraissait de plus en plus embarrassée. De plus en plus larguée. Le dilemme semblait l'écarteler.

— Et merde. Bon. Vous courez le plus vite possible jusqu'à votre chalet et vous vous enfermez à l'intérieur. Est-ce que c'est compris ?

Clotilde hocha la tête plusieurs fois.

— OK. De mon côté j'essaie d'y voir un peu plus clair dans tout ce merdier. Je reviendrai vous chercher plus tard.

— D'accord. Merci.

— Allez-y, dépêchez-vous.

Clotilde la gratifia d'un sourire reconnaissant puis elle courut vers le portail donnant sur le parking réservé au personnel.

— Yumi ! Tu m'as fait peur ! Mais où t'étais passée ?

— Et toi, où t'étais ?

Ton sec. Tranchant. Dénué d'émotion.

— Quoi ? Comment ça où j'étais… Tu… Tu as entendu le coup de feu ?

— Oui. Je l'ai entendu.

— Tu y étais ?

Pas de réponse.

Bérengère se libéra de la poigne qui la maintenait, fronça les sourcils et demanda :

— Pourquoi tu as les yeux tout noirs ?

Yumi recula d'un pas, tourna la tête vers le centre du parc.

— J'ai traîné dans la poussière et la boue. Je me les suis frottés. Où est Clotilde ?

— Je sais pas. Je suis retournée au point de rendez-vous, comme on avait prévu, mais il n'y avait personne. J'ai pris un peu de retard, c'est une longue histoire. Viens vite, il ne faut pas traîner dans les parages. Il y a des lionnes en liberté. Et si les employées du zoo nous trouvent ici elles ne nous laisseront jamais repartir. Elles sont toutes dingues !

Un rayon de lumière pourfendit l'obscurité, près de l'île aux singes.

— Je me casse, déclara Yumi.

Et elle partit vers l'entrée principale.

Désemparée, Bérengère la talonna.

— Attends-moi. Où étais-tu ? Qu'est-ce qui t'est arrivé ?

— J'ai pas envie d'en parler, répondit Yumi sans se retourner.

— Tu sais si Clotilde a retrouvé son bébé ?

— J'en sais rien.

Elles obliquèrent sur le « grand tour ».

Yumi n'était plus que l'ombre d'elle-même. Elle avait déjà connu un état similaire deux ans auparavant – dans une moindre mesure, certes –, après l'accident survenu sur l'aire d'autoroute. S'étaient ensuivis le sentiment de paranoïa, les angoisses, les cauchemars. Mais cette fois-ci, c'était différent, elle savait qu'elle ne pourrait guérir d'un tel traumatisme. Après s'être échappée par la fenêtre de la salle de pause, elle avait voulu contempler ce que son cerveau lui avait suggéré. C'était un comportement bizarre, inexplicable, néanmoins elle avait éprouvé le *besoin* de voir ce qu'elle avait entendu. C'était plus fort qu'elle. Elle *devait* le faire. Effectuer le lien entre les bruits et les images. Les cadenas de la maison de nuit des tigres ayant été à nouveau verrouillés, elle n'avait pas pu découvrir le carnage. Fébrile, elle avait alors marché dans le parc, à découvert, comme désincarnée, indifférente à la présence du tueur. La mort de Charles Ciron avait fêlé son âme.

Les questions débitées par Bérengère se résumaient à un brouhaha inaudible. Les trombes d'eau avaient laissé place à une pluie fine, presque agréable après le déluge, aussi, Yumi ôta sa capuche et apprécia la caresse des gouttes sur son visage. D'un geste furtif, elle s'essuya les yeux.

Un silence pesant s'installa.

Les deux femmes marchaient à quatre ou cinq mètres de distance. Yumi devant. Bérengère derrière. Entre les deux, l'air semblait chargé de soupçons, de reproches. Il aurait suffi d'une étincelle pour que la situation explose. Que les coups partent. Que le sang coule.

Le chemin menant à la clairière du mirador se profila, grimpant sur l'autre versant de la vallée. Elles bifurquèrent, sortirent de l'enceinte par le portail béant et entamaient la montée quand Yumi s'arrêta. Une poignée de mètres en retrait, Bérengère l'imita, suspicieuse.

— Qu'est-ce que…

Elle ne termina pas sa phrase.

L'Ogre catalan se dressait au milieu de la sente rocailleuse.

Yumi sentit que ses jambes étaient sur le point de flancher. Une goutte glacée suinta de la racine de ses cheveux et coula le long de sa tempe. Elle jeta un regard désemparé à Bérengère par-dessus son épaule.

Le prédateur leur barrait la route.

Un tueur.

Un tueur de cinq cents kilos.

57

Dimanche 31 octobre, 19 h 35

Les nuages sombres s'effilochaient, nimbés d'une lumière terne qui suggérait la présence de la lune, quelque part dans la nuit moutonneuse.

Le Sig Sauer dans une main, la Maglite dans l'autre, Gaëlle grimpait vers la clinique. Pendant qu'elle escaladait le tertre, les paroles de Clotilde tournoyaient dans sa tête. La jeune mère avait-elle dit la vérité ? Avait-on kidnappé son bébé ? Sa présence dans le zoo suffisait à corroborer ses propos ; pour quelle autre raison aurait-elle décidé de s'introduire dans le parc sous le déluge avec sa fille ? C'était insensé. Cependant, Gaëlle rechignait à imaginer Camille en train d'enlever un nourrisson. Pour quel motif aurait-elle fait ça ? Alors qu'elle atteignait la clinique, le doute germa dans son esprit. La directrice était à cran. Harassée. Surmenée. Elle avait de nombreux projets en cours. Différents programmes de réintroduction d'animaux, de sauvegarde d'espèces menacées, de reproduction. Il y avait aussi le challenge qu'elle s'était fixé, ainsi que son *trésor*, comme elle l'appelait. Après avoir ressuscité son parc, après avoir résisté aux attaques des diffamateurs, des affabulateurs, aux actes de vandalisme, aux tentatives de libération de certains spécimens, à la pandémie, elle avait dû voir ses angoisses ravivées par l'évasion de l'Ogre catalan et ces nouvelles intrusions. Sa colère aussi. Arrivée après le suicide de ce type dans la fosse aux ours, Gaëlle avait été là pour constater les dégradations, circonscrire les hordes de manifestants, interpeller les plus radicaux. Elle avait sympathisé avec la directrice, il leur était arrivé de boire des coups à l'auberge de Saint-Martin. Elle l'avait vue se battre, se relever. Néanmoins, elle distinguait toujours les stigmates que cette histoire avait causés sur Camille. Jusqu'où était-elle capable d'aller pour sauver son zoo ? Qu'avait-elle fait ? Gaëlle l'ignorait. Un sentiment diffus de peur l'envahit, tordant son estomac, obstruant sa gorge.

Elle contourna le bouquet d'arbres et la palissade, puis s'engagea sur la route. Une voiturette était garée en travers du passage, près de l'entrée. Gaëlle inspecta les environs avec sa lampe. Ses doigts se raffermirent autour de la crosse de son pistolet et elle fit le tour du bâtiment, sur ses gardes, la respiration haletante.

Sa Maglite éclaira une forme étendue sur l'asphalte, baignant dans une mare de sang diluée par l'averse.

Gaëlle s'approcha précautionneusement, tout en épiant les alentours. Ses jambes fléchirent. Le faisceau illumina le visage exsangue de Camille Puech.

Par réflexe, elle plaça deux doigts sur le cou de la directrice mais, sans surprise, elle ne décela aucun pouls. Un poids s'effondra dans sa poitrine. La pluie avait lavé le ciré de Camille et nettoyé le point d'entrée de la balle. Un impact mortel. D'une précision redoutable. Émue, elle ôta sa capuche et sa casquette, s'essuya le front d'un geste las de l'avant-bras puis renfonça son couvre-chef sur ses cheveux noués en queue-de-cheval.

Rester concentrée. Ne pas se laisser déborder par ses émotions. Elle se releva, adressa un dernier regard empli de tristesse à Camille avant de continuer vers l'arrière de la clinique. De la lumière émanait des fenêtres ; Gaëlle examina l'intérieur. Une table d'auscultation. Des paillasses carrelées. Des instruments de mesure. Une couveuse. Un échographe posé sur un guéridon. Des écrans. Un appareil radiographique. L'orifice d'un scanner. Elle poursuivit son exploration, se retrouva de l'autre côté de la clinique. Une porte était ouverte. Elle entra.

— Gendarmerie ! Il y a quelqu'un ?

Gaëlle suivit le couloir et passa en revue un bloc opératoire, un petit laboratoire, une pharmacie, une nurserie puis, après un virage, elle atterrit dans la grande pièce restée éclairée. Il n'y avait personne. Elle fit demi-tour, arpenta la clinique en sens inverse jusqu'au hall d'entrée. Plusieurs portes découpaient les murs. La première donnait sur une salle d'autopsie, les autres sur un sas rectangulaire s'ouvrant sur des cages. Une dernière, enfin, menait au garage. Gaëlle se faufila à l'intérieur. Le visage chiffonné par une grimace songeuse, elle balaya l'endroit avec sa lampe.

Soudain elle entendit un bruit. Comme une respiration. Le rayon de la Maglite se dirigea à la vitesse de l'éclair vers une haute cage dissimulée sous un drap blanc, perchée à dix centimètres du sol sur les pales d'un chariot élévateur.

Le drap bougea. Imperceptiblement.

Gaëlle retint son souffle. Fit craquer sa nuque. Elle leva son arme, l'index enroulé autour de la détente. Sa sommation claqua dans le garage :

— Sortez de là ! Je veux voir vos mains.

Le drap blanc frémit à nouveau.

— Je ne me répéterai pas. Sortez de là immédiatement.

Une main jaillit sous le linge. Une grande main fine aux veines turgescentes.

Gaëlle s'exhortait au calme, à ne montrer aucun signe de frayeur alors que tout la faisait frissonner depuis qu'elle évoluait dans ce zoo de malheur. Depuis qu'elle avait croisé l'Ogre catalan.

— Je sors, fit une voix craintive sous le drap. Mais je vous en supplie, ne *lui* faites pas de mal.

La main qui émergeait du linge l'entrebâilla et une longue silhouette se déploya. Un homme avoisinant le mètre quatre-vingt-dix se tenait devant la gendarme, qui, rassurée, baissa aussitôt son arme. Des cheveux bruns et hirsutes s'échappaient de sa casquette, une barbe de deux semaines mangeait son visage amaigri, serti de deux billes bleu clair encadrées de lunettes rectangulaires. Gaëlle l'avait vu à plusieurs reprises : il s'agissait de Luc, l'autre soigneur animalier d'astreinte.

— Camille m'a demandé de rester caché ici quoi qu'il arrive, expliqua ce dernier. On l'a déplacée en urgence de la serre au cas où il y aurait une intrusion.

Gaëlle observa le drap qui enrobait la cage, tel un papier cadeau géant.

— Elle en est à trente et un jours de gestation, reprit le soigneur sans feindre son émerveillement. C'est une question d'heures avant que le bébé ne sorte. Il devra alors effectuer un chemin d'à peu près sept centimètres, peut-être le parcours le plus important de sa vie, pour pouvoir se loger dans la poche de sa mère. Et ni elle ni moi ne pourrons l'aider. Il devra se débrouiller tout seul.

Gaëlle comprit qu'il faisait allusion au secret de Camille. À son *trésor*. Luc se tourna vers le drap puis enchaîna :

— Elle s'appelle Anaya. Elle a quatre ans. C'est le zoo de Beauval qui nous l'a confiée. Son directeur croit en ce que fait Camille. Il a toujours soutenu nos projets.

Entendre Luc parler de la propriétaire du parc au présent bouleversa Gaëlle. Sentant le trouble qui grandissait chez la gendarme, le soigneur demanda :

— Est-ce qu'elle…

Gaëlle fit non de la tête.

Il se frotta les paupières.

— Camille souhaitait à tout prix assister à la naissance, chuchota-t-il, dévasté. C'était son vœu le plus cher. Depuis lundi, nous nous sommes relayés avec Anaïs, les autres soigneurs et l'équipe vétérinaire, mais Camille, elle, elle a passé toutes ses soirées à guetter l'arrivée du petit. Elle n'aurait raté ça pour rien au monde. Elle voulait attendre qu'il naisse avant de l'annoncer officiellement.

Gaëlle rengaina son arme, s'approcha et posa une main compatissante sur l'épaule de Luc.

— Je suis désolée.

Un claquement retentit derrière le drap. Les yeux humides, le soigneur le tira et se baissa.

— Éloignez votre lumière. Vous allez la stresser.

Gaëlle obtempéra et s'accroupit à son tour.

Une bouture d'eucalyptus empotée siégeait au centre de la cage. L'arbre avait été scié au sommet et mesurait un mètre cinquante environ, ses feuilles vertes se cornaient contre les barreaux.

La gorge nouée, Gaëlle esquissa un sourire.

Une maman koala était agrippée au tronc.

58

Dimanche 31 octobre, 19 h 40

— C'est lui, susurra Yumi. C'est l'Ogre catalan.

Dans son dos, Bérengère manifesta sa surprise, les yeux écarquillés.

— C'est lui, l'Ogre catalan ?

— Ben oui, pourquoi ? Tu croyais quoi ?

— Que c'était un homme. Un être humain. Mais pas... ça...

Elle écrasa une branche morte en reculant.

— Ne bouge pas, ordonna Yumi d'une voix sourde.

— Il ne nous voit pas si on ne bouge pas ?

Irritée, Yumi lui lança un regard fielleux.

— T'es stupide ou quoi ? C'est pas un *T. rex*.

— On fait quoi alors ?

Enracinée dans le sol, Yumi n'en savait rien. Devait-elle hurler ? Appeler à l'aide ? Son instinct lui murmurait que non. Elle observait, à la fois subjuguée et terrifiée, l'Ogre catalan qui dodelinait de la tête, les muscles roulant sous sa fourrure lorsqu'il allait et venait au centre de la sente. Il était monstrueux. Il n'y avait pas d'autre mot pour le décrire.

— Et si on faisait le mort ? proposa Bérengère.

— C'est dans les films que ça marche, ça.

— On n'a qu'à essayer.

Yumi considéra la proposition. L'Ogre catalan ne semblait pas décidé à partir, au contraire, il expulsait des souffles rauques et puissants en se balançant d'avant en arrière et en les toisant de ses yeux sombres. Elle finit par accepter. De toute manière elle n'avait pas d'autre idée pour s'extraire de ce bourbier.

— OK. On s'allonge. Doucement.

Avec une lenteur infinie, les deux femmes s'étalèrent sur le chemin. Recroquevillées en position fœtale, les bras encerclant leur tête, elles patientèrent ainsi, marinant dans la boue, arrosées par la pluie.

— Tu le vois ? murmura Bérengère.

— Oui. Il reste planté là. C'était vraiment une idée à la con.

Les minutes défilèrent. Les rocailles s'enfonçaient dans les muscles de Yumi, qui, saisie d'effroi, ne cessait de couler des regards vers le colosse.

— Les autres aussi étaient au courant que c'était lui, l'Ogre catalan ?

— Bordel, Bérengère. Tais-toi.

— Réponds-moi.

— Tu fais chier. Oui, tout le monde savait.

Une minute passa, puis une deuxième.

— C'est quoi ce bruit ? s'enquit Bérengère.

Yumi se risqua à jeter un œil par-dessus son bras replié.

— Il arrive.

Les cailloux croustillaient sous les pas du monstre. En boule sur le chemin, Yumi et Bérengère grelottaient de peur. L'Ogre catalan s'approcha à moins d'un mètre. Elles l'entendirent renifler, grogner, humer ces corps inertes affalés dans la gadoue.

Le temps semblait s'éterniser. Pétrifiée, Yumi sentait l'haleine fétide du prédateur, un souffle chaud à vous filer la nausée. Les paupières fermées, elle suppliait sa vessie de ne pas lâcher et tentait d'enrayer les tremblements qui l'envahissaient. La position était inconfortable ; ça la grattait de partout. Elle attendit. En apnée.

Puis les bruits de respiration et l'odeur nauséabonde se dissipèrent et, lassé, l'Ogre catalan déserta le chemin.

— Il s'en va, lâcha Yumi, réjouie. Ça a marché.

— Attendons encore un peu.

Edgar s'enfonçait dans la végétation, froissant les branches et les fougères sur son passage.

— Toute cette histoire n'a rien à voir avec lui ou avec le zoo, fit Yumi, pensive, la tête appuyée sur son coude. Charles l'avait bien compris.

— Tu l'as revu ?

Elle marqua une pause.

— Oui. Il est mort.

Elle raconta la signification des personnages et de l'inscription GIGNAC gravés dans le chêne.

Bérengère s'emporta :

— Mais je n'y étais pas, moi, sur cette aire d'autoroute !

— Chut. Moins fort. Tu vas le faire revenir. Si, Bérengère. Tu y étais. Forcément. Ton cerveau a occulté ce traumatisme. Sinon pour quelle raison es-tu ici ?

La mère de famille se mura dans le silence.

Elles attendirent une dizaine de minutes. Le ciel s'était dégagé, il ne pleuvait plus. Une chouette hulula au loin, quelque part dans la vallée.

— Je pense qu'on peut y aller, dit Yumi. Il doit être loin à l'heure qu'il est.

Bérengère acquiesça et elles se relevèrent. Après avoir épousseté leurs vêtements, elles coururent vers la seconde clairière, dépassèrent l'étrange mirador et poursuivirent vers les chalets. Chaque bruissement les faisait sursauter, on aurait dit qu'une armée d'animaux les observait, tapie dans la végétation. Elles craignaient à tout moment de retomber sur l'Ogre catalan mais, à choisir, elles préféraient prendre le risque de regagner leur logement plutôt que de retourner dans ce maudit zoo.

L'embouchure du sentier se dessina en hauteur ; elles avalèrent les derniers mètres en sprintant.

— Qu'est-ce qu'on fait, maintenant ? demanda Bérengère, rouge comme une écrevisse, accoudée contre la rampe de sa terrasse.

— On se barricade jusqu'à l'aube.

— Chacune chez soi ?

— Oui, c'est préférable.

Bérengère avait l'air déçue.

— OK. Comme tu veux.

Elle gravissait les marches quand Yumi l'apostropha :

— Hé. Fais attention à toi.

Yumi puisa dans ses dernières réserves et courut jusqu'à son habitation. Elle n'était pas pleinement convaincue de la sincérité de Bérengère. Comment avait-elle pu refouler l'accident survenu sur l'aire d'autoroute ?

Elle actionna l'interrupteur, mais le salon resta figé dans le noir. La bougie parfumée trônait sur la table ; elle attrapa son briquet dans la poche avant du sac à dos et alluma la mèche. Elle ôta son K-Way, ses baskets, son bas de jogging, son débardeur et ses chaussettes, forma une boule avec les habits crottés et la jeta au pied du lavabo. La vision de la brosse à dents d'Ingrid lui vrilla l'estomac. Submergée par un ressac de chagrin, elle se débarbouilla le visage à l'eau froide. Elle saisissait un gant de toilette quand on toqua à la porte.

Que lui voulait encore Bérengère ? Qu'avait-elle oublié de lui dire ? Méfiante, Yumi traversa le salon, une serviette plaquée contre sa poitrine dénudée.

Elle ouvrit le battant.

— Qu'est-ce qu'il y a ?

Une lame crantée de dix-huit centimètres s'enfonça dans son abdomen.

Yumi se plia en deux, expulsa tout l'air contenu dans ses poumons. La serviette chuta sur le seuil. La silhouette encagoulée passa une main derrière son cou et, tout en maintenant sa prise sur le manche de l'arme, elle accompagna Yumi à l'intérieur. Celle-ci s'effondra sur le parquet. Sa tête heurta les lattes. Ses paumes comprimaient la plaie, en vain ; du sang suintait entre ses doigts. L'individu referma la porte, se positionna à califourchon sur Yumi. La lame s'éleva dans les airs – la lueur de la bougie se refléta sur l'acier inoxydable – puis s'abattit sur sa poitrine.

Une fois. Deux fois. Cinq fois. Dix fois. Vingt fois.

La silhouette semblait incontrôlable. Animée par une force qui la poussait à frapper encore, encore, et encore, badigeonnant sa cagoule, son ciré et les planches du chalet de traînées écarlates répugnantes.

Une mousse rouge sourdait de la bouche de Yumi, écume sanguinolente dégoulinant sur son visage livide. Les yeux révulsés, elle expira un dernier filet d'air.

59

Dimanche 31 octobre, 20 h 40

La bougie répandait une lueur feutrée et fluctuante sur le lambris de la salle de bains.

À genoux devant les toilettes, Clotilde cracha un filet de bile. Elle se releva, les coudes posés sur le lavabo. Son reflet dans le miroir lui fit l'effet d'une baffe : elle faisait peur à voir. Teint spectral. Joues creusées. Yeux cernés de noir. Son chignon défait ressemblait à une pieuvre marronnasse échouée sur sa tête. Elle attrapa le tube de dentifrice, sa brosse à dents et se mit à frotter pour effacer le goût amer qui emplissait son palais.

Nina dormait à côté dans la chambre. Des digues de coussins l'empêchaient de tomber du lit. Clotilde contempla ce petit corps qui semblait minuscule au milieu du grand matelas, éclairé par la lumière bleutée de la veilleuse. Le plus doucement possible, elle poussa la porte. Nina avait besoin de récupérer.

Clotilde avait éprouvé beaucoup de difficultés à calmer son bébé. Qui savait quelles informations on enregistrait à cet âge-là ? Garderait-elle des séquelles ?

Une fois revenue dans le chalet, elle avait débarbouillé la fillette avec un gant de toilette. Le terme *récuré* aurait été plus exact, tant elle s'était échinée à ôter toute trace du drame, comme si frotter ainsi ce petit corps innocent pouvait le laver de ce qu'il avait subi. Ensuite, elle lui avait donné un biberon de lait chocolaté avant de s'allonger à côté d'elle. Agrippée à son doudou-lapin, Nina avait mis du temps à fermer les paupières. Blottie contre sa raison de vivre, l'essence même de son existence, Clotilde avait chanté l'ensemble des comptines de son répertoire, savourant cet instant comme si c'était le dernier, réalisant la chance qu'elle avait eue, mais aussi la précarité de la vie humaine.

Désormais c'était elle et Nina contre le reste du monde.

Le contrecoup passé, le cortisol dilué dans son organisme, elle n'avait cessé de vomir. L'angoisse lui provoquait des nausées ; des crampes d'estomac lui labouraient le ventre.

Lessivée, Clotilde posa la bougie sur la cuvette des toilettes. Le disjoncteur était accroché au mur, près du ballon d'eau chaude. Elle se contorsionna pour atteindre la manette principale et la baissa du bout des doigts. Noir total. Toujours. Dans une région aussi reculée, victime des intempéries depuis la veille, rétablir l'électricité prendrait du temps, supposa-t-elle.

Elle se mit à faire les cent pas au centre du chalet en triturant le lobe de son oreille. Elle devait attendre la gendarme.

Il ne restait plus que trois cigarettes dans son paquet. Elle en piocha une et sortit sur la terrasse. Les nuages s'étaient dissipés, on pouvait discerner en hauteur l'ombre des forêts, les arêtes des montagnes, le pic du Canigou, protubérance anguleuse et immaculée détonnant avec la nuit étoilée.

Clotilde alluma sa clope. Remplit ses poumons du délicieux poison. La clairière était calme. Il n'y avait pas un bruit. Elle faisait tomber sa cendre d'une pichenette de l'index quand un halo scintilla derrière la fenêtre du chalet d'en face.

Celui de Bérengère.

La lumière jaillissait puis s'éteignait, semblable à un code, une sorte de langage en morse, bien que Clotilde ne soit pas en mesure de le déchiffrer.

Curieuse, elle retourna dans son logement, s'empara de sa lampe et reproduisit peu ou prou le même signal lumineux, actionnant et coupant le faisceau de sa torche. Elle ne savait pas bien où cela la mènerait, néanmoins elle répondit à cet appel mystérieux.

Le halo de Bérengère s'éteignit définitivement et, une poignée de secondes plus tard, la mère de famille apparut sur sa terrasse. Le but de ces signaux était donc de se retrouver. Soit.

Tandis que Bérengère marchait d'un pas soutenu vers son habitation, Clotilde embrassa la clairière de sa lampe. Le pinceau lumineux épingla les autres chalets, austères, silencieux ; le chêne, les bonshommes gravés sur le tronc.

Quatre personnages étaient rayés.

Il n'en restait plus qu'un.

Une femme.

60

Dimanche 31 octobre, 20 h 45

Bérengère s'était changée pour la deuxième fois de la journée. Elle qui avait la fâcheuse habitude de prendre de nombreuses tenues de rechange, elle se félicitait de ne pas avoir écouté Vincent, qui la taquinait systématiquement lorsqu'elle jetait quantité d'habits dans la valise.

Accoutrée d'un jean et d'un pull mauve en V, elle était postée derrière le rideau de la fenêtre du salon. Elle avait passé en revue l'intégralité des albums photo de son smartphone, gangrenée par la nostalgie, la solitude. Immergée dans la pénombre de son chalet, elle avait alterné entre les sanglots et les éclats de rire. Ces morceaux de vie immortalisés semblaient appartenir à une époque révolue, voire à quelqu'un d'autre, mais ils avaient eu le mérite de l'extraire un peu du marasme dans lequel elle évoluait.

À présent, Bérengère épiait la clairière, redoutant le retour de l'Ogre catalan. Comment avait-elle fait pour ne pas comprendre la véritable identité du fugitif ? C'était elle tout craché. Elle comptait les minutes sur son portable, dont le niveau de batterie diminuait à une vitesse inquiétante. L'objectif était simple : survivre jusqu'au lendemain. Car les monstres ne sortent plus lorsque l'aube se lève.

Un mouvement attira son attention, sur la terrasse de l'habitation d'en face. Une fraise rougeoyante embrasa alors le visage de Clotilde. Elle fumait une cigarette. Avait-elle récupéré son bébé ? Bérengère pariait que oui, sinon elle n'aurait jamais regagné son logement. Elle tira le rideau, plaça l'écran de son smartphone face à la vitre puis alluma et éteignit l'application lampe torche pour signaler sa présence. Le signal eut l'effet escompté ; Clotilde lui répondit quelques secondes plus tard.

Heureuse de ne plus endurer son calvaire seule, elle se hâta d'enfiler ses baskets.

Un silence écrasant régnait dans la clairière.

Bérengère trottina jusqu'aux marches de la terrasse.

— Où est ta fille ? demanda-t-elle sans préambule.

— Dans la chambre…

La voix de Clotilde flancha. Elle battit plusieurs fois des cils pour faire disparaître l'humidité de ses yeux.

— Elle dort.

Bérengère la prit dans ses bras.

— Oh ! je suis tellement contente pour toi, dit-elle en la serrant fort et en lui caressant le dos.

D'abord surprise, Clotilde accepta l'étreinte, qui se prolongea. Elle appuya la tête sur l'épaule de Bérengère et s'abandonna complètement ; un flot salé de larmes coula sur ses pommettes osseuses.

— Ça y est. C'est fini. Tout va bien.

Bérengère interrompit l'étreinte, les mains posées sur les avant-bras de sa voisine.

— Elle était où ? Que s'est-il passé ?

Clotilde renifla. Le contact tactile la perturbait et elle recula d'un pas.

— Dans la clinique. Je l'ai retrouvée dans une couveuse, sur une table d'auscultation. Ils l'ont laissée sans surveillance… une fillette de onze mois !

— Mais quelle bande de cinglés !

Elle s'interrompit puis reprit :

— Tu as entendu le coup de feu ?

— Oui. J'ai profité de ce moment de diversion pour entrer dans le bâtiment.

— Et tu as vu quelque chose ?

Clotilde écrasa sa cigarette, mal à l'aise devant l'insistance de Bérengère.

— Non. Je ne me suis pas éternisée. Je me suis enfuie dès que j'ai trouvé Nina. Mais j'ai croisé la gendarme en repartant. Au début elle voulait que j'attende dans le zoo. C'était hors de question. Alors elle m'a dit de courir me réfugier au chalet. Qu'elle viendrait me chercher plus tard.

Gênée, Bérengère baissa le menton.

— Je reconnais que j'ai pris la fuite après le coup de feu… Je suis rentrée avec Yumi. J'ai eu peur. Désolée de ne pas être restée pour t'aider.

Elle prit une grande inspiration avant de conclure :

— En tout cas je suis soulagée que ta fille soit saine et sauve.

Clotilde fit un geste vers la porte.

— Tu veux entrer ?

Bérengère accepta sans se faire prier. Elles pénétrèrent dans l'habitation. Des bougies étaient disposées en cercle sur la table. Les lumières vacillèrent à cause du courant d'air, composant une ambiance étrange, évoquant un rite satanique.

— Tu veux boire quelque chose ? proposa Clotilde. Il me reste un fond de vin blanc.

— Tu lis dans mes pensées.

Clotilde invita Bérengère à s'asseoir sur le canapé, attrapa le chardonnay et partagea le reste de la bouteille dans deux verres à pied.

— Merci, dit Bérengère à son hôte qui s'installait sur une chaise, en face d'elle. C'est quand même fou cette histoire. Pourquoi avoir kidnappé ta petite ?

Clotilde haussa les épaules d'un air désabusé.

— Aucune idée. Et je ne veux même pas le savoir. Tout ce que je souhaite, c'est foutre le camp d'ici le plus vite possible.

Elles trinquèrent.

— À ta fille, fit Bérengère.

— À « foutre le camp d'ici ».

Bérengère sourit. Avala une gorgée. Son visage s'assombrit aussitôt.

— D'après Yumi, Charles est mort… Elle n'a pas voulu m'en dire plus. Selon elle, tout ça n'a rien à voir avec le zoo. Ce serait en lien avec un événement qui a eu lieu au mois de juin 2019 sur une aire d'autoroute. Les personnages gravés dans le chêne nous représentent. Ceux qui ont été barrés correspondent à ceux qui ont disparu.

Une brise fit osciller la luminosité, déployant un jeu d'ombres sur les murs du chalet, comme si des formes sombres et oblongues, dotées de tentacules, glissaient sur le lambris. Une armée de monstres prête à les dévorer. Bérengère dévisageait Clotilde, qui demanda enfin :

— Quelle aire d'autoroute ?

— Gignac. C'est le nom qui est inscrit sur le tronc du chêne.

Clotilde reposa son verre, dubitative.

— Mais je ne me suis jamais arrêtée sur cette aire d'autoroute. Ni sur aucune autre d'ailleurs. Je ne vous avais jamais vus avant ce week-end.

— *Idem* pour moi. C'est ce que je me tue à leur répéter.

Une étincelle brilla dans le regard de Clotilde. De la méfiance ? De la suspicion ? Gagnée par une confiance en soi inédite, Bérengère observait son hôte sans ciller.

— Tu n'y étais pas ? insista-t-elle.

Clotilde changea de position sur sa chaise.

— Non. Et toi ?

— Moi non plus.

Nouveau blanc.

Bérengère éprouva l'envie subite de partir, là, tout de suite. L'attitude de Clotilde, sa mine renfrognée, d'une sévérité glaciale, les bougies capricieuses, cette atmosphère visqueuse ; tout, ici, exhalait le danger.

— Tu as eu des nouvelles de ton mari ?

Bérengère s'apprêtait à répondre quand des pleurs la firent sursauter.

— Oh ! bouge pas, dit Clotilde en se levant d'un bond. Ça, c'est la sucette qui est tombée.

L'hostilité étouffante se volatilisa aussitôt. La réplique avait amusé Bérengère. Un rictus écorcha son visage de marbre, ses épaules se relâchèrent. Quand ses enfants étaient petits, elle aussi savait reconnaître les différents pleurs. Machinalement, elle consulta l'heure sur son smartphone. 21 heures. Nina était réglée comme du papier à musique. Elle s'était déjà fait la remarque. C'était étrange.

Une question affleura alors dans son esprit.

Une question aussi anodine que dérangeante.

Avait-elle déjà vu Nina ?

La réponse la fit frissonner.

Après réflexion, elle s'en posa une deuxième, qui cette fois-ci la paralysa.

Est-ce que *quelqu'un* avait déjà vu Nina ?

61

Dimanche 31 octobre, 20 h 55

Gaëlle gara la voiturette près du bâtiment administratif.

Elle avait fait le tour de l'allée principale du parc, vérifié les enclos, les volières, les infrastructures, le moindre recoin. Il n'y avait personne dans le zoo. Après avoir sécurisé le périmètre, elle était retournée à la clinique, où Luc pleurait en silence à côté de la maman koala et lui avait demandé de contacter Anaïs avec son talkie-walkie. La soigneuse devait attendre la gendarme devant les bureaux.

Gaëlle sortit du véhicule, laissa les clés sur le contact. Elle empoigna son Sig, sa Maglite et se dirigea vers la porte. Une silhouette jaillit alors dans le chambranle, illuminée par la lueur de la lune.

— Avancez lentement ! Je veux voir vos mains !

Jusqu'à preuve du contraire, Anaïs faisait partie de la liste des suspects.

La soigneuse leva les bras bien en évidence.

— Tournez-vous contre le mur !

Anaïs s'exécuta, intimidée par l'autorité de la militaire.

Gaëlle la fouilla et lui passa les menottes.

— Attention à mon poignet !

— Je ne serre pas trop. Vous survivrez.

— Est-ce que c'est vraiment nécessaire ?

— Simple précaution. Suivez-moi.

— Où est Camille ?

— Plus tard, les questions. Venez par ici.

Elle l'attira à l'intérieur. Elles traversèrent les bureaux, le couloir encombré de casiers, puis pénétrèrent dans la salle de repos. Gaëlle alluma la bougie et vida les poches de la soigneuse. Un talkie-walkie. Un smartphone. Un paquet de clopes. Un autre de chewing-gums. Un briquet. Une boîte de fléchettes tranquillisantes. Elle étala tous ces objets sur la table, près d'un fusil hypodermique, puis ordonna à Anaïs de s'asseoir.

— Je vous écoute, dit-elle en croisant les bras. Qu'est-ce qui se passe, ici ?

Anaïs était nerveuse. Ses piercings miroitèrent lorsqu'elle tourna la tête vers la fenêtre brisée. Elle paraissait troublée. Avec un accent du Sud rocailleux, teinté de trémolos, elle rapporta l'intrusion des locataires des chalets, l'évasion des deux jeunes lionnes. L'homme retrouvé dévoré par la femelle tigre.

Gaëlle ôta sa casquette et lissa ses cheveux vers l'arrière. Elle était excédée.

— C'était horrible, conclut Anaïs, choquée.

— Vous savez qui c'est ? Vous l'aviez déjà vu ?

— Non. Jamais.

— Et selon vous ça pourrait être un accident ?

Les yeux de la soigneuse s'embuèrent de larmes.

— Non. Impossible. Les trappes sont verrouillées avec des cadenas. Quelqu'un les a ouvertes.

D'abord Camille, ensuite ce type ; Gaëlle commençait à perdre la boule. Combien y avait-il de victimes ?

— Qu'avez-vous fait, après ?

— J'ai rentré les animaux dans leur enclos. J'ai commencé par la femelle tigre, puis les lionnes. La dernière m'en a fait baver, j'ai eu un mal fou à la rentrer. Surtout avec une main bandée.

Elle présenta son poignet foulé, les entraves métalliques tintèrent en s'entrechoquant.

— Maintenant que j'ai répondu à vos questions, répondez à la mienne : où est Camille ?

Gaëlle parut vieillir de dix ans en une fraction de seconde.

— Elle est morte.

Anaïs bondit du futon.

— Quoi ? Comment ?

— Assassinée.

Gaëlle s'écarta d'un mètre, d'instinct ; ses chaussures écrasèrent des débris de verre. Elle étudiait la réaction de la soigneuse, qui accusait le coup.

— Tout ça c'est à cause de cette folle, cracha Anaïs, de plus en plus agitée. De plus en plus instable.

— Rasseyez-vous, s'il vous plaît. De qui parlez-vous ?

— De cette folle ! Celle qui est venue ici.

Gaëlle se massa les tempes et reprit les événements dans l'ordre chronologique.

— Bon. Si je résume, après vous être séparée de Camille, vous avez rentré les félins. C'est bien ça ?

La soigneuse gratta son cou tatoué.

— Oui.

— Cela vous a pris combien de temps ?

— Longtemps. Quand Luc m'a appelée il y a quinze minutes, je venais enfin de rentrer Anna, la plus jeune lionne.

— Donc il y a une heure, environ, vous étiez près de la maison de nuit des félins ? C'est exact ?

— C'est ce que je viens de vous dire, oui.

— Vous avez entendu le coup de feu ?

— Quel coup de feu ? Attendez, vous voulez dire qu'on a tiré sur Camille ?

Gaëlle éluda la question.

— Expliquez-moi cette histoire d'enlèvement.

Anaïs parut estomaquée. Ses bras retombèrent comme deux poids morts sur son ciré.

— Quel enlèvement ?

— La fille d'une des locataires.

— Vous êtes complètement barge ou quoi ? Pourquoi voulez-vous qu'on enlève un enfant ?

Gaëlle avait tendu un piège en employant volontairement le mot « fille ». Que la soigneuse qualifie le nourrisson de Clotilde d'enfant – et non de bébé – confirmait l'intuition de la gendarme : Anaïs n'était pas au courant. Elle s'était innocentée sans le savoir. Malgré tout, elle sentait qu'Anaïs n'était pas tout à fait honnête.

— Qu'est-ce que vous ne me dites pas ?

Anaïs se rencogna sur le futon. Gaëlle perdit patience :

— Votre patronne est morte ! Un inconnu s'est fait bouffer par un tigre ! Il y a un tueur en liberté qui se promène dans le coin ! Alors parlez, bordel !

— C'était une idée de Camille. On a fait ce qu'elle nous a dit.

— Comment ça ?

— Elle savait que l'autre folle viendrait dans le zoo. Qu'elle chercherait à nous nuire d'une façon ou d'une autre. Camille l'avait reconnue. Alors elle a décidé de déplacer la maman koala à la clinique. Au cas où elle voudrait lui faire du mal. Et Camille a eu raison : elle s'est pointée.

Les grands yeux bleus de Gaëlle s'arrondissaient à mesure qu'Anaïs racontait sa version des faits.

— On l'a attrapée, reprit cette dernière. Mais elle a réussi à nous échapper. Elle était là, il y a deux ans, quand ce type s'est jeté dans la fosse aux ours. Et aujourd'hui c'est à cause d'elle que Camille est morte.

Une larme roula sur la joue de la soigneuse.

Gaëlle avait enfin saisi à qui Anaïs faisait référence ; Camille lui en avait parlé à maintes reprises. À l'époque, avant l'arrivée de la gendarme dans les Pyrénées, la directrice avait été la seule à se confronter à elle. Gaëlle ignorait son identité et son visage, cependant elle savait que cette histoire était à l'origine des ravages causés sur le parc animalier, sur Camille.

— Vous savez où elle est maintenant ? demanda Anaïs d'une voix ténue.

— Probablement dans la clairière.

Gaëlle devait prendre une décision. Elle devait agir. Vite. Se fiant à son instinct, elle décida de croire Anaïs.

— Comment va-t-on là-haut ?

La soigneuse ravala ses sanglots.

— Il existe deux passages. Le premier, direct, par le chemin qui grimpe avant le parking des visiteurs. Et un second, qui passe par une autre clairière et un mirador que nous utilisons pour le spectacle des oiseaux. Les animaux se posent là-dessus, avant de repartir vers les fauconniers présents dans l'amphithéâtre lors des représentations. D'ailleurs, si vous empruntez cette voie-là, il est possible que vous croisiez des rapaces, certaines espèces sont un peu récalcitrantes, elles mettent du temps à rentrer.

Gaëlle opinait, attentive, puis défit les menottes d'Anaïs en lui expliquant :

— Allez rejoindre Luc. Vous pourrez l'aider à reloger la maman koala dans la serre australienne. Dès que c'est fait, vous ne bougez plus, vous m'attendez là-bas. Est-ce que c'est clair ?

Anaïs acquiesça.

— Et vous ?

— Moi, je vais à cette foutue clairière.

Refusant de marcher avec l'Ogre catalan dans le secteur, elle grimpa dans la voiturette. Ouvrit le portail. Roula jusqu'au Kangoo embourbé. Elle s'introduisit à l'intérieur, essaya de contacter la caserne par radio, sans succès. *Merde !* Elle remonta dans le petit véhicule et longea la palissade du zoo jusqu'au parking.

Soudain elle s'arrêta, gagnée par le doute. Et si, cette fois-ci, elle s'abstenait. Et si elle renonçait ? Après tout, rien ne l'obligeait à s'y rendre, dans cette fichue clairière. Pouvait-elle attendre, tout simplement ? Pouvait-elle refréner cette obstination qui la poussait invariablement à outrepasser ses fonctions ? À se mettre en danger ? À tirer un trait sur l'avancement de sa carrière ? Incertaine, elle hésita à faire le contraire de ce qu'on voit au cinéma : rien du tout. Rester ici. Éviter l'affrontement final. Mais un argument s'insinua dans sa conscience. Insidieux. Persuasif. Imparable. Celui qui était la sève de son métier, celui qui la ferait grimper jusqu'à ces chalets. Car si des innocents venaient à mourir alors qu'elle enfilait des perles en attendant l'arrivée des renforts – renforts qu'elle n'arrivait même pas à prévenir – jamais elle ne se le pardonnerait.

Le chemin rocailleux étant trop accidenté pour être emprunté avec la voiturette, Gaëlle, résignée, continua à pied dans la gorge végétale. Elle courut à petites foulées jusqu'au châtaignier tronçonné, franchit l'obstacle puis éteignit sa lampe. L'effet de surprise était crucial.

Inquiète à l'idée de croiser le monstre en liberté – ou pire –, elle poursuivit dans une obscurité complète, absorbée par la forêt foisonnant de mille et un bruits d'animaux nocturnes. Les frondaisons barraient la lumière de la lune, seules les silhouettes des troncs s'alignant de chaque côté hachuraient le décor. La main serrée autour de la crosse de son arme, Gaëlle se contrôlait pour ne pas bondir à chaque craquement, bruissement ou autre frémissement qui rythmaient sa progression.

À une dizaine de mètres avant l'embouchure du sentier, Gaëlle, sur ses gardes, coupa à travers bois pour rester à couvert. Elle contourna le premier chalet, accolé au ravin, distingua des lueurs à l'intérieur.

Le plus silencieusement possible, elle s'approcha, tout en faisant attention à ne pas écraser les brindilles ou les bogues éparpillées sur le sol tapissé de feuilles mortes.

Un pas après l'autre, elle avança. Discrète. Invisible.

Les volets donnant sur la forêt étaient fermés. Gaëlle fit le tour de la bâtisse en rasant les murs, posa le pied sur la première marche, qui grinça sous son poids. Elle grimaça. Attendit. Rien. Pas de mouvement dans le chalet.

Avec agilité, elle prit appui directement sur la terrasse et, en deux enjambées, se retrouva plaquée contre la façade.

Une longue inspiration. Trois courtes expirations.

Ses doigts s'enroulèrent autour de la poignée. Elle poussa. La porte était ouverte. Gaëlle l'envoya valser contre le mur et surgit sur le seuil, le pistolet brandi devant elle.

Une femme était étendue au centre du salon, sur le dos. Elle croupissait dans une large mare de sang qui s'étalait jusqu'aux chaussures de la gendarme tétanisée. Sa gorge était labourée d'entailles, ses doigts sectionnés, sa poitrine lacérée, son ventre lardé de dizaines de coups de couteau en une bouillie d'organes luisant à la lueur des bougies. On s'était acharné avec une violence inouïe ; le pubis ressemblait à un cratère suintant un magma de chairs et de viscères.

Le Sig Sauer pointa les quatre coins du salon.

Le cœur pilonnant sa cage thoracique, Gaëlle se préparait à contourner la flaque d'hémoglobine quand elle discerna une silhouette sur sa gauche, dans l'angle de l'habitation, engloutie dans une poche d'obscurité qui la rendait impossible à identifier.

Elle braqua son arme dans cette direction.

— Entrez, fit une voix. Vous n'avez rien à craindre.

Gaëlle tressaillit. Cette voix. Elle connaissait cette voix. Elle l'avait déjà entendue. Cependant elle avait quelque chose de différent. Quelque chose… en moins. Un timbre froid, creux, dépourvu d'émotion, d'humanité. Une voix *vide*.

— Je vais vous raconter une histoire, reprit celle-ci. Une histoire qui commence en 2019…

2019

« Radio VINCI Autoroutes, l'info trafic : Sébastien Drey. Bientôt 8 h 30. Vos conditions de circulation dans le Sud du pays. Peu d'évolutions si vous nous avez suivis un peu plus tôt, à noter qu'un poids lourd est toujours sur la bande d'arrêt d'urgence, du côté de Bram, en direction de Narbonne, après la sortie 22. Restez vigilant si vous roulez sur l'A61, beaucoup de brouillard ce matin, nous... »

Les sifflements de papy couvrirent le bulletin d'informations. Il était marrant, ce gars à la radio. Pour sûr qu'il y en avait, du brouillard ! On n'y voyait presque rien dans cette purée de pois ! Hilare, il partit d'un rire gras : rien ne pouvait entacher sa bonne humeur.

Car papy – comme son surnom l'indiquait – était l'heureux grand-père d'une jolie petite fille. Et pour la première fois depuis sa naissance, quelques mois auparavant, sa petite chouette était restée dormir chez lui, dans sa maison à côté de Bourg-Saint-Bernard, à une trentaine de minutes en voiture de Toulouse. Dire qu'il était fier était un euphémisme, rien n'aurait pu le combler davantage. Il espérait ce moment depuis des années.

Les phares jaunes de la vieille Renault Safrane foraient la brume. Papy rejoignait sa fille et son gendre – bien que les deux tourtereaux ne fussent pas mariés, il aimait l'appeler ainsi pour le taquiner – dans un chalet, niché dans une clairière qui dominait le parc animalier de Saint-Martin-du-Canigou. Leur histoire d'amour relevait du conte de fées ; ils étaient ensemble depuis le CM2. Papy avait élevé seul sa fille et, par conséquent, il avait vu grandir le futur père de sa petite chouette. Il le considérait un peu comme son fils – même si ça semblait bizarre, dit comme cela. Il emmenait les deux jeunes amoureux depuis leurs dix ans dans ce chalet. Chaque année, ils avaient fait les randonnées partant du col de Jou, visité le zoo, le village médiéval de Villefranche-de-Conflent, parfois l'abbaye. Alors, quand sa fille lui avait demandé de garder son bébé le temps d'une soirée et de les rejoindre ensuite pour le week-end dans les Pyrénées, papy avait été ému. Revenir ici après tant d'années lui plaisait. Il avait accepté sans hésiter, enthousiasmé à l'idée d'offrir un zeste d'intimité à ses *enfants,* une première vraie nuit de sommeil depuis l'accouchement, mais aussi de profiter à fond de sa petite chouette. Il avait été un papa gâteau. Désormais il était un papy gâteau.

Pourtant, papy ne faisait pas rire les mouettes. Un mètre quatre-vingt-dix-huit. Cent dix kilos. Une barbe drue. Un regard belliqueux. Trente-quatre années passées dans l'armée de terre, quinze missions à l'étranger dispatchées sur quatre continents, du gouvernement Mitterrand à Hollande.

Papy était un roc. Un roc fourré de coton.

Une main agrippée au volant, l'autre fourrageant dans la toison de son torse, entre les pans de sa chemise ouverte, il sifflotait l'air du générique du dessin animé *Robin des Bois* quand sa petite-fille, installée dans le siège-auto, se mit à pleurer. Une moue triste tordit son visage buriné de gladiateur.

— Oh ! Qu'est-ce qui ne va pas, ma chouette ?

Il avisa le sachet de viennoiseries et la baguette de pain posés à côté de lui.

— Tu as faim ?

Un éternuement audible jusqu'à Narbonne ébranla l'habitacle. Papy rectifia la trajectoire de la Safrane, attrapa son mouchoir en tissu, méticuleusement plié dans la poche de son bermuda, puis se moucha : un bruit de cor des Alpes emplit la voiture et fit rigoler sa petite-fille. Ayant abandonné toute dignité en présence de sa chouette, il fit des mimiques d'éléphant, bruitage inclus, et coupa le quignon de la baguette entre ses énormes doigts. Il tendit le bras vers l'arrière ; le bébé posa sa sucette et s'empressa de mettre le morceau de pain dans sa bouche.

Satisfait, papy se remettait à siffler quand une goutte atterrit sur sa chemise. Il porta immédiatement la main à son nez ; ses doigts s'imbibèrent de sang. Il récupéra son mouchoir et comprima ses narines.

Brusquement, un mal de tête enfla comme si on lui enfonçait une perceuse dans le crâne.

Depuis son embolie pulmonaire, quelques années plus tôt, alors qu'il profitait des premiers temps d'une retraite bien méritée, il prenait du Préviscan, un médicament qui, pour faire simple, prévenait la formation de caillots dans la circulation sanguine. Le cardiologue l'avait averti : la posologie était précise, tantôt un demi-comprimé, tantôt trois quarts ; et il fallait surveiller les risques de surdosage, notamment les saignements.

Papy se risqua à retirer son mouchoir.

Un flot d'hémoglobine jaillit de ses narines, maculant son menton, sa barbe, sa chemise, son torse velu.

Derrière, ça s'agitait.

Papy comprima à nouveau son nez, tourna la tête vers sa petite chouette.

Devant la vision de son grand-père recouvert de sang, le bébé hoqueta. Un morceau de pain se logea au fond de sa trachée.

Papy comprit aussitôt ce qui se jouait. Il reportait sa concentration sur la route quand un panneau apparut dans la lueur des phares : aire de Gignac.

N'ayant pas l'intention d'attendre jusque-là, il voulut se déporter pour se garer sur la bande d'arrêt d'urgence, mais ces putains de camions congestionnaient la voie de droite.

Et le mal de tête s'intensifiait, lancinant, insoutenable.

Qu'est-ce qui lui arrivait ?

Il essaya de rassurer sa chouette, qui se dandinait dans le siège-auto, les lèvres bleuies, cyanosées, les mains lacérant sa petite gorge, mais il ne put qu'éructer des paroles incompréhensibles.

La sueur jaillissait de tous ses pores et il n'arrivait toujours pas à s'exprimer, une diarrhée verbale sans queue ni tête sortait de sa bouche qui, petit à petit, se décalait.

La Safrane aborda la voie de décélération à cent cinquante kilomètres à l'heure. Papy se gara sur une place pour handicapé, fit le tour de la voiture, détacha sa petite-fille et s'assit contre une roue, le dos du bébé collé contre son torse souillé.

La musique de hippie qui émanait des enceintes majorait ses céphalées. Ses oreilles bourdonnaient. Il tentait de prodiguer des paroles apaisantes, mais les mots qui s'échappaient de sa bouche n'étaient pas ceux choisis par son cerveau.

Trempé de transpiration, il réalisa la manœuvre de Heimlich : une main tenant l'autre et compressant l'abdomen de sa chouette pour faire sortir ce maudit bout de pain.

Pourquoi ça ne marchait pas ?

Il persévéra, mais ses gestes étaient imprécis ; sa motricité, altérée. La technique de premier secours était mal effectuée. Inefficace.

Le sang coulant à gros bouillons, la tête oppressée dans un étau qui se resserrait inexorablement, papy attrapa son vieux téléphone portable dans la poche de son bermuda. Sa coordination le trahit ; il fut saisi d'un spasme et le clapet de l'appareil se brisa entre ses grosses phalanges.

Il hurla de désespoir.

Son cerveau s'embrasait. Sa vue se brouillait.

Il souleva le bébé, trébucha, perdit une espadrille, une deuxième, puis tangua vers les sanitaires en laissant les portières ouvertes, la mâchoire béante, pendant en diagonale. Il devait obligatoirement y avoir un poste d'appel d'urgence dans le bâtiment.

Mais il n'en trouva aucun.

Désemparé, papy posa sa chouette, inerte, sur la table à langer escamotée par un renfoncement. Il ôtait sa chemise pour endiguer le saignement de nez quand il entendit une voiture se garer.

Miracle ! On allait sauver Nina.

2021

62

Dimanche 31 octobre, 22 h 05

— Mon père est mort une semaine plus tard à l'hôpital Purpan. Il a fait un AVC hémorragique sur cette autoroute. L'équipe soignante a réussi à le traiter à temps, mais il y a eu une complication : il a fait une embolie pulmonaire, qui lui a été fatale. C'est lui qui m'a raconté cette histoire, avant que son état ne se dégrade. D'après ce que m'a rapporté le médecin réanimateur, un couple d'automobilistes s'est arrêté quelques minutes après le drame. Ce sont eux qui ont alerté les secours. Quand les pompiers sont arrivés, ma fille était déjà morte depuis un moment. Mon père, lui, gisait au milieu de la route. Avant de le transférer dans le véhicule du SMUR, un infirmier a trouvé un smartphone sur la chaussée. Il l'a pris en pensant qu'il était à mon père...

— Mais il n'était pas à lui, dit Gaëlle devinant la suite.

— Non. Il était à elle.

Dissimulée dans l'angle du chalet, Clotilde, invisible, coula un regard chargé d'un mépris incommensurable vers la carcasse de Bérengère, éviscérée sur le parquet. Elle avait narré l'histoire d'une voix glaciale, monocorde.

Plantée sur le seuil, Gaëlle l'avait écoutée sans bouger, écœurée par la vision du cadavre mutilé, les yeux papillonnant entre la bouillie humaine, la silhouette effacée dans l'obscurité, le MAC 50 et le couteau de chasse cranté posés d'une manière ostentatoire sur la table du salon. Clotilde avait déposé les armes. Au fur et à mesure du récit, le canon du Sig Sauer s'était progressivement abaissé ; à présent le pistolet pointait vers le sol ensanglanté.

Gaëlle demanda :

— Comment avez-vous fait pour accéder au contenu du téléphone ? De nos jours, les smartphones sont presque impossibles à hacker sans un matériel adapté.

Clotilde ricana avec dédain.

— Quand vous êtes la fille unique du général de brigade de l'armée de terre Gérard Lacan, que la majorité de l'état-major vous a vue grandir, a assisté à vos fêtes d'anniversaire et que vous venez de perdre votre bébé, votre conjoint et votre père en l'espace de quelques mois, il n'y a pas grand-chose que l'on puisse vous refuser... Lorsque j'ai sollicité les anciens collègues de mon père pour déverrouiller le portable, ils n'ont pas hésité une seconde.

Un frottement de vêtements alerta Gaëlle, qui mit aussitôt Clotilde en joue.

— Je veux voir vos mains !

Deux paumes blanches émergèrent de la poche d'ombre.

— Vous n'avez rien à craindre. Je ne vous veux aucun mal, je n'ai rien contre vous. Toutes mes armes sont posées sur la table. C'est terminé pour moi.

Gaëlle rajusta sa prise autour de son pistolet, peu convaincue. Ne pas distinguer les traits de Clotilde la troublait, elle avait l'impression de parler à un fantôme.

— Où sont les autres locataires ?

— Morts. Ils sont tous morts.

Une incohérence percuta la gendarme de plein fouet.

— Vous dites qu'ils étaient quatre dans cette voiture. Or trois autres chalets ont été loués, en plus du vôtre. Où est la dernière passagère ?

— Je vois que vous avez été attentive. La dernière passagère s'appelait Corinne Calmes. Elle était auxiliaire de puériculture en crèche et, comme beaucoup de femmes, passé un certain âge, elle éprouvait des difficultés pour avoir un enfant. Elle le clamait sur les réseaux sociaux. Bref, Corinne Calmes est morte dans un accident de la route, fauchée par un chauffard, durant l'hiver 2019. Ironique, n'est-ce pas ? C'était peut-être le karma, me direz-vous.

— Et les autres, comment avez-vous fait pour les attirer ici ?

Un long soupir émana de la bulle d'obscurité.

— Rien de plus facile. Aujourd'hui, les gens étalent leur vie sur Internet sans aucune pudeur. Après avoir récupéré les noms et les adresses mail sur le compte de l'application de covoiturage, dans le smartphone débloqué, j'ai pu suivre leur parcours par le prisme des réseaux sociaux. Et vous savez le pire dans cette histoire, c'est que, à l'exception de cette Corinne Calmes, tout leur a réussi à partir de cette année-là. L'une a ouvert un magasin florissant, l'autre a connu du succès avec ses livres, la dernière a repris ses études. Ils ont continué leur vie comme si de rien n'était, et la chance leur a souri.

Le mur craqua ; Clotilde s'adossait contre les planches. Elle poursuivit de cette même voix désincarnée :

— J'ai étudié leurs goûts, leurs passions. Et ça n'a pas été difficile de les faire venir. On m'a aidée à créer un site Internet pour la réservation des chalets. L'un annonçait partout qu'il voulait écrire un roman qui se déroulerait dans les Pyrénées. Une autre aimait les urbex et sortait avec une ancienne étudiante vétérinaire. La dernière exprimait son surmenage entre ses enfants, son boulot et ses cours. Je les ai séduits, ferrés comme des poissons ; je leur ai envoyé une invitation personnalisée qui cadrait parfaitement avec leurs centres d'intérêt. Et puis qui, de nos jours, refuserait un séjour gratuit ou à un prix dérisoire, défiant toute concurrence ? Avec l'épidémie, les gens ont besoin de dépaysement. Tout était prêt pour l'automne dernier, mais le covid m'a contrainte à repousser mon plan d'une année. Le plus difficile, en définitive, a été de trouver le créneau auquel ils seraient tous disponibles. Le hasard du calendrier a fait que ce soit spécialement ce week-end. Deux ans, jour pour jour, après le suicide de Damien, mon conjoint.

Le bras armé de Gaëlle retomba.

— Alors c'était votre conjoint ?

— Oui. On était revenus ici pour essayer… je ne sais pas… de se ressourcer, tenter d'aller de l'avant, j'imagine… En fait je pense qu'on voulait juste être ici. Tout simplement. On vient dans cette clairière depuis qu'on est gosses. Mais la tristesse de Damien est devenue si insoutenable qu'il a sauté par-dessus le parapet de la fosse aux ours. J'étais là quand il s'est fait dévorer… Quand le vétérinaire a abattu l'animal…

L'allusion au zoo fit bouillonner Gaëlle.

— Mais pourquoi Camille ? Qu'est-ce qu'elle vous a fait ?

La moitié du visage de Clotilde jaillit brusquement de l'ombre, scindant sa figure tel un masque de Belphégor déchiré en deux. Le rythme cardiaque de Gaëlle s'accéléra.

— Parce que ce qui s'est passé dans ce zoo illustre parfaitement les dérives de notre société. L'amour de ma vie est mort ce jour-là. Et de quoi a-t-on parlé en boucle aux JT, dans les journaux ?

Gaëlle n'avait plus de salive. Elle déglutit dans un étrange bruit laryngé.

— D'une putain d'ourse ! Et de ses oursons ! Un homme meurt, et au lieu de parler de ça on s'insurge des conditions de vie des animaux dans les zoos. Ce n'est pas aberrant ? C'est à partir de ce jour que j'ai imaginé ma vengeance. Et il était impératif qu'elle ait lieu ici, dans ces chalets, ce lieu symbolique où j'ai grandi, où j'ai appris la mort de ma fille, mais aussi dans ce parc animalier où Damien s'est tué et qui a bafoué sa mémoire.

Gaëlle ne savait pas quoi dire. Clotilde enchaîna :

— Je vais vous poser une devinette, Gaëlle, et vous allez comprendre. Je peux vous appeler Gaëlle ?

— Non.

— Dix personnes attendent sur le quai d'une gare lorsqu'un homme qu'elles ne connaissent pas se jette sous un train. Question : combien éprouveront de la tristesse pour lui ?

L'odeur du corps en charpie commençait à infester les narines de la gendarme. Elle devait ramener Clotilde au zoo. Arrêter d'écouter ces conneries. Mais l'autre embraya :

— La réponse est : aucune. Et osez me dire le contraire. Les êtres humains sont tous les mêmes. Sur ces dix personnes, toutes vont se plaindre du retard qu'aura leur train, de l'heure à laquelle elles rentreront chez elles. Elles vont se demander pourquoi ça tombe sur elles, pourquoi ce pauvre bougre n'a pas été foutu de se tuer tout seul dans son coin sans emmerder le monde ; aucune ne se souciera de cet homme écrasé sur la voie. Voilà la réalité du monde dans lequel on vit.

Gaëlle n'était pas d'accord avec cette vision du monde construite sur un terreau de rancœur, de tristesse, de douleur. Mais la femme happée par un voile d'ombre avait atteint un tel degré de cynisme qu'il était impossible de dialoguer avec elle.

Des pleurs jaillirent alors de la chambre.

Gaëlle se raidit.

— Oh ! excusez-moi.

Clotilde sortit enfin de la pénombre. Son visage était grave, d'une pâleur cadavérique ; outre cette sévérité perturbante, on pouvait noter une forme de quiétude, un sentiment d'accomplissement. Elle dévisagea la gendarme d'un regard empli de dédain.

Gaëlle, abasourdie, l'observa traverser le salon et entrer dans la chambre.

— Ne bougez pas ! cria-t-elle avec un temps de retard, le Sig brandi devant elle.

— Ne hurlez pas comme ça, vous allez l'effrayer.

Clotilde ouvrit la porte en grand. Par l'encadrement, à la lueur bleutée d'une veilleuse, Gaëlle distingua un bureau sur lequel étaient posés un ordinateur, trois écrans éteints, un routeur pour créer une connexion wi-fi. Des paroles émanèrent de la pièce voisine :

— Chut, maman est là.

Ahurie, Gaëlle s'approcha, l'arme pointée vers la chambre.

Clotilde apparut la seconde suivante, métamorphosée, la figure rayonnante. L'amour irradiait de sa personne.

Une poupée d'un réalisme saisissant était lovée entre ses bras.

Gaëlle demeura bouche bée.

Une palette d'émotions contradictoires la submergea. Elle éprouvait de la peine pour Clotilde, de la pitié, de la haine, de l'aversion et, plus étonnant – c'était la première fois dans sa carrière qu'elle ressentait ça pour une meurtrière –, une forme de compassion. Cette femme était malade. Gravement malade.

Clotilde s'assit sur le canapé en murmurant des mots doux à Nina.

— Ils auraient pu la sauver, susurra-t-elle en contemplant tendrement sa poupée. Il aurait fallu qu'un seul d'entre eux s'arrête et prenne le temps d'écouter mon père. Qu'un seul d'entre eux entende ce qu'il avait à dire pour que ma petite Nina soit sauvée. Mais non. Ils ont eu peur. Ils ont été lâches, égoïstes. Centrés sur leur petite personne, leurs petits problèmes. Aveuglés par leur instinct de survie. Ils ont préféré prendre la fuite alors que mon bébé s'asphyxiait. Ils se sont comportés comme des bêtes.

Ses yeux foudroyèrent Gaëlle à une vitesse sidérante ; déstabilisée, celle-ci recula d'un pas.

— Ce sont des animaux.

63

Lundi 1er novembre, 13 h 45

Gaëlle porta le gobelet de café fumant à ses lèvres.

Cette tragédie avait ébranlé ses convictions les plus profondes, faisant osciller la frontière entre le bien et le mal. Elle s'était interrogée sur la nature humaine, ruminant les actes de Clotilde durant toute la nuit, en proie à un cynisme qui ne lui ressemblait pas. Puis, aux premières lueurs du jour, elle avait compris une chose… Désormais elle ne ressentait que du dégoût pour cette meurtrière.

La veille, intrigué par l'absence prolongée de Gaëlle, l'adjudant-chef de la brigade de proximité de Vernet-les-Bains s'était rendu au zoo, où on lui avait dit que la gendarme était montée aux chalets. Ensemble, ils avaient ramené Clotilde dans le parc animalier puis avaient réussi à contacter des renforts. Les communications avaient été rétablies, la route, dégagée. Pendant une bonne partie de la nuit, Gaëlle et son supérieur avaient écouté la confession la plus troublante qu'il leur ait été donné d'entendre. Après ses aveux, Clotilde s'était assoupie. Sa sérénité, mais aussi ses ronflements, avait fait chavirer les gendarmes. Ils avaient alors attendu jusqu'à l'aube les membres de la section de recherches et les techniciens en identification criminelle. Une fois la cavalerie débarquée, ils avaient expliqué les grandes lignes au Cocrim et à l'équipe d'enquêteurs avant de faire le trajet jusqu'à Toulouse, dans les sous-sols des locaux de la caserne Courrège, siège de la SR qui héritait de l'affaire – celle de Montpellier étant débordée.

Gaëlle était assise à côté de François, son supérieur. Face à eux, deux officiers étaient installés sur le bord d'un bureau surchargé de gros classeurs. Il y avait une femme, la trentaine, métisse, des cheveux crépus cascadant sur un T-shirt noir ; et un quadragénaire mal rasé, au visage constellé de taches de rousseur, affublé d'un polo rose. Sanglés dans des gilets pare-balles sur leur tenue civile, ils toisaient les gendarmes pyrénéens. Derrière eux se tenait le lieutenant-colonel Régis Delage, l'un des deux patrons de la caserne, entouré de trois autres OPJ à la mine patibulaire.

— Reprenez depuis le début, dit l'officier assise sur le mobilier, les bras croisés, son brassard réglementaire ainsi mis en valeur.

Gaëlle adressa un regard épuisé à François avant de commencer. Elle avait déjà répété trois fois cette histoire depuis le matin, et à présent on lui demandait à nouveau de tout déballer en présence du groupe d'enquête au complet et du lieutenant-colonel.

— Quand je suis arrivée dans son chalet, Clotilde Lacan m'attendait. Elle n'a opposé aucune résistance, elle s'est rendue de son plein gré. Et elle a tout avoué. Les seuls signes d'agressivité sont survenus lorsque nous avons voulu lui subtiliser sa poupée, elle est alors entrée dans une colère noire, une crise impressionnante, raison pour laquelle on a choisi de ne pas insister. Bien évidemment nous l'avons fouillée, il n'y a pas d'objet tranchant à l'intérieur. En revanche, nous avons découvert une petite enceinte Bluetooth qui permettait de faire croire que son bébé pleurait, trompant ainsi les autres locataires et, par la même occasion, lui fournissant un alibi irréfutable à leurs yeux. Elle pouvait la commander avec son smartphone, si besoin, et les pleurs étaient programmés pour se déclencher à heures fixes. Des rires et des gazouillis étaient également enregistrés. C'est grâce à ce système plutôt ingénieux qu'elle est parvenue à duper tout le monde. Clotilde Lacan a consacré ces deux dernières années exclusivement à l'élaboration de sa vengeance.

— J'ai connu son père, intervint le lieutenant-colonel. Quelle histoire…

Gaëlle énuméra ensuite les faits par ordre chronologique. Le drame de l'aire d'autoroute en juin 2019. La plainte déposée. L'enlisement des investigations. Le suicide de Damien Lacazes, en octobre de la même année. La découverte du smartphone en rangeant les affaires du général de brigade Gérard Lacan. L'élaboration machiavélique du plan de Clotilde. Sa démission de son boulot d'institutrice. L'abandon des gardes à la caserne de pompiers de Colomiers. L'achat des chalets, par l'intermédiaire d'un avocat à la réputation sulfureuse, grâce aux versements des assurances-vie et au pécule de son conjoint, directeur commercial d'une société d'assurances. La traque numérique de ses victimes. L'analyse fouillée de leurs vies. La lecture des romans de Charles Ciron. Les mails attractifs et personnalisés pour les attirer dans la clairière. Les repérages dans le zoo. Le vol des clés des cadenas. La confection de doubles. L'installation des caméras miniatures. Et, enfin, les gravures sur le chêne : le nom de l'aire d'autoroute ainsi que les cinq personnes représentant les locataires présents durant ce week-end de la Toussaint.

Gaëlle reprit son souffle, essayant de ne rien omettre. Elle n'avait pas dormi de la nuit. Les faits se mélangeaient dans sa tête, aussi, elle redoubla de concentration pour détailler avec le plus d'exactitude possible le mode opératoire de Clotilde, usant parfois des mêmes mots que cette dernière lors de sa confession de la veille.

Elle relata le premier meurtre, hésitant, timide, de Vincent Augier, d'une entaille fébrile à la gorge. Le vol et la dissimulation maladroite de la Citroën C3. La seconde coupe visant à abattre le châtaignier – la première ayant eu lieu en milieu de semaine pour l'affaiblir –, ainsi que la démolition du pont de singe ; le maniement d'une tronçonneuse étant une compétence qui faisait partie de la formation de base de tout pompier volontaire. Ensuite l'assassinat d'Ingrid Pommerolle, interceptée à la lisière de la clairière alors qu'elle prenait la fuite à la suite de la visite de l'Ogre catalan, un acte plus maîtrisé, empli de détermination, d'une balafre profonde sectionnant les carotides. Les corps transportés grâce à la poussette tout-terrain. La libération des lionnes. La mort de Charles Ciron dans l'enclos des tigres. L'exécution de Camille Puech grâce à l'arme de son père. Puis l'escalade de la violence, la spirale destructrice, la pluie de coups de couteau qui s'était abattue sur Yumi Muto. Et enfin le déferlement de rage sur Bérengère Moulinier, tandis que Clotilde ressassait les scènes de l'aire d'autoroute dans sa tête.

Gaëlle termina son café froid et ajouta :

— Clotilde Lacan a insisté sur la nécessité, le besoin, qu'elle a eu de supprimer ces « animaux », comme elle les qualifie. Selon elle, c'est son instinct maternel qui l'a poussée à agir. Elle nous a soutenu qu'elle n'avait éprouvé aucun plaisir ; bien au contraire, le stress a réveillé son endométriose et chaque meurtre lui a provoqué un tel écœurement qu'elle a vomi après chacun d'entre eux. Il fallait qu'elle le fasse, nous a-t-elle expliqué. Elle n'avait pas le choix.

Les gendarmes étaient suspendus à ses lèvres. Gaëlle poursuivit :

— Évidemment, rien ne s'est passé comme prévu. Il y a eu d'abord l'évasion de l'Ogre catalan – qui a été récupéré ce matin –, la météo chaotique, l'intrusion de Yumi et Ingrid dans le zoo, et puis surtout le comportement de Charles Ciron, qui, pour une raison inconnue, a fureté dans la clairière et découvert que Nina était en réalité une poupée. Clotilde nous a expliqué vouloir en finir au plus vite avec le romancier, qui contrecarrait ses plans, mais celui-ci n'a cessé de fraterniser avec ses voisines. Elle n'a pas pu l'éliminer avant hier après-midi. Elle nous a révélé avoir failli se faire démasquer, le dimanche matin, quand elle a compris qu'il était l'auteur du mot glissé sous sa porte, mais aussi lorsqu'elle a replacé le carillon après chacune de ses visites furtives. Clotilde se décrit elle-même comme une personne ordonnée. C'est plus fort qu'elle. Initialement, elle avait prévu de supprimer sa dernière victime dans le zoo, ce lieu qui, selon elle, a bafoué la mémoire de son compagnon, mais, constatant que les locataires étaient sur le point de partir, elle a imaginé l'enlèvement illusoire de Nina pour tous les attirer dans le parc animalier. La chance a alors tourné en sa faveur quand elle s'est aperçue qu'il n'y avait pas de réseau pour appeler les secours. Le reste n'a été qu'improvisation.

Un long silence ponctua le récit de Gaëlle.

— Depuis quand est-elle dans la salle d'interrogatoire ? s'enquit le lieutenant-colonel.

— Ça va faire trois heures, répondit un des officiers. Elle a refusé de voir un avocat. Mais elle est prête à signer tout ce qu'on lui apportera. Le psy doit toujours être avec elle.

Gaëlle, trop crevée pour se soucier des convenances, partagea ses pensées à voix haute.

— Sa mission, comme elle l'appelait, est finie. Elle vous répétera son histoire et vous dira tout ce que vous voulez. En fait, après réflexion, je crois qu'elle n'a jamais eu l'intention de quitter cette clairière... Les chalets sont à son nom, elle savait depuis le début qu'elle se ferait attraper, qu'elle n'aurait aucune issue.

— Si elle se doutait…, persifla un autre OPJ.

En prévenant les familles des victimes, l'équipe de la section de recherches avait fait une découverte sidérante, effroyable…

Des pas résonnèrent dans le couloir, mettant un terme au brouhaha qui enflait dans la pièce. Les gendarmes se tournèrent en même temps vers l'encadrement de la porte, où un petit homme dégarni s'était matérialisé. Il portait des lunettes en demi-lune sur le bout de son nez, une barbe argentée taillée finement épousait sa mâchoire. Vêtu d'une chemise blanche sous une veste en tweed, il tenait une sacoche en cuir élimé. Des gouttes perlaient à la lisière de sa calvitie.

— Quand on parle du loup ! lâcha un OPJ, déclenchant l'hilarité de son voisin.

La gendarme au T-shirt noir le bâillonna d'un regard avant de s'adresser au nouveau venu.

— Entrez, docteur Colin.

— L'entretien est terminé.

La voix du lieutenant-colonel tonna :

— Vous pouvez vous exprimer librement devant tout le monde. Nous vous écoutons.

Le psychiatre posa sa sacoche à côté de ses New Balance.

— Je vais faire vite car on m'attend ailleurs. Vous aurez mon compte rendu détaillé en fin d'après-midi. Mme Lacan présente toutes les caractéristiques d'une personnalité antisociale. Elle est dépourvue d'empathie, de compassion, elle n'éprouve aucun remords et a su maquiller sa vraie nature pour arriver à ses fins. C'est une manipulatrice qui voue une haine profonde au reste de l'humanité. Pour elle, ce qu'elle a fait était justifié. Légitime. Ces « animaux », comme elle les appelle, le méritaient. Mais au regard de l'anamnèse le drame qui a décimé son père et sa fille sur l'aire d'autoroute n'a pas été le déclencheur. Ce n'est pas à ce moment-là qu'a eu lieu la fracture psychique. Qu'elle a « basculé », si vous préférez.

Il consulta son bracelet-montre d'un air impatient avant de reprendre :

— En revanche, et c'est là que ça devient intéressant, si j'ose dire, c'est à partir de ce jour-là qu'elle a effectué un transfert sur la poupée qu'elle refuse de lâcher. Dans son esprit, cette poupée *est* Nina. Elle ne le croit pas. Elle en est sûre. L'âme de sa fille décédée en 2019 est entrée dans ce jouet. Nina est ressuscitée à travers cette poupée, elle est venue se substituer matériellement à la perte de son enfant. Au-delà de la peine de perdre son bébé et son beau-père, je pense que c'est la véritable raison qui a poussé son compagnon, Damien Lacazes, à se suicider. Je suppose qu'il n'en pouvait plus de voir la femme qu'il aimait depuis toujours s'occuper d'un jouet, d'un ersatz de nourrisson en plastique. Et surtout de l'entendre l'appeler Nina à longueur de journée. C'est cela qui l'a anéanti. Enfin, ce n'est que mon hypothèse. La détresse que ressent Mme Lacan lorsqu'elle est contrainte de s'éloigner de sa poupée est bien réelle. Là-dessus, il n'y a aucun doute, elle ne joue pas la comédie. Cela lui a véritablement arraché le cœur de devoir l'enfouir dans un sac à dos pour mettre en scène le kidnapping. Tout comme cela lui a été insupportable de la laisser seule, sans surveillance, quand elle s'en allait assassiner les autres locataires.

Gaëlle, sonnée par les propos du psychiatre, se tourna vers François. L'adjudant-chef semblait aussi décontenancé. On nageait en plein remake de *Psychose*. Le Dr Colin termina :

— Pour résumer, Clotilde Lacan souffre d'un trouble de la personnalité antisociale, accompagné d'un délire paranoïde qui se manifeste par l'interprétation de sa fille décédée en une poupée.

— Est-elle responsable de ses actes ? gronda le lieutenant-colonel, visiblement las de tout ce jargon médical.

— Absolument.

Les gendarmes remercièrent le psychiatre, qui disparut dans le couloir. Polo rose tapa dans ses mains.

— Allez ! Au boulot !

Gaëlle l'apostropha.

— Laissez-moi lui dire.

— Hors de question !

— J'ai passé la nuit avec elle. Elle s'est confiée à moi. Elle m'a tout raconté. Laissez-moi au moins lui révéler ça, s'il vous plaît.

L'officier consulta le lieutenant-colonel, qui haussa les épaules.

— Vous avez cinq minutes.

Gaëlle le gratifia d'un sourire reconnaissant et gagna la salle d'interrogatoire. On lui ouvrit la porte.

Clotilde était assise sur une chaise, de l'autre côté de la table, la tête de Nina enfouie dans son cou gracile. Elle paraissait calme, heureuse. Gaëlle assista à cette scène perturbante avant d'entrer et de se positionner contre la glace sans tain.

— Depuis hier, je suis chamboulée par votre histoire. Et ça me coûte de devoir le dire, mais je n'arrivais pas à me faire une opinion sur ce que vous avez fait. Jusqu'à tout à l'heure.

Elle fit quelques pas ; Clotilde ne semblait pas l'écouter, fredonnant une berceuse à sa poupée.

— Je n'ose imaginer la tristesse que vous avez ressentie. Votre enfant, que vous avez mis des années à concevoir. Votre père, qui vous a élevée seul. Votre conjoint, que vous connaissiez depuis l'école primaire. Toute une vie balayée en quelques mois à cause de l'égoïsme d'une poignée d'êtres humains. Je comprends votre colère, votre haine. Sincèrement. Je compatis à votre chagrin. Puis une chose m'a frappée. Et j'ai pris conscience que la plus égoïste dans cette histoire, c'était vous.

Elle marqua une courte pause. Aucune réaction. Clotilde, imperturbable, cajolait Nina comme si elles étaient seules dans la pièce.

— Car cette vengeance n'a eu que pour objectif de vous soulager. Peut-être que ces gens se sont mal comportés sur cette aire d'autoroute ou peut-être qu'ils ont eu peur, tout simplement. Comment pouvaient-ils se douter qu'un bébé était en train de s'étouffer ? Vous avez tué toutes ces personnes par pur égoïsme, ainsi que leurs compagnons innocents, dans l'unique but de faire taire des sentiments qui vous rongeaient. Est-ce que ce n'est pas de l'égoïsme, ça ? Répondez-moi ! Est-ce que ça en valait la peine ?

— Oui.

Timbre glacé. Crissant comme une lame.

— Alors dans ce cas vous allez être déçue.

La dernière réplique attira l'attention de Clotilde, qui daigna enfin lever la tête.

— Le téléphone que les secours ont trouvé sur la route. Il n'était pas à Bérengère.

Moment de stupeur. Clotilde s'éjecta de son siège.

— Comment ça ?

— Quand les gendarmes ont prévenu la famille de Bérengère Moulinier, ils sont tombés sur sa sœur. Ils l'ont interrogée pour savoir si Bérengère et vous vous connaissiez avant ce week-end, naturellement, mais aussi si elle avait des ennemis, des personnes qui voulaient lui nuire. Et c'est là que ça devient intéressant. Après un long silence, la sœur de Bérengère leur a posé une question étrange. Elle leur a demandé si cela avait un lien avec un accident survenu sur une aire d'autoroute en 2019. Peut-être en ont-elles parlé ensemble, me direz-vous, comme deux sœurs peuvent se confier des secrets, mais il se trouve que la sœur de Bérengère, qui s'appelle Bérénice, a expliqué avoir passé la soirée de la veille du drame à Toulouse, chez sa sœur, justement. Et figurez-vous qu'elle a un iPhone 7, elle aussi.

Elle laissa un blanc pour ménager son effet.

— Bérénice s'est trompée de portable en se rendant au point de rendez-vous du covoiturage pour rentrer chez elle, à Argelès-sur-Mer. Elle a pris celui de sa sœur.

— Vous venez d'inventer cette histoire, railla Clotilde, dont le masque de sérénité se craquelait.

Gaëlle poursuivit, inflexible :

— Quand elle s'en est rendu compte, dans sa voiture, sur le parking en attendant les autres passagers, Bérénice a téléchargé l'application de covoiturage et s'est connectée avec son compte. Les deux sœurs connaissaient chacune leur mot de passe. Elles étaient très proches. Jusqu'à ce samedi de juin 2019, apparemment. À partir de ce jour, elles se sont éloignées…

— Vous mentez !

Clotilde se jeta sur Gaëlle alors que la porte s'ouvrait. Trois gendarmes déboulèrent dans la petite pièce et plaquèrent la criminelle contre le mur.

Gaëlle s'approcha, lui arracha la poupée des mains et avança son visage à quelques centimètres de celui de Clotilde, qui se débattait, ivre de rage, les veines du front turgescentes.

— Bérengère n'était pas présente dans cette voiture, ce jour-là. C'était sa sœur. Vous avez attiré la mauvaise personne dans cette clairière. Et vous avez tué une innocente de plus.

2023

Épilogue

Lundi 5 juin, 8 h 50

L'embarcation tanguait au gré des vagues.

Le brouillard voilait le paysage, les glaciers à l'arrière-plan, les forêts luxuriantes d'épicéas, les rivières sinuant au milieu des vallées verdoyantes, les fjords escarpés, la prairie, la lagune.

Emmitouflée dans sa doudoune, Anaïs scrutait les environs. Quatre autres personnes se trouvaient sur le pont. Le pilote du bateau, habitué à naviguer au sein de cet archipel tentaculaire et sauvage. Un membre de l'association locale pour la protection et la réintroduction des espèces, qui affichait un air dubitatif. Le conservateur de la réserve naturelle, qui, lui, au contraire, manifestait son enthousiasme. Le vétérinaire du parc animalier de Saint-Martin-du-Canigou, gorgé d'espoir.

Il avait fallu plus de onze heures de vol pour rejoindre Anchorage, puis une heure et quinze minutes supplémentaires à bord d'un hélicoptère affrété par l'État pour atteindre le refuge. Le voyage avait été laborieux, semé de complications, d'imprévus, mais ils y étaient arrivés.

Anaïs frotta ses mains gantées contre son buste. Un froid mordant s'infiltrait sous son écharpe et sa capuche rembourrée. Un nuage de vapeur s'échappait de sa bouche à chaque expiration.

L'excitation avait atteint son paroxysme. Anaïs trépignait, accoudée au bastingage, son regard fouillant les berges du cordon d'eau de mer du golfe d'Alaska, qui fendait la prairie. Elle était impatiente. Elle faisait ce boulot pour ces instants-là. Ces moments magiques et émouvants qui représentaient l'accomplissement d'années de travail acharné. C'était cela, la véritable vocation du métier de soigneuse animalière.

Le souvenir de Camille Puech vint polluer son allégresse. La directrice aurait tout donné pour pouvoir être présente en ce jour. Anaïs le savait.

Elle replongea deux ans en arrière, durant le week-end de la Toussaint le plus désastreux de sa vie. Alors que la section de recherches et les techniciens investissaient le parc animalier, les gendarmes et les pompiers, eux, accompagnés par une équipe de l'Office français de la biodiversité, mandatée par le préfet des Pyrénées-Orientales, avaient capturé l'Ogre catalan. Anaïs détestait ce sobriquet. Un surnom grotesque, sensationnel, destiné à faire le buzz juste pour attirer l'attention de téléspectateurs idiots, formatés par les chaînes d'info continue ; un pseudonyme outrancier pour décrire un individu particulièrement imposant, certes, mais qui avait surtout commis un acte imputable à une erreur humaine, stupide et évitable. Il n'aurait jamais dû se trouver en présence de ses enfants. Leur mort ne serait pas survenue s'il avait évolué dans son habitat naturel.

Edgar, comme Anaïs l'appelait – ou parfois John Coffey, à cause de sa taille et de sa fourrure couleur café –, avait été opéré de son abcès dentaire dans une clinique vétérinaire spécialisée dans la dentisterie animalière. La septicémie avait été évitée de justesse. *Pauvre bonhomme,* songea-t-elle. Il n'avait rien dû comprendre à ce qui lui était arrivé. Après avoir foulé le poignet d'Anaïs en la bousculant, alors qu'il s'échappait par l'arrière du fourgon, il était retourné sans le savoir vers le zoo, peut-être guidé par son flair extraordinaire, puis avait erré dans les montagnes, animé par son instinct, à la recherche d'une loge pour hiverner. La douleur dentaire l'avait rendu particulièrement irritable, téméraire ; il s'était approché des habitations pour emmagasiner un maximum de nourriture avant son long sommeil, avait marqué son territoire en urinant autour de son orri, notamment sur les cadavres qui dégageaient une odeur pestilentielle.

Depuis deux ans, la même question hantait Anaïs, la faisant se sentir l'unique responsable de l'évasion : avait-elle correctement refermé le cadenas de la cage de transport d'Edgar ? L'Ogre catalan n'avait été sédaté que par voie orale – étant familier des transferts depuis son plus jeune âge –, par conséquent il n'était pas complètement endormi.

Mais de l'eau avait coulé sous le pont de la rivière du Cady…

Le zoo avait pu rouvrir l'année précédente seulement et accueillait un bébé koala du nom de Bibou. Sa maman, Anaya, quant à elle, se portait très bien. Elle attendait l'arrivée d'un mâle pour agrandir la famille.

Anaïs commençait à s'inquiéter. Le martèlement de ses doigts gantés sur le parapet du bateau couvrait les clapotis des vagues contre la coque.

Cette opération était de la folie. Un projet ambitieux, pour ne pas dire délirant, imaginé par Camille. L'Ogre catalan avait été son challenge. Privé de sa mère et de son frère par des braconniers, récupéré par un millionnaire allemand excentrique – dont la stupidité avait coûté la vie à son fils unique –, puis ballotté dans des parcs germaniques jusqu'au zoo de Saint-Martin-du-Canigou, Edgar n'avait jamais su s'adapter à la vie en captivité. Sa place était ici, dans ces étendues sauvages sculptées par les fjords qui s'étiraient à perte de vue, loin des êtres humains.

La boule au ventre, Anaïs songea pour la dernière fois à ce week-end de la Toussaint 2021. Une histoire d'une tristesse infinie.

Une histoire dans laquelle il n'y avait eu que des victimes... Elle réalisa, en fin de compte, qu'il n'y en avait qu'un seul pour qui cette histoire s'était bien terminée.

Et celui-ci venait d'apparaître dans ses jumelles.

Edgar marchait d'un pas nonchalant au milieu de la prairie.

Les herbes hautes frottaient contre ses épaules, son ventre, son nouveau collier qui le démangeait.

Il continua jusqu'à un bras d'eau salée et peu profonde. S'arrêta. Se mit debout. Les montagnes et les glaciers surplombaient les forêts d'épinettes, trouées de lacs, ravinées de rivières. Edgar, joyeux, sauta dans la lagune.

Il s'acclimatait peu à peu à son habitat. Ses voisins n'avaient pas l'air commodes, néanmoins ils gardaient leurs distances, méfiants. Intrigués. Tout aussi solitaire que ses congénères, Edgar imitait leur comportement ; depuis quinze jours il apprenait les « codes » de son nouvel environnement. Sa zone de déplacement allait s'agrandir et il pourrait alors les rejoindre, cohabiter. Pêcher. Cueillir. Pourquoi pas se reproduire. Recouvrer son indépendance.

Edgar s'ébroua, avisa la caisse en bois déposée sur la berge. Une fois par jour, on lui apportait à manger sur ce site de nourrissage. Il huma l'air, s'approcha. Des légumes, des fruits frais et secs, du poisson. C'était correct. Ces dépôts alimentaires s'espaçaient, dans quelques semaines il lui incomberait de trouver lui-même sa nourriture.

Bientôt, il n'aurait plus besoin des êtres humains.

Car ici, au cœur de la réserve naturelle de l'île de Kodiak, Edgar était un ours libre.

Pour m'avoir ouvert les coulisses du monde zoologique, je tiens à remercier chaleureusement Pierre-Jean Albaret, vétérinaire, et Charlène, soigneuse animalière, pour leur gentillesse et leur disponibilité. Cette histoire n'existerait pas sans eux. Malgré tout, j'ai pris certaines libertés pour le bien de l'intrigue, j'espère qu'ils ne s'arracheront pas les cheveux s'ils lisent ce roman, je suis le seul – et uniquement le seul – à blâmer si des erreurs subsistent.

Un grand merci à Bruno. Encore. Toujours.

Merci à Marie, mon éditrice, dont la confiance me rassure et me motive constamment à m'améliorer.

Merci à Alexane et son œil de lynx, à Anne-Marie et à toutes les équipes de HarperCollins pour leur travail formidable.

Merci à mes parents pour leur soutien et pour m'avoir fait découvrir cette région des Pyrénées quand j'étais adolescent. Certains détails sont véridiques : nous entendions vraiment le lion rugir dans notre chalet à la nuit tombée. Pour ceux qui se poseraient la question, le village de Saint-Martin-du-Canigou n'existe pas, il est inspiré de celui de Casteil.

Enfin merci à ma première bêta-lectrice, celle sans qui toute cette aventure littéraire n'existerait pas et qui me supporte au quotidien, ma partenaire dans la vie : Audrey.

Composé et édité par HarperCollins France

Achevé d'imprimer en France par CPI
en septembre 2023

Dépôt légal : mai 2023
N° d'impression : 176881

Pour limiter l'empreinte environnementale de ses livres, HarperCollins France s'engage à n'utiliser que du papier fabriqué à partir de bois provenant de forêts gérées durablement et de manière responsable.